聖境之書 2

靈界大覺悟

掌握心靈直覺的機緣探險

詹姆士·雷德菲——著

李永平——譯

THE TENTH INSIGHT

BY

JAMES REDFIELD

【專文推薦】

如何讓靈性落實在生活中

安一心（華人網路心靈電台共同創辦人）

科學讓預知形成可能，我們也開始仰賴各種指標來了解趨勢，然而忽略了事物的本質。經驗和知識雖可以幫助成長，卻也形成了框架與限制。

本書是繼《聖境預言書》後的一部鉅作，超越了隨機性，並引導了空間直覺。其實你我的外在形體、存在空間，以及時間流序，都是可以被超越的。

觀察、測量與直覺的連結，正是我統合在投資中的靈性投資法，事物沒有定義，本質的探索也沒有終點。一個半盈狀態的自我覺知，才能讓我們持續不斷擁抱與學習人生的功課。

【專文推薦】

一部受到天啟的靈性經典

周介偉（「光中心」創辦人／全民新意識分享者）

這真的是一部人類靈性發展的預言書！

在二十多年前（一九九六年），我首次讀到了本書中文版（遠流出版），當時只覺得此系列四書中的各境界神奇而有趣：從巧遇、能量爭奪、靈性直覺、人間天堂、身後世、出生憧憬、世界憧憬、祈禱能場到回歸神性。

二十多年後，驀然回首，自己從業餘愛好者變成專業心靈工作者的過程中，正好體悟見證了書中所述的各階段現象，都一一在人類世界中呈現：人類意識隨著地球能量持續多元省思而覺醒提升，整個物質世界宇宙皆是能量，人的精華本質是精神！

書中各種神祕現象則隨著量子力學的發展普及，得到了有力的科學佐證。

這絕對是一部受到天啟的靈性經典，推薦各位一讀！

【專文推薦】

共時性的教戰守則

彭芷雯（心靈作家）

十多年前，我離開了繁華若夢的金融圈，開始進入內在道路的追尋，《聖境預言書》曾是我的啟蒙書之一。怎麼也沒想到，後來就如書中的「預言」一樣，在共時性的機緣洪流引導下，去了馬雅、祕魯，在一個個外在的聖地得到啟發，進入一層又一層的內在聖境。走在內在道路上多年之後重看此書，竟然迸生更多的共鳴，讓我不禁讚嘆：「經典就是經典！」

每個人的人生都是一場追尋之旅，在過程中有許多的挑戰、困難與誘惑，有許多不知如何選擇的徬徨時刻。若能有張全像地圖，明確指引我們如何掌握生命之流，走出迷霧，這趟旅程不就能更輕鬆自在？在《聖境預言書》、《靈界大覺悟》、《聖境香格里拉》中的每個角色，彷若我們自身與生活周遭的人；裡面所描述的內外在過程，就是我們生活中時常遇見的課題，而一個個覺悟正是我們在這大千世界裡，如何泰然自若的般若心法！作者在《聖境新世界》裡，爬梳了系列書中提過的重要覺悟、啟發與應用，讓讀者能夠再次完整統合。

如果想活出最高版本的人生，【聖境之書】系列絕對是你必備的教戰守則！

初版推薦

作者臨床工作的實務經驗，帶給他對人類互動有獨特的洞見，自然捨棄了實證的社會科學對集體行為的思考模式。他的小說將世界問題訴諸個人心靈的改造，乍聽有些荒誕，細看卻是擊中了這個時代的要害。

——王浩威（精神科醫師）

世紀末的到來，並不意味歷史的終結，而是人類大覺醒的開端。

這本書讓我開了眼界，是心眼，而不是肉眼。生命中並沒有奇遇或奇蹟，必須是人秉持謙卑，投入無數發現與追求的歷程。

在新世紀的台灣社會，怪力亂神充塞了每一角落。這本書傳達了強烈的信息，地球上並沒有神的代理人。只有人的傲慢、暴戾與自私，才篡奪了神的地位。

帶著訝異與驚奇，我讀完全書。唯一能拯救我們這世界的，是人，而不是神；上天如此在書中啟發我。

——陳芳明（作家、政大台文所講座教授）

精神感悟的內在體驗，能轉變我們的知覺，改變我們對生存之目的與意義的看法。可是，受困在世俗生活及所謂科學理性價值觀的現代人，卻喪失了感悟的機會與能力，只有通過像這本書這樣的探險故事，才能再次開發那與生俱來的感悟力，讓人回歸生命的實境。

——龔鵬程（作家）

【初版導讀】

內聖外王新局面

杜文仁（哲學名師）

詹姆士·雷德非這本書既可以放在先知的啟示文學傳統裡頭，置於哲人的烏托邦文學傳承中，亦不顯突兀。

我們姑且將此書先放到啟示文學的脈絡中加以定位，以調整焦距，對準作者，以展開激揚對辯。

啟示文學

將此書置於啟示文學傳統中，是有憑有據的。因為作者留下了明白的線索。

在本書的前一本《聖境預言書》中，作者引用舊約《但以理書》做為扉頁引言，如今在這本《靈界大覺悟》中，則引用新約《啟示錄》。這兩篇可說是猶太—基督教啟示文學的雙璧，而作者引用，顯然有其用意在。他在暗示我們，他所站的立場是先知的立場，這本書可以當做是一本先知的預言書。不僅是這一本，之前已出版的就稱為「預言書」（prophecy），之後將要出版的亦然。本書的內容有過去歷史的回顧（第六章〈人類覺醒史〉），以及將來世界的極化與克復之道（第八章〈寬恕〉）。整本書是在宣說天國的福音，天國不是別的，正是人死後—生前所留駐的身後世（Afterlife dimension）；這福音有一名稱，總名為「世界靈視」（World Vision）。人生來此世（Earth dimension），其目的就在於回憶起自己的出生靈視（Birth Vision），找到自己的靈魂組（soul group），各就其正位正業，在各地共時地（synchronistically）回憶起並實現世界靈視，克復某些人因新的靈性意識之覺醒威脅舊有價值秩序所產生的恐懼（fear）不安（anxiety）引發出來的抵制，在人類社會中所造成的極化（polarization）。在本書中，就以一個新能源的開發與利用

因想法上的衝突為情節展開故事。一方想要將新的能源分散化、家用化，另一方則欲將之集中化、財團化。這個故事情節的安排是平行於上一本書的情節：以「西勒斯廷手稿」（Celestine Manuscript）的知識之分散化、大眾化與集中化、教會化的兩股勢力之衝突為緯，來安排展開故事是一致的。

人類潛能運動

由此我們觸及一個概念：人類潛能運動（Human Potential Movement）。不論是新能源或新知識，都是宇宙和人類的身、心、靈潛能的一部分。前九個覺悟是單從地球世（Earth dimension = physical dimension）即可了知的，而第十個覺悟則必須從身後世加以

了知，以圓成並實現前九個覺悟。前者和人類的形而下潛能（physical potentialities）有關，後者則和人類的形而上（metaphysical）潛能有關。而介於此世和身後世之間的新能源，則和宇宙的屬世（mundane）和超世（supramundane）潛能有關。

人類潛能運動之目的在實現人類廣大的物質（physical）、心理（psychological）和靈性（spiritual）潛能。其源頭主要受到兩方面文化因素的影響：宗教和科學。在美國，由於東方宗教大量傳播，以及西方的密學傳統，如猶太教卡巴拉（Cabala）和基督教密契學（mysticism）之復興，讓人了解到靈性了悟是內在體悟之事。而人文科學和現代物理的新發現，使得我們對於人類的意識和創造力有了深一層的理解。作者將自己擺在人類潛能運動之中，視自己為其中的一員，同時也因為受到此一運動的影響，作者重新檢視西方及世界宗教史。他倡言人類的靈性史，已經從聖父期經聖子期，到達聖靈期：人人本性具足聖靈（Holy Spirit）。他是一名「新時代」（New Age）的先知，「新時代運動」不外乎是「人類潛能運動」的一支或別名。因此之故，啟示文學必須創新，啟示內容必須與時俱進。

新的靈性史觀

作者在本書中，主要是在第六章〈人類覺醒史〉中，提及他的靈性史觀。他認為這一史觀是新的、從來沒有見過的，但同時也有所保留地說，是他的文化觀所特有的史觀。言下之意，有別的文化觀的人，所見未必全同。

其史觀大略於下：人類先經過宇宙創發期，由元素轉化為地球，再形成生命，由植物而動物而人。

人首先出現於非洲，爾後心生自我意識，有人心生恐懼，有人靈光乍現。人類第一個大轉變是「農業」，由此進入帝國暴君、哲學宗教期。希臘人的民主，實現了身後世的秩序，由猶太教衍生出來的耶穌（書中未直書其名），則將外在的父神拉回內心的天國，聖靈可體而知之。羅馬帝國轉化的基督教會出於恐懼，壓抑宣揚耶穌內學的諾斯替派（Gnostics），而諾斯替派便是日後人類潛能運動的先聲。

宗教知識的壓抑產生了不滿，民族國家、文藝復興、美洲移民、科學方法依次起而反抗教會。在當時由於政治勢力的介入，遂使得宗教與科學界達成妥協，各管內外，互不侵犯。

十九世紀的「工業革命」是人類社會的第二大轉變，一方面促進了以民主為基礎的資本主義，另一方面卻也造就了階級社會，致使共產主義和法西斯主義相繼誕生，引發戰爭。

第三次大轉變，作者未直言其名，實即二次戰後新生世代所體悟到的「人類潛能運動」。這和越戰之不明不白與不義以及靈修方法之西傳與復興有關。當然科學之發現亦居其一。如今新意識的生長，引起美國自由派和保守派的文化戰爭，互視對方為魔鬼的化身。因為舊生活價值秩序的瓦解，以及青年人的嗑藥、犯罪、懶惰，使得右派反撲，致使民權社會運動成果，頓時間化為烏有。保守派認為對方是共產黨，要瓦解西方價值秩序，推出老大哥來。自由派認為對方是法西斯，要使言論、企業盡納入財團的掌握。

另有一批末日分析家（end-time analysts）則照字面解釋《但以理書》和《啟示錄》，強調惡王之興起、慘烈之天災、人禍、戰爭，以及天使之收拾局面、千福年之未來。

而第十覺悟在這一將臨的未來中所扮演的角色，就是克復這因恐懼而生、互相以對方為魔鬼的兩極化狀態，以愛轉化人心及社會形態，而進入千福年。所以作者對於《但》、《啟》兩書採取象徵性解釋，爭戰的危險是存在的，但可戮力克服；千福年是可能的，應做為目標。

新文化

作者在《聖境預言書》中曾憧憬一個新的靈性文化，現在在《靈界大覺悟》中則著手於描繪新文化的進程。

欲避免兩個陣營之間的爭戰對決，辦法是有的，就是使恐懼者能回憶起「出生靈視」，堅定其信仰。同時觀照我們心中種種引生恐懼的情緒，接上神聖能源，化解之，以便與靈魂組之夥伴攜手實現使命。另一方面，則須開展新能源、新科技，嘉惠民眾，啟蒙資本主義。

一旦資本主義中人，有了靈性覺悟，一種新的工作倫理就會演化出來：一、生產是為了解放。二、汙染控制，有熱心的公民監控。三、失業，由自我教育來創造利基。四、產品同時減價，使得最後，生存所需幾乎是免費的。

傳播人則幫助人們彼此了解，每個職業團體都有其特殊的工作與使命，同時也都屬於同一個重大的靈魂組——人類。每一個民族都有其特殊的視野可貢獻給世界靈視。地上的聯合，也造成天上的融合，這過程是一個逐步形成世界靈視之共識（consensus）、協同（agreement）的過程。

同時我們對於社會問題、醫藥、教育也都有了新的意識。其重點都在於「回憶」（remembering）及傳染（contagion）。一旦我們對於身後世或身前世有了回憶，我們知道了我們的「出生靈視」及「世界靈視」，那麼人就能去除恐懼、開發潛能。主動以大哥哥、大姊姊的身分去幫助他人解決其家庭問題，不論是貧窮、暴力或汙染。將愛傳染開來，助其回憶起靈視，再形成新的傳染，以達到臨界質量，使文明發生量子躍遷。往上長一格價。醫學也一樣，無論是病人或醫生都須知道疾病的靈性／心理成因，由病人主動回憶病因，施以靈療，再配合各種醫術，以回復健康。教育的重點是在早期就能把握住前世記憶，以此找尋特殊科目、地點、人物的催化，每個問題都學習找到更高層次的答案。

另一個要點是形成世界政治體，透過民族與民族之間的交流接觸，先是經濟的互通有無，以至靈性訊息的對話，逐漸融合各民族的靈魂組，但和而不同。逐漸將政治鬥爭轉變為言語對話。同時新的宗教對話也發生了，起先是伊斯蘭和猶太、後來加入基督教，然後是東方宗教，最後是世俗理想主義（secular idealism），平衡了他世和此世之間的對比，逐漸形成一個共同的人類靈性文化。

新密學與對話

作者在此書中的思想，可視為是一種新密學（new occult science）。老密學大半是內聖講得多，外王講得少。例如佛陀、莊子、普羅提諾（Plotinus）。即使到了現代，克里希那慕提、奧修、葛吉夫、達賴嘛喇等「新時代」運動中受人注目的思想家也是偏於說內，外則不見精采。

作者的新密學確有內外兼收的態勢。他以第十覺悟，實即貫通物質界與心理界的身後世之回憶及其實現來打通內外。

底下先討論其身後世問題。

作者在此書中對於身後世的著墨不遺餘力。大有「不知身後世，便枉生為人」的意思。換言之，他將孔子的「未知生，焉知死」改寫為「未知死，焉知生」。但和《西藏生死書》作者的舊密學觀點不同，他是十分看重這地球物質世的，甚至認為這地球世的提升，會影響到那身後世，提升其能階。所以過去中國儒家對於佛家不滿之處：毀人倫、自了漢的批評在此是用不上的。甚至在某方面，其下手處和孟子以降的宋明理學由體認善端入手有相似之處。他是從體認「機緣」（coincidence）入手，由「美」的知覺提升能量，上接神聖愛能。兩者對於這世界都採取入世的角度。

但孔子「敬鬼神而遠之」、「祭如在」、「性與天道不可得而聞也」的態度，雖然亦有中庸、易傳之密學工夫，確有前知之事，但基本上是不談「身後世」的。但此書卻是以身後世為此世的理念基礎，這毋寧是對於當代新儒家的工夫論和文化論形成一個新的挑戰。

我們可以設想，作者所預見的世界宗教之對話，在東方宗教中，中國的宗教發言人，不能不有儒教，但近世儒教，真正有靈性內容的，不得不推宋明理學。而當代新儒家是以繼承發展宋明理學的道統自居的，當然不能沒有修養工夫以和其他宗教人士交換靈性知識。縱觀當代新儒家，有深厚修養工夫，以此分梳文明理論，從而展開社會事業的，恐怕唯有已作古的梁漱溟先生有此一資格，可惜梁先生已不在此世了，今世之儒家豪傑安在哉？

現代的道家、佛家或融儒、釋、道為一家的豪傑之士，如何面對此一友善而當代的邀請呢？

新靈性社會主義

縱使作者宏願甚偉、氣魄甚大，真有宋儒張載之「為天地立心，為生民立命，為往聖繼絕學，為萬世開太平。」之胸懷，亦不妨礙吾人進言幾句，庶幾達文化交流之效。

作者言及靈性覺識（spiritual awareness），其人類史之解釋乃靈性之解釋（a new spiritual interpretation of history）。但仔細理會，他所言之人類史，既然是從「身後世」所觀得，頂多只能稱為超心理學之解釋，不得稱為靈性的。因為超心理的，即是純粹心理的，超乎身體物質層面之束縛，但未達靈性層面的。目下的歷史解釋，多受制於人類肉體——神經系統之限制，難以深入「共時性」（synchronicity）事件背後的心理因素，例如，天才之所以為天才、發明創造之源泉、戰爭之誕生、各種宗教、信仰、主義興衰之機、文明興衰之源。作者雖有歷史解釋，然靈性潛能為人類潛能中之最高者，靈性解釋應不至於錯誤，或者不至於太離譜，縱使不見精采。但觀其有關共產主義、納粹與法西斯及資本主義的敘述，便可知其文化之偏見。

馬克思與恩格斯並未反對民主的參與以達成烏托邦，他們贊成巴黎公社模式即一明證。納粹與法西斯確是反民主的，但納粹初期所施行的經濟政策確實解決德國嚴重的失業問題，同時加強了社會福利保障，不能說是一面倒向工業領導階級。法西斯的種族主義也不像納粹如此激烈。

十九世紀的資本主義，我們很難稱之為以民主為基礎的資本主義（democratically founded capitalism）。因為經濟組織本身在所有權及經營權的角度來看，都是寡頭統治的。政治本身徒有民主的形式，但實質上還是寡頭統治的，到現在美國仍舊是少數人在統治多數人。其中猶太人當中的菁英分子對於美國經濟界、政治界、學術界和文化傳播界的影響力不可小覷。

資本主義一旦真正在經營、所有、分配上都民主化，換言之，如果「經濟民主化」的話，只能稱為社會主義，不能稱為資本主義。也就是說經濟不是為資本（capital）而服務的，而是為人類社會這整個靈魂組，加上動物靈魂組而服務的。靈性資本主義（spiritual capitalism）只是個修辭法，在美國要接受社會主義一詞而不聯想到蘇維埃共產制度（「邪惡帝國」！）很難。難歸難，「名不正則言不順，言不順則事不成」，這是孔子的觀察，我也覺得言之有理。

靈性是什麼呢？在作者書中提到的「神聖能量」（divine energy）或是「天使」（angels）可能接近此一境界，還好作者預留伏筆，會有下一本書，讓我們拭目以待。

筆者目前所知，真正能提出一套完整的靈性社會主義理念的，在東方有沙卡先生（Prabhat Ranjan Sarkar，一九二一—一九九〇），在西方則史代訥（Rudolf Steiner，一八六一—一九二五），庶幾乎近。也許作者應當參考他們二位的著作與工夫吧！

靈界大覺悟

The Tenth Insight

目錄

專文推薦　如何讓靈性落實在生活中／安一心　3
專文推薦　一部受到天啟的靈性經典／周介偉　4
專文推薦　共時性的教戰守則／彭芷雯　5
初版推薦　6
初版導讀　內聖外王新局面／杜文仁　8
作者序　20
1　想像生命之道　27
2　回首來時路　49

3 克服恐懼 72
4 追憶 105
5 接收靈界的訊息 124
6 人類覺醒史 150
7 內心的地獄 182
8 寬恕 209
9 追憶人類的未來 250
10 憧憬美麗新世界 278

作者序

如同《聖境預言書》，這本續集是一則冒險寓言，旨在透過一個非常有趣的冒險故事，闡釋發生在我們這個時代、目前仍持續進行的精神覺醒運動。我希望，這兩本書能夠組成一幅我所稱的「共識圖」（consensus picture），在人類即將進入歷史上第三個千禧年（millennium）的時刻，將界定人生的新認知、新感覺和新現象，活生生呈現出來，有如一幅色彩鮮明的圖畫。

在我看來，我們所犯的最大錯誤，是把人的精神當成一個已經被徹底了解、不必再探究的東西。如果歷史對我們有所啟示，那就是：人類的文化和知識永遠在演變中。只有個人的觀點是僵化的、武斷的。真理卻要活潑有勁得多，而人生的一大樂趣，就是敞開心懷，勇往直前，探尋屬於我們自己的真理，然後觀看它如何共時性地演化，逐漸成形，在最適當的時刻影響我們的一生。

在人類進化的旅程上，我們結伴同行。每一個世代建立在上一代的成就上，邁向一個我們現在只淡淡記得的目標。我們全都在覺醒的過程中，開始領悟到我們究竟是誰、投生人間到底為了什麼目的。這種探索往往十分艱辛，可是，我堅信，只要我們能夠隨時吸納周遭各種文化傳統的精髓，時時保持覺醒，我們就可以運用我們對命運和奇蹟的信念，克服旅途上的每一個險阻，消弭人際關係中的每一樁恩怨。

我不想低估人類目前仍面臨的各種艱巨挑戰；我只想表明，每個人都可以運用自己的方式，幫助解決人類共同面對的問題。如果我們保持覺醒，時時體察人生中蘊藏的奧祕，我們就會發現，生活在現代的我們，正處於最適當的歷史位置，為世界的改變做出貢獻。

謹將本書獻給吾妻及靈思

莎莉・梅琳兒・雷德非（Salle Merrill Redfield）

我觀看，見天上有門開了。
我初次聽見好像吹號的聲音，對我說：
你上到這裡來，我要將以後必成的事指示你。
我立刻被聖靈感動，見有一個寶座安置在天上……
有虹圍著寶座，好像綠寶石。
寶座的周圍又有二十四個座位，其上坐著二十四位長老
身穿白衣……
我又看見一個新天新地，
因為先前的天地已經過去了……
——《新約聖經．啟示錄》

1
想像生命之道

我闔上眼睛，
又再回味大衛．孤鷹的臨別贈言——「保持直覺」。
池塘和瀑布的影像終於又完整地回到我心靈中。

我走到花崗石懸崖邊緣，朝北望去，俯瞰山下的景色。豁然展現在眼前的，是壯麗的阿帕拉契山脈（Appalachian）谷地，約莫六、七哩長，五哩寬。谷中一條小河，蜿蜒穿梭過空曠的牧草地和一座座草木蓊鬱、繁花似錦的森林——古老的森林，有些樹木高達好幾百呎。

我低下頭來，瞧瞧手中那張粗糙的地圖。眼前這條河谷，跟地圖上描繪的幾乎一模一樣：陡峭的山脊（我現在正站在那上面）、盤旋而下的山路、谷中的溪流和兩岸的景物、對面山腳下綿延起伏的丘陵。莎琳在她的辦公室留下一張紙條，上面畫的一幅地圖想必就是這座山谷。但她為什麼要這麼做呢？她為什麼突然消失無蹤？

莎琳在一所研究機構工作。她最後一次跟同仁聯繫，是在一個多月前。她的同事法蘭克・辛姆斯到處找不到她，才想到打電話給我。從他的口氣聽得出，他感到非常擔憂。

「她常常不告而別，溜到外面去玩個幾天。」法蘭克告訴我。「但從來不曾消失那麼久啊。而且，失蹤之前，她還跟我們公司的幾位長期主顧約好，見面談些事情。沒想到，她卻突然不見了。這裡頭一定有問題。」

「你怎麼會想到打電話給我呢？」我問道。

他說，在莎琳的辦公室，他找到幾個月前我寫給她的一封信。在這封信中，我向莎琳講述我在祕魯的經歷。法蘭克告訴我，信中還附著一張便條，上面潦草地寫著我的姓名和電話號碼。

「我打電話給每一個跟她有來往的人。」法蘭克又說。「但是到目前為止，沒有一個人知道她的下落。從那封信可以看出，你是莎琳的朋友。所以我想，你應該會有她的消息。」

「抱歉！我已經有四個月沒跟莎琳談過話。」

連我自己也不敢相信，已經那麼久沒跟莎琳聯絡了。接到我的信後，莎琳立刻打電話給我，並在答錄機上留下長長的一段話。她聽說我找到了祕魯古老手稿預言的九個「覺悟」，感到非常興奮。她告訴我，那部手稿的內容，現在正迅速地傳播開來。莎琳的留言，我一聽再聽，但卻決定暫時不回她的電話——我告訴自己，等我心情平復下來，再給她打電話吧，也許是明天，也許是後天。我知道，如果當時就回她電話，基於我們之間的交情，我非得把一切細節告訴她不可；而我覺得，我需要時間思考，把我在祕魯找到手稿的經過好好回想、好好消化一下。

事實是，手稿的部分預言仍然讓我感到困惑。從祕魯回來後，我還能繼續跟內在的精神能量保持連結——對我來說，這是一個莫大的安慰，因為我跟瑪喬莉之間那段情已成過眼雲煙，如今我感到十分孤寂。回到美國後，我對直覺思維和夢境的憬悟，比以往深刻得多，而且更能體會蘊涵在世界萬物中的光和美。然而，手稿提到的那種猝生猝滅的「機緣」，我卻一時無法掌握。

舉個例子說，當我體內充滿能量時，我察覺到我在人生中面臨的最迫切問題，而通常心中也會產生明確的預感，告訴我應該怎麼做、到哪裡尋找答案。可是，儘管我依照手稿的指示行事，往往卻不見「機緣」發生。沒有人給我留下任何訊息；沒有人為我指點迷津。

有時，直覺告訴我，快去尋找一個可能開示我的人——他也許是一個老相識，也許是一位工作夥伴。偶爾我們會找到新的、共同的興趣，可是，儘管我努力向他傳送能量，我的主動示好卻往往遭到無情的拒斥。更糟的是，好端端的一樁機緣，到頭來卻遭到扭曲，在紛爭和惱怒中收場。

這樣的失敗倒不會讓我洩氣，但我卻因此體認到，要想身體力行，在生活中長期實踐手稿揭示的九個覺悟，我還欠缺某件東西。

在祕魯的時候，我義無反顧，憑直覺勇往直前，因為我已經下定破釜沉舟的決心。

回到美國後，置身在尋常的環境中，面對一大堆對心靈經驗嗤之以鼻的人，我漸漸喪失信心，開始懷疑我的預感和直覺。手稿的預言中，有一個重大的部分顯然被我遺忘了……或者還沒被發現。

「我實在不曉得該怎麼辦。」莎琳的同事法蘭克在電話中說，口氣顯得很無奈。「我聽說她有個姊妹，住在紐約。你不知道怎麼跟她聯絡吧？有沒有人知道她住在紐約的什麼地方呢？」

「抱歉，我實在不清楚。」我說。「我和莎琳是以前認識的，最近才重新交往。她有沒有親戚，我記不得了。我也不知道她現在的朋友是哪些人。」

「那我只好報警囉，除非你有更好的點子。」

「看來，也只好報警了。她有沒有留下什麼線索？」

「只有一幅圖畫，上面畫的好像是一個地方的道路和地形，看不太出來。」

掛上電話後，法蘭克就把他在莎琳辦公室找到的筆記全都傳真給我，包括一幅草圖，上面畫著縱橫交錯的線條和號碼，旁邊畫著一些意義不明的記號。我坐在書房，拿出一幅美國南方公路圖，對照莎琳圖畫上的號碼，終於找到了確實的地點。

就在這當兒，莎琳的影像在我心中清晰地浮現。說來也奇怪，我在祕魯聽說有「第十個覺悟」存在時，心中也浮現相同的影像。難道說，莎琳的失蹤跟那部古老手稿有某種關連？

一陣微風吹拂著我的臉龐。我站在懸崖上，又再眺望山下的景物。往左邊遠處望去，在河谷的西端，我看得見一排房屋的屋頂。那一定是莎琳在地圖上標示的城鎮了。我把地圖塞進背心口袋，走回馬路邊，爬進我那輛越野車。

這個城鎮很小——根據鎮上唯一的一座交通號誌燈旁豎立的告示牌，全鎮人口只有兩千。鎮上的商業建築物，幾乎全都集中在沿溪的一條街道旁。我穿過路口的號誌燈，來到國家公園入口處附近，看見前面有一家汽車旅館，於是便把車子駛進面對一間餐館和酒吧的停車位。好幾個人正走進餐館，其中一個身材高大，皮膚黝黑，頂著一頭漆黑的頭髮，肩上背著一個大背包。他回頭瞄了我一眼。就在這一瞬間，我們的視線接觸上了。

我鑽出車子，把車門鎖上，忽然心中一動，決定先到餐館瞧一瞧，再到旅館櫃檯辦理住宿登記。餐館裡頭空蕩蕩，除了幾個坐在吧檯的健行客，整個餐館就只有那幾個先我進入的客人。大多數客人不理會我的注視，只有那個高個子又看了我一眼。他正向餐館後面走去。我們的視線接觸了一會兒。他微微一笑，從後門走出餐館。

我跟著他走出後門。他站在二十呎外，彎著腰，馱著他那個大背包。他身上穿著牛仔褲、西部襯衫和皮靴，看起來約莫五十歲。在他身後，黃昏的太陽在草木間投下長長的陰影；五十碼外，溪水潺潺流過，展開它進入山谷的旅程。

他擠出笑容，抬頭望了望我，問道：「你也是來朝聖的嗎？」

「我來找一個朋友。」我說。「我有個預感，你也許能幫我的忙。」

他點點頭，仔細打量我，然後走前幾步，報上他的姓名。原來他叫作「大衛・孤鷹」，祖先是早年居住在這座山谷的美洲原住民。這時我才注意到，他臉上有一道淡淡的疤痕，從左眉毛邊緣一路延伸到下顎，差點穿過他的眼睛。

「想喝杯咖啡嗎？」孤鷹問道。「那家酒館提供的沛綠雅礦泉水品質還不錯，現煮的咖啡卻很差勁。」他揚起下巴，示意我看看溪畔三株白楊樹下豎立的一座小帳篷。好幾十個遊客在溪邊散步，其中幾個沿著一條小徑，穿過溪上一座橋，一路逛進國家公園。這個地方看起來挺安全。

「好吧！」我說。「我正想喝杯咖啡。」

孤鷹走到露營地，點燃爐火，準備燒一鍋開水。

「你的朋友叫什麼名字？」他終於問道。

「莎琳・畢林斯。」

他不吭聲了，只管瞅著我。我們的視線交會的當兒，我心中清晰地浮現出他前世的影像。那時他比較年輕，穿著鹿皮衣，坐在一堆熊熊大火前。他臉上塗繪著印第安戰士的花紋。圍繞在他身旁的那群人大多數是美洲原住民，只有兩個是白人，一個是女的，另一個是身材非常壯碩的男子。大夥兒正在進行一場激烈的辯論。有人主戰；有人主和。孤鷹命令大夥兒停止爭論。他冷嘲熱諷，把主和派數落了一頓。孤鷹質問他們：被白人出賣了那麼多次還嫌不夠嗎，怎麼還那樣天真呢？

那個白種女人顯然能夠體諒孤鷹的心情，但她請求他忍耐一下，讓她把話講完。她聲稱，戰爭可以避免，河谷會受到公平的保護——如果「靈藥」的力量夠大的話。孤鷹斥責她異想天開，然後躍上戰馬，揚長而去。族人紛紛跟隨在後。

「你的直覺很靈哦。」大衛．孤鷹忽然說道，把我從玄想中喚醒過來。他把一張手工編織的毛毯鋪在我們兩人中間，邀我坐下。「我見過她。」他瞅著我，眼神中充滿疑慮。

「我很焦急。」我說。「沒有人知道她的下落。只要知道她現在很平安，我就放心了。我們之間有些事情要討論。」

「討論手稿提到的第十個覺悟？」他微微一笑，問道。

「你怎麼知道？」

「隨便猜的。前來這座山谷的人，很多可不是為了觀賞國家公園的森林哦。他們來這兒討論手稿預言的那些覺悟。他們認定，第十個覺悟就隱藏在這一帶地方。有幾個人甚至至聲稱，他們知道第十個覺悟的內容。」

他轉過身去，拿出一個裝滿咖啡粉的茶袋，扔進那鍋沸騰的開水中。聽他的口氣，彷彿在試探我似的。看來他還不信任我這個人。

「莎琳現在人在哪裡？」我問道。

他伸出一根指頭，指了指東方。「在森林裡。我並不認識你這位朋友，但有一天晚上，在一家餐館，我無意中聽到她的朋友把她介紹給另一個人，所以我知道她的名字。後來我又見過她幾次。幾天前我又看見她。那時，她獨自一個人步行進入山谷。從她攜帶的行囊可以看出，她現在很可能遠在山谷裡頭。」

我往那個方向眺望。從我們所在的角度望去，山谷顯得十分遼闊，一路伸展到天邊。

「你知道她打算去什麼地方嗎？」我又問。

他瞅著我，好一會兒才說：「大概是去西伯賽峽谷（Sipsey Canyon）吧！有人在那兒找到其中一個『入口』。」他一面說一面觀察我的反應。

「你是說『入口』？」

他臉上綻露出詭祕的笑容。「是啊，靈境入口啊。」

我傾身向前，仔細諦聽，心中忽然想起我在祕魯西勒斯廷神殿廢墟（Celestine Ruins）的經歷。「這件事，有誰知道？」我問。

「很少人知道。到目前為止，一切僅止於謠言、零碎的資訊、直覺。沒有人看過那部祕笈。許多來這兒尋找第十個覺悟的人，都覺得他們受到機緣指引。他們確實誠心誠意，在生活中實踐手稿揭示的九個覺悟，但他們也抱怨，機緣引導他們一會兒，然後就莫名其妙消失了。」說到這兒，大衛．孤鷹忍不住咯咯笑了起來。「這就是我們大家都面臨的困境，對不對？**第十個覺悟的宗旨**，**是幫助我們從另一個更高的層次和境界**，**理解這整個大覺醒**——對人生神祕機緣的認知、人類精神意識的提升、第九個覺悟的跨越生死鴻溝等等——這樣一來，我們就會明白，人世間為什麼在這個時候會出現精神上的大轉變。了解這點之後，我們就會更積極地參與這場變局。」

「你怎麼知道呢？」我問。

他睜大眼睛，目光炯炯地瞅著我，忽然咆哮起來：「我當然知道！」

好一會兒，他只管繃著臉孔瞪著我，然後臉色才慢慢緩和下來。他拿起咖啡壺，倒了兩杯，把一杯遞給我。

「我的祖先在這座山谷附近居住了好幾千年。」大衛．孤鷹終於告訴我。「在他們心目中，這兒的森林是一個神聖的所在，介於上層的靈界和中層的塵界之間。我的族人會齋戒沐浴，進入這座山谷，展開生命之道的追尋，尋找上天賜予他們的靈藥。」停歇了一會，他繼續說：「我祖父告訴我，有個巫師從遠方的部落來到我們村子，教導我們族人尋找他所說的靈境。巫師指示他們，從這兒出發，身上只攜帶一把小刀，步行進入山谷，一直走到看見野獸發出信號，然後跟隨牠們前往上層世界的神聖入口。巫師告訴他們，只要能夠滌清心中的欲念，他們就會被允許進入靈境，面對祖先，求取生命之道。」孤鷹歎口氣，又說：「後來白人來了，我們族人的精神追尋也被迫終止了。我祖父已經記不得怎樣從事這種追尋。我更不用說了。我們得用猜的，就像其他人一樣。」

「你到這兒來，是為了尋找第十個覺悟吧？」我問。

「當然……當然！但我心中老是無法擺脫一股深沉的悔恨。」他的聲音充滿幽怨，彷彿在喃喃自語。「每回我想向前邁進一步，心中卻有一股力量硬生生把我扯住，不讓我忘記族人遭受的壓迫和屈辱。情況愈來愈糟。我們的土地被偷竊，我們的生活方式被摧毀——這種事情怎麼會發生呢？上天如果有眼，怎麼會允許呢？」

「但願這一切都沒發生。」我說。

孤鷹低頭望著地面，忽然又咯咯笑起來。「我相信你的話。可是，每回想到這座山谷遭受的厄運，我就忍不住很生氣。」

「你看看這道疤痕。」他指著自己的臉頰。「這場架原本可以避免。那幾個德州牛仔灌了太多黃湯，喝醉了。我本來不想跟他們計較，可是心裡實在有氣，結果狠狠跟他們幹上一架。」

「這座山谷，現在不是劃入國家公園，接受政府保護嗎？」我問。

「大約只有一半——小河以北的那一半——劃入國家公園，但政客們都在打它的主意，想把它賣掉，或者引進建築商人來開發它。」

「另一半是屬於誰的呢？」

「這兒的土地，所有權一直分散在私人手裡，但最近有一間在國外註冊的公司，打算收購全部的土地。我們不知道誰是幕後的金主。我們只曉得，他們已經向好幾位地主出高價，準備買下他們的土地。」孤鷹回頭望了望山谷，沉默了半晌才繼續說：「我恨不能改變過去三百年發生的事。我恨那些跑到這兒來定居，強佔我們土地的歐洲人。他們的所作所為跟罪犯沒兩樣。我恨不得改變歷史；我恨不能擁有改變過去的能力。我們珍惜我們的生活方式。我們了解『記憶』的價值。這就是我們族人願意傳遞給白人的重大訊息——如果他們肯虛心求教的話。」

我耳邊傾聽孤鷹的訴說，心中卻浮現起另一幅景象：兩個人——一個是我沒見過的美洲土著，一個是曾經出現在我玄想中的白種女人，站在小溪旁說話。他們身後聳立著一座茂密的森林。過了一會兒，其他土著紛紛圍攏上來，聆聽他們的談話。

「這我們可以治療！」白種婦人說。

「現在言之過早。」美洲土著說。他臉上的神情顯示，對於這位白種婦人，他心中充滿關愛和敬重。「部落中的其他幾位酋長都已經離開了。」

「為什麼不試一試呢？我們討論過這個問題呀。你自己說過，只要有足夠的信心，我們就有把握治療。」

「我是這麼說過。可是，信心並不是憑空產生的——你先得對人生有一份堅定不移的理想和信念。我們的祖先有這份信念，我們大多數人卻沒有。」

「我們可以去追尋這份信念呀。」白種婦人一再懇求。「至少我們可以試試呀。」

這時，橋上出現幾個年輕的聯邦森林管理局巡警，打斷了我的玄想。他們正向一個上了年紀的男子走過去。這個男子滿頭灰髮，修剪得非常整齊，身上穿著寬鬆的西裝褲和漿得筆挺的襯衫。他走起路來，一瘸一瘸的。

「跟聯邦森林局巡警在一塊的傢伙，你看到了嗎？」大衛．孤鷹問我。

「看到了。」我回答。「這人怎麼啦？」

「這兩個星期，我常看到他在這一帶地方晃盪。他的名字好像是費曼。至於他姓什麼，我就不知道了。」孤鷹把身子靠過來，在我耳邊悄聲說。看來，他總算把我當作可以信賴的人了。「聽著，這兒情況有點不對勁。一連好幾個星期，聯邦森林局巡警把守在這兒，清點每一個進入森林的健行客。以前，他們從沒這樣做過。昨天有人告訴我，森林的東端已經被巡警全面封鎖。那一帶很荒涼，離最近的公路有十哩。你知道嗎？以前很少人敢到那兒去。我們這夥人，有些已經聽到那兒傳出詭異的聲響。」

「什麼聲響？」

「一種不和諧的噪音。大多數人聽不到。」

他倏地站起身來，開始拆卸他的帳篷。

「你怎麼啦？」我問。

「我不能待在這兒，得馬上進入山谷。」他回答。帳篷拆到一半，他忽然停手，回過頭來瞅著我：「聽好！你得小心提防那個名叫費曼的傢伙。好幾次，我看見你那個朋友跟他在一塊。」

「在一塊幹什麼？」

「沒幹什麼，只是談話而已。可是，我告訴過你，這兒的情況有點不對勁。」他開始收拾行囊。

我站在一旁默默瞅著他，心中感到一片茫然，一時不知如何是好。但是，直覺告訴我，他對莎琳行蹤的判斷是正確的：這會兒莎琳應該還在山谷裡。「我去拿行李。」我對孤鷹說。「我跟你一起走。」

「不行！」他斬釘截鐵地說。「每一個人都必須獨自進入這座山谷，獨自經歷它、感受它。恕我不能幫助你。我必須去尋覓我自己的生命之道。」說著，他的臉龐顯露出歉疚的神情來。

「這座峽谷到底坐落在哪兒？」我問。

「沿著這條小河走兩哩，你就會看到一條小溪從北方流過來，注入小河。沿著小溪再走一哩，你就會看到西伯賽峽谷的入口。」

我點點頭，正要轉身離去，他卻伸出手來，一把抓住我的胳臂。

「聽著！」他說。「如果你把體內的能量提升到另一個層次，你就能找到你那個朋友。山谷中有幾個特殊的地點，能夠幫助你提升能量。」

「靈境的入口？」

「對！在那兒，你會看到第十個覺悟展現的境界。可是，要找到這幾個地點，**你必須理解你的直覺的真正本質，同時必須保持你心靈的意象**。此外，你還必須留意動物傳達的訊息。這一來，你就會開始領悟，你為什麼會進入這座山谷……我們這夥人為什麼會聚集在這兒。拜託，千萬要小心，莫讓巡警看見你走進森林。」他沉吟了半晌，又說：「我在那兒有一個朋友，名叫寇蒂斯．魏柏。見到他時，請你告訴他，你跟我談過話。同時轉告他，我最近會去找他。」

他微微一笑，然後轉過身子，繼續拆卸帳篷。

我想問他，他剛才說的「直覺」和「動物傳達的訊息」，到底是什麼意思。但他只顧低頭幹活，正眼也不瞧我一下。

「謝啦！」我說。

他伸出一隻手，朝我揮了揮。

我悄悄闔上汽車旅館的門，躡手躡腳，走進屋外那滿地的月光中。沁涼的空氣加上內心的恐慌，使我渾身忍不住打出一個寒噤來。我心中責問自己，我這樣做到底為了什麼？並沒有證據顯示，莎琳現在人還在山谷中；大衛・孤鷹的疑慮，也可能只是過慮。然而，直覺卻告訴我，事情確實有點不對勁。一連好幾個鐘頭，我考慮是否應該向本地警長報案。可是，我怎麼對他說呢？難道就這麼告訴他：我有個朋友失蹤了，有人看見她自願走進森林裡，但現在可能出了事？我手頭上的唯一線索，就是她留在數百哩外的辦公室裡的一張便條。在荒野中搜尋一個失蹤的人，得動用好幾百名人力。我總不能憑著一張措辭含糊的便條，要求他們大舉出動軍警呀。

我停下腳步，抬起頭來，望了望高懸在樹梢上的一輪明月。我打算繞到巡警崗哨東邊，渡過小河，然後沿著健行步道走進山谷。我需要月光為我指引方向，但不需要那麼明亮的光。今晚的能見度至少一百碼，委實太亮了。

我從酒館旁邊繞過去，走到大衛・孤鷹剛才紮營的地方。露營地已經被徹底清理過了。孤鷹在地上撒下一層樹葉和松針，遮蓋他留下的任何痕跡。我得冒著被巡警看見的危險，步行四十碼才能抵達渡河的地點。從崗哨窗口望進去，我看見兩個巡警在聊天。其中一個站起身來，拿起電話。

我蹲伏下來，弓著腰，躡手躡腳走到河邊沙地上，然後涉入水中，濺濺潑潑踩著溪中一堆堆鵝卵石，躍過好幾根腐朽的木頭。樹蛙和蟋蟀的鳴叫聲，在我周遭此起彼落，有如交響樂一般。我回頭望了望崗哨。那兩個森林巡警兀自在聊天，壓根兒沒有注意到我的行蹤。河水最深的地方，淹到我的大腿，但我只花了幾十秒鐘便穿過三十呎寬的水流，跳到岸邊一叢低矮的松樹中。

我小心翼翼一步一步向前摸索，終於找到通往山谷的健行步道。小徑一路向東延伸，消失在茫茫黑夜中。我凝起眼睛，眺望小徑的盡頭，心中憂疑不定。孤鷹憂心忡忡提到的神祕噪音，到底是怎麼回事呢？我冒冒失失闖進陰暗的森林中，會撞見什麼妖魔鬼怪呢？

我咬緊牙關，決定繼續走下去。進入森林，走了約莫半哩後，我離開小徑，走進一座濃密的樹林中，紮營過夜。我鬆了一口氣，脫下溼透的靴子，放在地上晾乾。明早在光天化日之下趕路，畢竟比較安全。

第二天清晨，一覺醒來，我心中想著大衛．孤鷹的臨別贈言。他勸我「保持」直覺，但並沒詳加解釋。我躺在睡袋裡，回想第七個覺悟給我的啟示：共時性的體驗，遵循某一種特定的格式。根據祕魯古老祕笈預言的這個覺悟，我們每個人，一旦釐清自己在過去生活中扮演的角色，就能夠辨識眼前面臨的問題，而這些問題攸關我們的事業、人際關係、生活環境和人生理想。然後，**如果我們保持警覺，預感和直覺就會向我們提供訊息，為我們指點迷津，引導我們尋找答案**。接下來，機緣就會發生，將前因後果揭示在我們眼前，並且提供新的資訊，幫助我們解決問題，促使我們在人生的道路上向前邁進一步。可是，在這個節骨眼上，孤鷹所說的「保持直覺」能發揮什麼作用呢？

我鑽出睡袋，掀開帳篷的門，探出頭去向外望了望。四下裡靜悄悄，沒有不尋常的動靜。我爬出帳篷，呼吸著清新的秋天空氣，走回小河旁，掬起沁涼的溪水洗了一把臉，然後收拾行囊，朝向東方進發，盡量把自己隱藏在沿河生長的高大樹木間，一面走一面啃著乾糧。趕了約莫三哩的路，一股強烈的慵意突然向我襲來；我感到十分倦怠，於是就席地坐下來，把背脊靠在一株樹幹上，凝神屏氣，注視著周遭的草木，試圖提升自己體內的能量。天清氣朗，萬里無雲，早晨的陽光從枝葉間灑下來，在我身旁閃爍不停。我發現十呎外有一株開滿黃花的小植物，靈機一動，就將全副心神貫注到它身上，欣賞它的美。在我凝視之下，這株浸沐在陽光中的植物驟然變得格外明亮起來，葉子顯得無比蒼翠。一股撲鼻的清香，挾著落葉和泥土的霉味，襲向我的知覺。

就在這當兒，我聽到北邊樹叢中響起好幾隻烏鴉的聒噪聲。我聆聽了一會，被那雄渾嘹亮的啼聲深深吸引住，但說也奇怪，卻始終無法確定它究竟從哪兒傳出來。我凝神聽著。剎那間，各種各樣的聲音有如早晨交響曲一般，在我耳際綻響起來：樹梢鳥兒引吭高歌、溪畔野雛菊叢中一隻大黃蜂嗡嗡叫、溪水在石頭和枯枝間潺潺流淌……突然，我聽到遠處隱隱約約地傳來一個低沉、雜亂的嗡嗡聲。我站起身來，望望周遭，心中感到納悶：這究竟是什麼聲音呢？

我背起行囊，繼續朝東趕路。腳步踩在落葉上，發出嘎扎嘎扎的聲音。我得時時停下腳來，凝神傾聽那遠處傳來的嗡嗡聲。它從沒間斷過。樹林盡頭是一片遼闊的草地，長滿五彩繽紛的野花和一叢叢兩呎高的鼠尾草。微風吹拂下，那遍野鼠尾草有如波浪般，不斷招展起伏。快走到草地盡頭時，我看見一株倒下的樹木旁長著一叢黑草莓樹。

它們的風采和光華驟然吸引住我。走近一瞧，我想像它們身上長滿漿果。

這時，我心中忽然產生一股強烈的似曾相識的感覺。周遭的一草一木，剎那間變得無比熟悉起來，彷彿我以前曾在這座山谷待過，吃過這兒的漿果似的。這怎麼可能呢？我在那株倒下的樹幹上坐下來。就在這當兒，我心中悄悄浮現起一幅景象：階梯似的一道瀑布前面有一汪水潭，潭裡的水清澈得宛如水晶。在我想像之下，這個地點也變得非常熟悉。我又感到焦躁起來。

一隻動物倏地從漿果樹叢奔竄出來，嚇了我一跳。牠往北跑了約莫二十呎，猛然煞住腳步，躲在高大的鼠尾草叢中。我看不清楚牠的面貌，但牠留在草上的足跡非常清晰，於是我跟隨牠走進草叢裡。幾分鐘後，牠往南竄出好幾步，然後停下來，一動不動，接著又往北奔跑十多呎，再度停下來。我猜牠是一隻兔子，雖然牠的行動非常詭異。

我仔細觀察這隻動物最後停留的地方，過了五、六分鐘，才慢慢朝向那兒走過去。看見我走近時，牠突然竄開，又往北奔逃。但在一瞬之間，我看到了牠那白色的尾巴和兩隻後腿。果然是一隻大兔子。

我忍不住微笑起來，沿著小徑繼續朝東趕路，終於走到草地的盡頭，進入一座茂密的樹林。在這兒，我看見一條小溪，約莫只有四呎寬，從左邊注入小河。我知道這就是大衛・孤鷹提到的地標。我打算往北走，但那兒並沒有路，更糟的是，溪畔的樹林長著一叢叢糾纏不清的樹苗和荊棘。我鑽不過去，只好回到剛才那片草地上，另尋出路。

我又走進草叢中，沿著樹林邊緣一面走，一面在濃密的灌木叢裡尋尋撥撥，最後竟然來到兔子剛才走過的地方。我跟隨牠的足跡，終於走到小溪旁。這兒灌木長得比較稀疏。我鑽了出去，走進一座高大的老樹林中，沿著小溪往北走。

趕了約莫一哩的路，我看見遠處小溪兩旁矗立著長長一列山丘。走近一瞧，我發現這些山丘形成一座陡峭的峽谷，而入口就在前方。

我在一株高大的山胡桃樹下坐下來，放眼望去。一百碼外，小溪兩岸的山丘凌空而起，變成兩座高達五十呎的石灰岩峭壁，然後往下傾斜，向遠方伸展開去，形成一個兩哩寬、至少四哩長的碗狀峽谷。進入峽谷後，前半哩林木稀疏，地上長滿鼠尾草。我想起不久前聽到的嗡嗡聲，於是豎起耳朵，凝神傾聽七、八分鐘，但這個奇異的響聲似乎已經戛然而止。

我打開背包，拿出小瓦斯爐，點上火，然後解下腰間繫著的水壺，把水倒進一只平底鍋。接著，打開一包冷凍乾燥的蔬菜燉肉，倒進鍋中，放在火爐上煮起來。我坐在一旁，呆呆望著那一縷縷水蒸氣從鍋中裊裊升上來，飄散在微風中。一時間，我神馳物外，又陷入玄想中。池塘和瀑布的景象再度浮現在我心靈中，只是這時我似乎已經進入畫面裡頭，一步一步走上前去，彷彿在迎接某個人。我使勁搖搖頭，試圖將這幅景象驅趕出我的心靈。到底怎麼回事？這些心靈意象愈來愈鮮明清晰——首先，我看見前世的大衛．孤鷹，接著又看見瀑布。

忽然，我看見峽谷中有東西在移動。我望了望小溪，然後又抬起頭來，眺望兩百碼外一株孤伶伶、光禿禿的樹木。一群鳥兒——看來好像是大烏鴉，棲息在樹上，其中有幾隻飛落到地面上來。我心中一動：莫非這些就是我先前聽到的烏鴉？我呆呆瞅著牠們的當兒，這群烏鴉卻突然飛起來，繞著樹梢鼓著翅膀不斷盤旋。這時我又聽見牠們的聒噪聲。但是，說也奇怪，牠們的鳴叫聲仍舊顯得那麼幽遠、飄忽。

鍋裡湯水沸騰的聲音，把我的注意力拉回火爐上來。蔬菜燉肉已經煮沸，溢出鍋外。我慌忙拿來一條毛巾，用它抓起鍋子，然後把瓦斯關掉。鍋裡的湯水平息後，我又把鍋子放回火爐上，回頭望了望遠處那株樹木。那群烏鴉早就消失無蹤。

我匆匆吃掉蔬菜燉肉，把周遭打掃乾淨，然後背起行囊走進峽谷。穿過溪畔那兩座對峙的峭壁後，眼前豁然一亮；我發現，谷中景物的色彩格外地燦爛繽紛。地上長著的鼠尾草彷彿蒙上一層金粉，開滿各色各樣的小花——白、黃、橙。薰風挾帶著杉樹和松樹的清香，從東邊的峭壁吹拂下來。

我一面沿著小溪往北走，一面回過頭來，望著左邊那株烏鴉早先盤繞的樹木。走到這株樹的正東方時，發現小溪驟然開闊起來。我穿過一叢柳樹和香蒲，來到一個池塘邊。這個池塘為兩條小溪提供水源：我剛才走過的那條小溪，和另一條蜿蜒流向東南方的小溪。乍看之下，我還以為這就是我在心靈中看到的池塘，但仔細一瞧，池塘後面並沒有瀑布。

更奇的是，小溪流到池塘北邊時，突然消失無蹤。水源到底在哪？我觀察了一會，猛然醒悟：地下有一條水量豐沛的泉水，在這兒流出地面，注入這口池塘和我剛才走過的那條小溪。

在我左邊五十呎外，有一座山丘上長著三株大楓樹，每一株的樹身直徑都超過兩呎。我心裡想，這倒是打坐沉思的好所在。於是我走過去，蜷縮著身子鑽進樹叢間，在一株大楓樹下坐下來，背靠著樹身。其他兩株樹就在我前面六、七呎外。從這個角度，往左邊看，可以望見烏鴉盤繞過的那株樹；朝右邊瞧，可以觀察泉水的動靜。現在的問題是：從這兒我該往何處去？搞不好我會在峽谷中流浪好幾天，根本沒看到莎琳的蹤影。我心中浮現的那些意象，又是怎麼回事呢？

我闔上眼睛，試圖召回早些時浮現在我心靈中的池塘和瀑布，然而，儘管一再努力，卻始終記不起確實的景象。我睜開眼睛，凝視眼前的野草野花和兩株大楓樹。這兩株樹木，樹皮有如鱗片一般，黑白相間，摻雜著各種層次、深淺不同的茶褐和琥珀色。我全神貫注，凝視眼前的美景；驟然間，樹身上的色彩變得格外鮮明強烈起來，閃爍著虹彩一般的光芒。我深深吸了一口氣，再度眺望草地上的野花。那株烏鴉樹看起來特別的明亮。

我拎起行囊，朝向烏鴉樹走過去。就在這當兒，池塘和瀑布的影像在我心中閃現。這回我終於記起了整幅畫面。我看到的池塘非常遼闊，約莫一英畝，後面有一道階梯式的瀑布，從陡峭的山壁上沖刷而下，將豐沛的水量注入塘中。在心靈浮現的景象中，我看見自己走到池塘邊，跟某個人會面。

左邊忽然傳來汽車聲。我立刻停下腳步，在矮樹叢後面跪下來。一輛灰色吉普車駛出森林，穿過草地，往東南方奔馳而去。我知道，聯邦森林管理局禁止私人車輛進入這一帶；因此，我以為，這輛吉普車的門上會印著森林管理局的標誌。仔細一瞧，我卻吃了一驚，因為這輛車子身上並沒有任何標誌。駛到我前面五十碼外時，它突然停下來。透過枝葉間的縫隙，我看見一個人坐在車中，手裡舉著望遠鏡，正在眺望周遭的景致。我趕緊趴下來，躲藏在樹叢後。這個人到底是誰？

吉普車的引擎又發動起來。轉眼間，它消失在樹林中。我轉過身子，席地而坐，再次豎起耳朵，凝神傾聽那遠處傳來的嗡嗡聲。但這次卻什麼都沒聽見。我想回到鎮上，透過其他途徑尋找莎琳。然而，內心深處，我卻知道自己已經走上了不歸路。我闔上眼睛，再次回味大衛．孤鷹的臨別贈言——「保持直覺」。池塘和瀑布的影像終於又完整地回到我心靈中。我站起身來，再次朝向烏鴉樹走過去，一面走，一面努力將池塘的意象保存在心靈中。

突然，我聽見禿鷹的尖叫聲。朝左邊望去，隱約看見一隻禿鷹鼓著翅膀，朝向北方疾飛。我加快腳步，一面走一面眺望天空，追隨著禿鷹的身影。

這隻鳥兒的出現，似乎提升了我體內的能量。牠終於消失在地平線上，但我依舊朝牠飛行的方向前進，穿過一座又一座滿布石頭的山丘。約莫走了一哩半，我爬上第三座山丘，忽然聽見遠處傳來流水的聲音。不，不是流水，是瀑布！

我小心翼翼走下山坡，穿過一座陡峭的峽谷，心中再度湧起一種似曾相識的感覺。我爬上第四座山丘。眼前豁然一亮，看見了池塘和瀑布——跟我想像的一模一樣，只是景色更加壯闊、更加美麗。池塘廣達兩英畝，周遭圍繞著一堆堆巨大的鵝卵石；塘水十分清澈，有如藍色水晶一般閃爍在晌午的天空下。池塘左右兩岸矗立著好幾株高大的橡樹，周遭叢生著矮小的楓樹和柳樹。枝葉繽紛，景致十分迷人。

池塘的盡頭飛騰起一簇簇水花，霧氣瀰漫塘面；兩條瀑布白燦燦，從山崖上流瀉下來。我發現，這個池塘並沒有出口。塘水轉入地下，悄悄流到烏鴉樹附近才又冒出地面來，成為一條溪流的源頭。

我眺望著眼前這幅美景，心中那份似曾相識的感覺，愈發強烈起來。瀑布的聲響、池塘的色彩、從山丘上俯瞰的景致——這一切看起來是那麼的熟悉。我以前一定來過這兒。但在什麼時候呢？

我走下山丘，來到池塘邊，繞著它走一圈，嘗嘗塘裡的水，讓瀑布灑下的水花噴濺到我臉上，然後爬上巨大的鵝卵石，摸一摸塘邊長著的樹木。我要盡情享受這兒的氣氛。最後，我在塘邊山坡一塊較平坦的石頭上躺下，闔上眼睛，面對著晌午的太陽，感受它的光和熱。就在那一刻，我已經遺忘、卻仍十分熟悉的一種感覺驀地湧上心頭，讓我重新感受到友情的溫馨。我立刻睜開眼睛，轉過身子——我知道我會看到誰。

2 回首來時路

浸沐在這一片光芒中的男子，視野和智慧逐漸開展，
終於使他能夠站在一個超脫的角度上，
檢視自己剛過完的一生。

抬頭一望，我看見威爾站在石崖上，身體被凸出的峭壁遮住一大部分。他扠著腰，笑嘻嘻瞅著我。他的身影有點朦朧。我使勁眨著眼睛，才看清楚他的臉龐。

「我早就知道你會到這兒來。」他爬下石崖，縱身一跳，落在我身邊的石頭上。「我已經等候多時了。」

我呆呆瞅著威爾。他卻伸出胳臂，把我擁進懷裡。他的臉孔和雙手顯得有點蒼冷，但整個人看起來跟平常人沒什麼不同。

「沒想到會在這兒碰見你！」我感到自己的舌頭在打結。「你在祕魯失蹤後，發生了什麼事？這一陣子你到底躲到哪裡去了？」

威爾打個手勢，吩咐我坐在旁邊一塊崖石上，面對著他。

「待會兒我會告訴你。」他說。「你先告訴我，你怎麼會到這座山谷來的？」

我把這幾天發生的事——莎琳的失蹤、在她辦公室找到的山谷地圖、我跟大衛．孤鷹的會面——一五一十全都告訴威爾。威爾想多知道一些我跟大衛的談話內容。於是，就記憶所及，我把大衛那一席話全都轉告威爾。

威爾傾身向前，瞅著我。「他告訴你，第十個覺悟的宗旨在於教導我們，如何站在一個更高的境界，領悟目前在地球上展開的精神復興運動，對不對？他也告訴你，應該學習掌握『直覺』的真正本質，對不對？」

「對啊。」我說。「你覺得他講的有沒有道理呢？」

威爾沉吟了半晌，問道：「進入山谷後，你經歷了哪些事情？」

「一進入這座山谷，我的心靈就開始出現一連串意象。其中一些意象跟以往的時代有關。然後，我就一再看到這個池塘。我看到每一個景物——池塘後面的瀑布、岸上的石頭，甚至看到有個人站在池塘邊等候我，雖然那時我並不知道這個人就是你。」

「在這幅景象中，你身在何處？」威爾問道。

「我好像一步一步走到池塘邊，觀賞它。」我回答。

「這個意象的出現，是在向你預示即將發生的事。」

我乜起眼睛，睨著威爾。「我不明白你的意思。」

「正如大衛說的，**『第十覺悟』的第一部分，是教導我們如何更完整地理解、掌握我**

們的直覺。在前九個覺悟中，人們體驗到的直覺，大多是發自本能的、一閃即逝的感覺，或者只是一種模糊的預感。漸漸地，我們對這種心靈現象愈來愈熟悉，於是就更清楚地把握到這類直覺的本質。你不妨回想一下你在祕魯的經歷。那個時候，你心中不是出現一連串的意象，預示即將發生的事情，引導你前往某個地方嗎？你不是就這樣來到西勒斯廷神殿廢墟嗎？」威爾停歇一會兒，繼續說：「你進入這座山谷後，同樣的心靈現象又發生了。你心中出現一個意象，預示即將發生的事情——找到瀑布，跟某個人會面——而你能夠將意象化為事實，促使機緣發生，結果你就真的找到了這個地方，跟我見面。如果你不把這個心靈意象當一回事，一笑置之，或者在尋找瀑布的過程中，一時氣餒，半途而廢，那麼你就會錯失這樁機緣，回家去繼續過你那平板單調的生活。幸好，你是以認真的態度看待這個意象，而且一直把它保存在心靈中。」

「大衛曾經勸我，一定要學會『保持』直覺。」我告訴威爾。

威爾點點頭。

「出現在我心靈中的其他意象，又是怎麼回事呢？」我問道。「譬如說，那些跟以往的人物有關的意象，究竟代表什麼？那些動物又是怎麼回事？『第十覺悟』有提到這些意象嗎？你有沒有看到整部的祕笈呢？」

威爾揮揮手，把這些問題擱置一旁。他說：「讓我先告訴你，我在另一層次的空間遨遊的經歷。我管這個空間叫『身後世』（Afterlife）。在祕魯，當你們都感到害怕、六神無主的時候，我卻能夠保持體內的能量，置身在一個美麗而純淨的奇妙世界中。我跟你們同在一個地方，但我看到的世界完全不一樣。在我眼中，這個世界充滿光彩，令人不敢逼視。那種感覺很難用言語來描述。好長一段時間，我漫步遨遊在這個美妙的世界中，身心的振動頻率愈來愈高，最後我終於發現一個神奇的現象：只消在心靈中想像一個目的地，我就能夠運用心志，旅行到地球上任何一個地方。我周遊各國，搜尋你和茱莉亞，還有其他人的下落，但卻一直不見你們的蹤影。」威爾歇口氣，繼續說：「最後我發現自己擁有另一項特異功能。只消在心中想像一個空白的空間，我就能夠離開地球，旅行到一個純粹由觀念構成的世界。在那兒，透過想像力，我可以隨心所欲創造任何東西。我創造海洋、山脈和美麗風景；甚至按照自己的意願，創造人的形象。我創造過無奇不有、形形色色的東西，每一件看起來都跟地球上的東西同樣真實。」

停歇了一會，威爾又說：「可是，到頭來我卻猛然醒悟，憑想像和意志構築出來的世界，畢竟不能讓我內心獲得真正的滿足。不久，我又回到現實世界中，思考往後的行止。那一陣子，我依舊能夠凝聚體內的能量，跟具有高度知覺的人交談、溝通。我也能夠吃飯睡覺，雖然我不必這麼做。後來我終於領悟到，我的問題出在——我已經遺忘體驗人生的機緣、促進自我的身心進化。我太過隨心所欲，誤以為我的心靈依舊跟天地的能量保持聯繫，而事實上，我已經變得太過狂妄，太過以自我為中心，以至於偏離了追求身心進化的正道。身心的振動頻率提高到這個程度，很容易讓我們迷失，因為，運用個人意志從事創造，畢竟太簡易、太快捷了。」

「你怎麼解決這個問題呢？」我問威爾。

「我轉向內心，尋求跟神聖的能量建立一個層次更高的聯繫，就像以往我們所做的那樣。這一來，我的振動頻率反而提升得更高了；我又開始體驗到『直覺』。我的心靈中浮現出你的影像。」

「你在心中看到我的時候，我在做什麼呀？」我問。

「我看不清楚，影像太模糊了。可是，當我專心思索這個直覺，並且把它保持在心靈中的時候，我開始進入『身後世』的一個新領域。在那兒，我看到其他靈魂，一群一群的靈魂。雖然不能用言語跟他們直接交談，但是，多多少少，我能夠察覺到他們心中所思所想。」

「他們有沒有讓你看『第十覺悟』呢？」我問。

威爾吞下一泡口水，然後直直瞅著我。看他的樣子，彷彿準備揭露一個驚天動地的消息似的。他說：「『第十覺悟』從來不曾被人用文字記錄下來。」

「什麼？它不是祕笈的一部分嗎？」

「不是。」

「它根本就不存在嗎？」

「哦，它是存在的。但是，不在我們這個塵世。這個覺悟還沒有傳遞到物質世界。它目前只存在於『身後世』。**當地球上的人類憑著直覺，察覺到這項訊息的存在時，它就會進入每一個人的意識中，然後才會有人用文字將它記錄下來**。祕笈中的前九個覺悟，就是這樣被寫成手稿的。事實上，人世間所有的宗教典籍也都是這樣成書，包括我們最神聖的經書。通常，訊息總是先存在於『身後世』，後來漸漸傳入物質世界，被廣大民眾接受，最後由一個身負使命的人用文字將它記錄下來。我們認為這類著作受神靈感應，原因就在這裡。」

「那麼，為什麼人類需要花很長一段時間，才能領會『第十覺悟』呢？」我問。

威爾臉上顯露出迷惘的神色。「我也不曉得呀。跟我打交道的那群幽靈似乎知道原因，可是，我始終弄不清楚。我的能量還沒有提升到那個程度呢。它和恐懼有關，這恐慌出於一個正由以物質實體為支柱，轉化到以精神世界觀為核心的文化。」

「這麼說來，你認為『第十覺悟』隨時都會來臨囉？」

「對！那群幽靈發現，隨著人類對『身後世』的了解愈來愈深，『第十覺悟』正一點一點的在世界各地顯現。但是，人類若想克服恐懼，就必須有足夠的人領會『第十覺悟』，如同前九個覺悟那樣。」

「你知道『第十覺悟』還提到哪些事情嗎？」我問威爾。

「知道。」威爾回答。「顯然，光是領會前九個覺悟是不夠的。我們必須弄清楚，我們應該如何履行這個命運。若想獲得這方面的知識，我們就必須了解『現世』和『身後世』之間的特殊關係。**我們必須理解我們出生的過程，應該曉得我們到底從何處來。我們必須從更遼闊的角度，看清人類歷史的發展方向。**」

我忽然想起一件事。「慢著！你不是看過『第九覺悟』的複印本嗎？它有沒有提到『第十覺悟』呢？」

威爾傾身向前，瞅著我說：「『第九覺悟』說，祕笈揭示的前九個覺悟，旨在描述人類精神進化的過程——個人的以及集體的；然而，人類若想實踐這些覺悟，在日常生活中身體力行，以期圓滿實現上天賦予人類的命運，人類就必須對精神進化的過程有更完整、更深切的了解。因此，人類需要『第十覺悟』。**這個覺悟不單單從『現世』的角度，而且也從『身後世』的角度，向我們宣示人類精神文明轉變的真諦**。它說，我們會更了解，為什麼我們必須統合現世和身後世、為什麼人類必須實現這個歷史目標；一旦我們將這個領悟融進我們的文化中，人類的命運就會圓滿地完成。它也提到我剛才說的那種恐懼。它指出，新的精神意識興起之際，地球上也同時產生一股對立的力量。這股勢力是反動的，充滿恐懼的。它試圖利用各種新科技——比核能還要危險的科技，宰制人類的未來。**『第十覺悟』的一個宗旨，就是化解這種兩極對立的狀態**。」

威爾突然停頓下來，朝東方豎耳傾聽。「你聽到了嗎？」他回頭問我。

我豎起耳朵傾聽了一會，卻只聽到瀑布的嘩啦嘩啦聲。

「你聽到什麼了？」我問威爾。

「嗡嗡聲。」

「早些時我也聽到過。」我說。「那到底是什麼聲音呢？」

「我也不確定。可是，這個聲音在另一個空間也聽得到。我遇見的那些幽靈聽到這個聲音，都顯露出很不安的樣子。」

威爾說這話的時候，莎琳的臉龐突然浮現在我心靈中，輪廓十分鮮明。

「你覺得，這個嗡嗡聲跟你剛才提到的新科技，兩者之間有關連嗎？」我漫不經心地問道。

威爾沒有回答。我發現他臉上出現迷惘的神色。

「你在尋找的那位朋友，是金髮的女孩？」他問道。「眼睛大大的，一副很好奇的樣子？」

「是呀。」

「我剛在心靈中看到她的影像。」

我睜大眼睛，呆呆瞅著威爾。「我剛才也看到她啊。」

威爾回過頭去，好一會兒只管望著瀑布出起神來。我跟隨他的視線，也望到瀑布上。那白燦燦的一簇水花，四下飛濺，為我們兩人的對話提供一個壯麗的背景。我感覺到體內的能量逐漸提升。

「你身上的能量還不夠充沛。」威爾說。「不過，這個地方蘊涵的能量異常強勁，只要我助你一臂之力，我們兩個一齊集中心神，凝視你那位朋友的臉龐，我們就可以進入『精神界』，說不定能夠找到你那位朋友的下落，順便察訪一下，這座山谷究竟發生了什麼事。」

「你確定我辦得到？」我說。「你自己進入精神界吧，我在這兒等你。」他的臉孔逐漸模糊起來。

威爾伸出一隻手，按在我腰下的脊椎骨上，把能量輸入我的身體。他的臉龐又綻露出笑容來。「你明白嗎?今天我們在這兒相會，是上天安排的一樁機緣。人類的文化正開始接受『身後世』的觀念，開始領會『第十覺悟』。我相信，我們兩人將有機會，共同探索人世中的另一個空間。你曉得嗎?這一切都是命中注定。」

就在這當口，我聽到瀑布那兒傳出一陣嗡嗡聲。它穿越嘩啦嘩啦的水流，直抵我的耳際。事實上，連我胃部後方的太陽神經叢，也感受到了這股嗡嗡聲。

「嗡嗡聲愈來愈響亮了。」威爾說。「我們現在就去吧！莎琳這會兒可能碰到了麻煩。」

「我們怎麼去呢？」我問。

威爾挨過來，靠近我的身體；他的手依舊按在我的背脊上。「我們必須重新創造我們剛才接收到的你那位朋友的影像。」

「把它保存在心靈中？」

「對！我說過，我們人類正在學習，從一個更高的層次體認我們的直覺。我們都希望，人生的機緣來得更緊湊、更一致些。然而，對我們大多數人來說，這種知覺是嶄新的，而我們周遭的文化仍然建基在舊有的懷疑主義上，於是我們就喪失了對機緣的期望，也喪失了對它的信心。我們現在開始明白，**只要我們全神貫注，審視出現在我們眼前的每一個和未來有關的線索，將影像牢牢保存在心靈中，堅定我們的信念，那麼，我們心中想望的任何事情，往往都會比較快發生。**」

「那麼說，是我們運用『意志力』讓它發生囉？」我提出質疑。

「不對。」威爾說。「別忘了我在『身後世』界的經驗。在那兒，你能夠憑著一己的意願，讓任何事情發生，但這種創造並不能讓你感到真正的滿足。在『現世』界，情況也是如此，只是在這兒，一切事物的活動都以比較低的速率進行。在地球上，我們可以運用意志力，隨心所欲，創造我們想望的幾乎任何東西，但是，**只有遵循內心的導引和上天的啟示，我們才會感到真正的滿足**。只有在這個時候，我們才運用意志力，朝著上天向我們預示的未來邁進。就這層意義來說，我們變成了上天的創造夥伴。你明白嗎？『第十覺悟』就是建立在這個認知上。在『現世』界，我們開始仿效『身後世』界的靈魂，學習運用我們的想像力；一旦我們做到這點，這兩個世界就會攜手合作，促進天和地的終極結合。」

我點點頭，表示了解。威爾深深吸了好幾口氣，然後加重力道，按住我的背脊，吩咐我在心靈中重新創造莎琳臉部的輪廓和五官。好一會兒，啥事都沒發生。接著，我感到一股能量突然湧現，有如怒潮一般推動我向前，速度愈來愈快。

我發現自己不停向前飛奔，穿過一座五彩繽紛的隧道。我的意識完全清醒，但我心中卻感到奇怪，為什麼我一點也不害怕，反而覺得無比安詳、滿足，彷彿我以前曾經來過這條隧道似的。

飛奔的動作終於停止。煞住腳步時，我發現自己置身在一個瀰漫著白光的空間，感覺十分溫暖。我望望四周，尋找威爾，而他就站在我身後左邊不遠處。

「你終於來了。」威爾臉上綻露出笑容。他的嘴唇並沒有顫動，但我卻清清楚楚聽見他的聲音。接著，我發現，他的身體看起來雖然跟之前一模一樣，但整個人卻散發出一股發自內心的光芒。

我伸出手來，摸摸威爾的手，卻發現自己的軀體也煥發著光芒。觸摸威爾時，我感到距離他的手臂數吋的地方出現一座能場。不管我怎麼使勁，卻始終無法穿透這座能場，只能把威爾的身體往後推送。

威爾忍不住噗嗤一笑。他的表情是那麼的滑稽，逗得我也忍不住哈哈大笑起來。

「神奇吧？」他問。

「這兒的振動頻率，比祕魯的西勒斯廷神殿廢墟還要高。」我回答。「現在我們在什麼地方，你曉得嗎？」

威爾凝起眼睛望了望四周，沒有回答我。我們現在似乎置身在一個立體的空間裡，然而，我們整個人卻彷彿懸浮在半空中，動彈不得，而周遭完全看不見地平線。我們身邊瀰漫著一片白茫茫的光芒，無邊無際。

威爾終於告訴我：「這是一座觀察站。當我第一次在心中召喚你的影像時，我曾經到這裡來過。那時，還有一群幽靈聚集在這兒。」

「他們在幹什麼呢？」

「觀察那些剛死的人。」

「什麼？你的意思是說，人死了以後，就立刻前來這兒報到？」

「對。」

「我們來這兒幹什麼？難道莎琳出了事嗎？」

威爾轉過身子，面對著我。「別擔心，莎琳不會出事的。別忘了，當我開始在心中召喚你的影像時，我到過很多地方，尋找你的下落，最後才在瀑布旁跟你相會。找到莎琳之前，這兒也許有些東西我們必須先瞧一瞧。我們不妨待在這兒，看看這群靈魂吧。」威爾揚起下巴，示意我看看左邊。

好幾個形影，看起來很像人類，出現在我們正前方約莫三十呎的地方。

我的第一個反應是保持警戒。「威爾，你怎麼曉得他們沒有惡意？萬一他們作祟，纏上我們，那我們該怎麼辦呢？」

威爾板起臉孔，瞪我一眼。「在陽間，如果有人想控制你，你怎麼曉得呢？」

「我會察覺到。」我說。「我會覺得這個人的態度有點蠻橫霸道。」

「還有呢？」

「我會懷疑，他們打算奪取我身上的能量。我會感覺到，我的心智和自我一點一點地流失。」

「對啊！」威爾說。「想控制你的人，是不會遵照祕笈指示的原則行事的。事實上，這些原則在『現世』和『身後世』兩個空間都一樣適用。」

眼前這群「形體」逐漸成形顯現，而我卻繼續保持警戒。但是，漸漸地，我發覺有一股能量從他們身上散發出來，讓我感到非常溫馨、親切。這些形影似乎由一團白茫茫、略帶琥珀色的光構成，時而凝聚，時而消散，不斷在我們眼前旋舞、閃爍。他們臉上的五官看來跟人類並沒什麼兩樣，但卻讓人不敢逼視。我甚至無法分辨，來到這兒的幽靈究竟有幾個。一會兒，三、四個幽靈顯現在我們眼前，但我一眨眼，幽靈的數目卻變成了六個，然後又變成三個，飄飄蕩蕩，時聚時散。整群幽靈看起來，有如一團琥珀色雲霧，在白色的背景下不停飄舞閃爍。

幾分鐘後，另一個形象開始顯現。比起其他幽靈，它顯得比較清晰，而且，跟我和威爾一樣，具有一個光亮的軀體。看得出來，這是一個中年男子。剛抵達的時候，他的神色很驚慌，不住地東張西望，後來看見聚集在這兒的一群幽靈，才稍微放下心來。

說來也奇怪，當我全神貫注凝視他時，我竟然能夠察覺他內心的感覺和思維。我瞄了威爾一眼。他朝我點點頭，表示他也察覺到了這個男子內心的思緒。

我又集中心神，凝視這個男子。顯然，他剛發現自己已經死亡，而這個事實讓他感到驚慌。幾分鐘前，他還在陽間從事日常的慢跑運動，然而，就在他準備跑上一座山丘時，心臟病卻猝然發作。疼痛只持續幾秒鐘，然後他就發現自己的靈魂盤旋在軀體外，眼睜睜看著一群路人衝上前來幫助他。一隊醫護人員匆匆趕到，立刻展開急救工作，試圖挽回他的生命。

他的靈魂陪伴他的軀體坐在救護車中。忽然，他聽到隨車的醫生宣布他已經死亡。驚惶之下，他試圖提出抗辯，但卻沒有人聽見他講的話。抵達醫院後，一位大夫向救護人員證實，此人的心臟已經衰竭，回天乏術。

他的心彷彿被撕裂成兩半——他既想接受這個事實，又試圖加以抗拒。他怎麼可能就這樣死掉呢？他才喊出一聲「救命啊」，就發現自己的靈魂穿越過一條五彩繽紛的隧道，來到這個所在。我和威爾站在一旁，瞅著他。這個男子張望了一會，漸漸察覺到其他靈魂的存在，於是主動走向他們。他的形影逐漸淡出我們的視線，跟那群幽靈融合在一起。

突然，他又朝向我們走回來。一眨眼，我們發現他置身在一間辦公室中，周遭擺著許多部電腦，牆上掛著各式各樣的圖表，四處有人在工作。辦公室的情景栩栩如生，但四面的牆壁卻是半透明的，因此我們看得見裡頭的活動。頂頭那片天空也不是尋常的蔚藍，而是一種橄欖色，看起來格外詭異。

「他在欺騙自己。」威爾說。「他想重新創造他在陽間的辦公室，假裝他還沒有死亡。」

其他靈魂往前挪近幾步。這時，又有幾個靈魂從陽間飄來。如今聚集在這兒的靈魂，已經有好幾十個之多，飄飄蕩蕩，閃爍在一團琥珀色的光芒中。他們向那個中年男子發出能量，傳遞一種我不了解的訊息。男子構築的那間辦公室逐漸消散，化為一陣輕煙。

男子臉上露出無可奈何的神色。他似乎認命了，一步一步朝向其他靈魂走過去，跟他們融合在一起。

「我們跟隨他們一塊走吧！」我聽見威爾說。就在這當口，我感覺到他的手臂——不，應該說他手臂的能量——推動我的背脊。

我心裡剛答應跟隨他們一塊走，就立刻察覺到靈魂群中起了一陣騷動。他們的形影逐漸向我逼近。這群幽靈的臉龐容光煥發，跟我和威爾的臉孔並沒什麼不同；但是，他們的四肢卻散發著光芒，看起來不像實體。現在我能把視線的焦點集中在他們身上，凝視四、五分鐘，然後又得眨一眨眼睛，才能再找到他們的形影。

我注意到，這群靈魂——包括剛逝世的那個中年男子——正專注地望著迎面飄來的一簇白光。這團光芒愈飄愈近，體積逐漸膨脹起來，最後變成了一個巨大的光束，籠罩住所有的靈魂。那一束光非常強烈，亮得讓我睜不開眼睛。我只好轉過頭去，望著那個中年男子的側面身影。他正凝視著光束，一點也不會感到目眩眼花。

就在這當兒，我又察覺到他內心的感受和思緒。那一束光照射到他身上，讓他感到無比的溫馨和寧靜。浸沐在這一片光芒中的男子，視野和智慧逐漸開展，終於使他能夠站在一個超脫的角度上，檢視自己剛過完的一生。

剎那間，他看到了自己出生時的情景和童年的家庭生活。他名叫約翰·唐納德·威廉斯，父親個性木訥，母親活躍於社交圈，經常流連在外，對兒女漠不關心。小小年紀，他內心就充滿怨氣。從小他就立志要成就一番大事業，出人頭地。他在數理科表現出過人的才華，二十三歲就獲得麻省理工學院（MIT）物理博士學位，先後在四所明星大學執教，然後進入國防部服務，最近才轉到民間一家能源公司，擔任一個高級職位。

他拚命工作，完全不顧惜自己的身體，以致健康愈來愈差。他愛吃速食，欠缺運動，終於罹患了慢性心臟病。為了挽回健康，他開始從事日常健身運動，但態度過於積極，反而斷送自己的生命。他死時才五十八歲，可謂英年早逝。

回想到這裡，威廉斯的意識起了轉變。他有了新的認知，開始為以往的生活方式深深懺悔。他終於領悟到，從孩提時代開始，他的心靈就有一個傾向：利用桀驁不馴、自命清高的態度，貶抑別人，以抬高自己的身分。他總愛嘲謔別人，恣意批評他們的能力、工作態度和人格。如今回想起來，他卻清清楚楚看到，自己這一生中，一路跌跌撞撞走來，不時總會有貴人出現在他眼前，充當他的導師，替他指點迷津，幫助他克服不安全感，但他卻完全漠視他們的存在，不理會他們的勸導。

他一頭栽進狹隘的隧道中，一直走到生命的盡頭。他的人生旅途處處出現警訊，提醒他慎選工作，勸導他放慢步調。他從事的新科技研究，可能對人類社會造成重大禍害，他卻完全不加考量。他鼓勵下屬提出新的理論，甚至未經檢驗的物理法則，卻從不追究它的來源。他只在乎這些理論和法則是否有效，是否能使他成功，為他帶來名聲和認可。這一生中，他總是在尋求別人的「認可」。他心裡想：天哪，在這方面我又重蹈前世的覆轍，再度失敗一次。

他的意識驟然轉移到前世的一個場景。那是十九世紀，他置身在阿帕拉契山脈南端的一個軍事前哨站。一座大帳篷中，聚集著好幾個軍官。他們正在研讀一幅地圖。燈籠投出的光影，在牆上搖曳不定。在場的部隊指揮官終於達成共識：和平已經破滅，戰爭無可避免；為求速戰速決，我方應該立即進兵。

身為指揮官的高級幕僚，威廉斯不得不贊同其他軍官的看法。他告訴自己：他毫無選擇的餘地；他可以犯顏進諫，但這樣做只會斷送自己的前程，何況身為幕僚，人微言輕，他的話別人不會聽進耳朵的。這場進擊已如箭在弦上，誰也阻擋不了。在針對美洲東部原住民展開的軍事行動中，這會是一場最後的大決戰。

一個哨兵走進帳篷，向指揮官報告，當地有一位居民求見將軍。從帳篷門口望出去，威廉斯看見一個年紀約莫三十許、身材瘦弱的白種婦人站在外面，眼神中充滿憂傷。後來他才得知，這個婦人的父親是一位傳教士；這次她捎來原住民的和平新方案，求見指揮官，希望能夠消弭戰爭。據說，她冒著生命的危險，親自跟美洲原住民談判，好不容易才達成這項新方案。

指揮官卻拒絕接見這位婦人。他待在帳篷裡，任由她在外面大叫大鬧，最後忍無可忍，才叫衛兵舉著槍把她驅趕出軍營。自始至終，將軍並不知道她捎來什麼訊息，也不想知道。這回，威廉斯依舊保持沉默，一聲不吭。他曉得他的長官正承受極大的壓力，因為他已經向政客許諾，盡快肅清這一帶的原住民，把這整個地區交給商人開發。政客和商人若想實現他們的野心，就得發動一場戰爭。他們絕不允許白人殖民者和美洲印第安人，創造他們自己的邊疆文化。在他們看來，美洲的未來應該由華府那幫權貴來塑造、操控和掌握，因為只有他們才具有高瞻遠矚的眼光，只有他們有能力讓我們的世界變得更安全、更富裕。讓小老百姓決定國家的前程，實在是很可怕、很不負責任的做法。

威廉斯心裡有數：最希望開戰的，是那些鐵路大亨、煤業鉅子和新近崛起的石油企業；至於他自己，當然也能從這場戰爭中撈到一點好處。為了確保他在軍中的前程，他不得不裝聾作啞，陪長官們玩玩。他告訴自己，他在進行無言抗議——這點是他跟將軍的另一位副官不同的地方。他記得，那天在將軍的帳篷裡，他站在一旁，好奇地打量著這位身材瘦小、走路一瘸一瘸的同僚。沒有人知道，這傢伙為什麼要這樣走路。他的腳一點毛病也沒有呀。這位副官是標準的應聲蟲，在上司面前永遠唯唯諾諾。他知道企業界那幫大亨在偷偷玩什麼把戲，而他也喜歡這種遊戲、欣賞這種遊戲，恨不得能軋上一腳，成為這場遊戲的一個玩家。

他主張開戰，還有一個原因。這位副官，就像將軍和其他白人權貴，非常害怕印第安人，一心只想消滅他們，不僅僅是因為這些土著誓死保衛家鄉，阻撓白人企業的擴展。更深層的一個原因是：他們畏懼印第安文化中存在著的某種更深刻更可怕的、對白人文明構成強勁挑戰的觀念。這個神祕的觀念，印第安部落中只有少數長老通曉，但不時湧現在他們的文化中，生生不息。記起對於未來的另一層靈視；它要求白人權貴洗心革面，改變他們現下的行事作風。

威廉斯後來發現，在傳教士的女兒苦心安排下，印第安各部落的藥師術士終於齊集一堂，凝聚他們的智慧，準備面對日益逼近的白人世界，據理力爭，以挽救他們民族的命脈。內心深處，威廉斯盼望將軍聽一聽傳教士女兒的陳情，然而，他卻始終保持緘默，沒有勸諫將軍。結果，將軍大手一揮，斷然拒絕了和談，下令開戰。

我和威爾站在一旁，瞅著威廉斯的幽靈。這時，威廉斯對前世的追憶，場景已經轉移到深山中的一座峽谷——白人和印第安人的決戰地。一隊白人騎兵突然衝下山來，發動攻擊。美洲原住民奮起保衛鄉土，從峽谷兩邊的峭壁展開反擊。不遠處，一個身材高大的男子和一位婦人蜷縮在一起，躲藏在亂石堆中。這個年輕的男子是讀書人，擔任一位國會議員的助理。他奉派前來觀察這場戰爭；戰爭的慘烈，把他嚇得渾身發抖。「這場仗實在不該打，不該打！」他喃喃地說。他只對經濟有興趣，完全不了解暴力。前來這兒時，他抱著一個信念：白人和印第安人可以和平相處，因為這個地區日益發展的經濟可以經由適應、演化、融合的過程，容納兩種不同的文化。

依偎在他身旁，躲藏在亂石堆中的少婦，我們先前在將軍的帳篷中看見過。這會兒，她只感到孤獨無助，覺得自己被出賣了。她知道，只要執掌大權的白人肯附耳聽一聽她的陳辭，這場戰爭是可以避免的，而她那番苦心也不會白費。她心中默默起誓，在暴力終止之前，她絕不會放棄努力。她喃喃地說：「這個傷口我們治得好！這個傷口我們治得好！」

在這一男一女身後的山坡上，兩個白人騎兵突然出現，策馬狂奔，對一個落單的印第安人展開攻擊。我睜大眼睛，仔細一瞧，發現這個印第安人就是我跟大衛．孤鷹說話時，出現在我心靈中的印第安酋長。當時他顯得很憤怒，對那位白人婦女提出的和平方案大加抨擊。這會兒，在兩個白人騎兵追擊下，他驟然轉過身子，彎弓搭箭，一箭射中其中一個敵人的心窩。另一個騎兵躍下馬來，撲到印第安酋長身上。兩個人就在地上扭打。騎兵拔出匕首，插進酋長的咽喉。血花飛濺，灑滿一地。

看到這慘烈的一幕，那位鑽研經濟的國會助理嚇得面無人色。他哀求身旁的婦人跟他一塊逃走，而她卻擺擺手，示意他留下來，稍安勿躁。這時，威廉斯才看到，這一對男女身旁的一株樹下站著一位年老的印第安藥師。他的身影模糊不清，飄飄忽忽。就在這當口，另一隊騎兵衝上山脊，居高臨下，不分青紅皂白展開瘋狂掃射。一顆又一顆子彈射下來，貫穿這一雙男女的身軀。那位印第安藥師站在山下，抬頭挺胸，面露笑容，望著山上的白人騎兵。他也被一槍打死。

接著，威廉斯的視線轉移到一座俯瞰戰場的山丘上。有一個人站在那兒，觀察正在進行中的戰爭。他身穿鹿皮衣，手裡牽著一匹騾子，模樣像是一個山地人。觀看了一會，他掉頭離去，牽著牲口走下山丘，穿過池塘和瀑布，消失無蹤。我突然醒悟：戰爭就在我如今置身的山谷中進行，距離瀑布南邊不遠。

我把注意力移轉回威廉斯身上。這會兒，他正沉陷在前世的回憶中，重溫那一段日子的仇恨和血腥衝突。他終於明白，在前世的印第安戰爭中，他未能及時採取行動，阻止戰爭發生，以至於造成無可彌補的缺憾，而這個缺憾，深深影響他在這一世的因緣際遇。

然而，如同在前世，他在這一世也從不曾覺醒過。他和那位國會助理——在戰場中跟傳教士女兒一齊被殺的那個年輕人——在這一世又重聚，但他卻忘記了他們的使命。威廉斯打算在一座山丘上的樹叢中跟這個年輕人相會。在山丘上，他這位朋友將會覺醒，然後走下山谷，尋找其他六個人，組成一支七人隊伍。這七個人將攜手合作，消解人類心靈中根深柢固的「恐懼」。

想到這裡，威廉斯陷入了更深的沉思和回憶。在人類漫長而充滿磨難的歷史中，「恐懼」一直是最大的仇敵。威廉斯明白，現今的人類文化正趨向兩極化對立，給予當道的權貴可乘之機，使他們能夠在這個關鍵的歷史時刻攫奪權力，運用新發明的科技，遂行個人的目的。這是權貴們的最後一次機會。

這麼一想，威廉斯忍不住打個哆嗦。他知道，當務之急是讓這支七人隊伍組織完成。人類歷史發展到這個階段，應該是這類團體應運而生的時候了。只要這類團體的數目夠多，只要他們都能夠理解「恐懼」的本質，人類文化的兩極化對立就會消弭，而山谷中的實驗也就可以終止。

漸漸地，我發現自己又回到那團溫馨柔和的白光中。威廉斯對前世今生的追憶和省思結束了；他和那群幽靈轉眼消失無蹤。接著，我感到有一股力量推動我，使我迅速後退。一時間我只覺得頭暈眼花，心神迷亂。

我發現威爾站在我右手邊。

「發生了什麼事？」我問。「威廉斯到哪裡去了？」

「我不清楚。」威爾回答。

「剛才威廉斯到底怎麼了？」我又問。

「他正在進行『一生的檢討』（Life Review）。」

我點點頭。

「你知道那是怎麼一回事嗎？」威爾問。

「知道。」我說。「有過瀕死經驗的人都說，瀕臨死亡時，他們看到自己的一生飛閃過眼前。你指的就是這種現象吧？」

威爾意味深長地點點頭。「對！」他說。「我們現在對臨終時回顧一生的過程，了解愈來愈深，而這個知識正對人類的文化產生深遠的影響。這也就是『身後世』提供的一個更高的、觀察生命的角度。成千上萬的人，有過瀕死經驗。他們的故事漸漸傳播開來，廣受談論；總有一天，**人類會將臨終回顧一生的現象，看成是日常的事實**。我們知道，死後我們必須檢討我們的一生。對於每一個錯失的機緣，我們會感到懊惱；對於我們的失責——不能及時挺身而出，主持公道——我們也會追悔。有了這個領悟，**我們就會更加重視我們的直覺，珍惜出現在我們心靈中的每一個直覺意象，在人生的道路上遵循它的指引**。這一來，我們就會以更加慎重的方式，過我們的生活。我們不願錯失每一樁重大的機緣。我們不想事後追悔，覺得我們這一生沒有做出正確的抉擇，平白地把上天賜予的機緣糟蹋了。」

威爾突然停頓下來，豎起耳朵凝神聽了聽，彷彿聽到什麼不尋常的聲音。驟然間，我感到太陽神經叢一陣搖撼，然後，我又聽到了不和諧的嗡嗡聲。沒多久，那個聲音就消失了。

威爾望望周遭。我們周圍那團濃密的白光，這時出現了斑斑駁駁的深灰色條紋，閃閃發光。

「目前所進行的事情也對於這個次元產生衝擊！」威爾說。「我不知道，我們是不是能夠維持目前的振動頻率。」

我們等待了一會。深灰色條紋逐漸消散，濃密的白光又圍攏到我們四周。

「記住，祕笈中的『第九覺悟』曾經對人類新科技提出警告。」威爾提醒我。「也別忘了，威廉斯曾經說，那些活在恐懼中的人試圖掌控這些新科技。」

「威廉斯提到的重返人間的『七人隊伍』，到底指的是誰？」我問。「他在回憶中看到的發生在十九世紀這座山谷中的景象，又有什麼意義呢？威爾，我告訴你，我也看到了這些景象。你覺得它代表什麼意義呢？」

威爾的表情一下子變得很嚴肅。「我想，這些都是我們即將看到的景象。而且，根據我的判斷，你將成為這支『七人隊伍』的一員。」

突然，嗡嗡聲又在我耳際響起，音量愈來愈強。

「威廉斯說過，當務之急是弄清楚『恐懼』的本質，這樣我們才能設法消除它。」威爾說。「這就是我們下一步要做的事；我們必須找個法子把威廉斯所說的『恐懼』弄清楚。」

威爾剛把話說完，我就聽到一個震耳欲聾的聲音突然響起，接著，便感到一股力量把我向後推送。威爾伸出手來，想拉住我，但他的臉孔卻逐漸扭曲，變得模糊不清。我拚命伸出手去，想抓住他的胳臂，但他卻突然鬆手，整個人登時隱沒不見了。剎那間，我只覺得天旋地轉，整個身子墜落進五彩繽紛的漩渦中。

3 克服恐懼

人世間沒有什麼病痛是不能夠治療的——仇恨、戰爭，都可以治療。最重要的是，我們對人生和未來要有正確的憧憬。

一陣暈眩之後，我定下心神來，發現自己又回到瀑布旁邊。抬頭一望，我看到了我的行囊。它依舊躺在一塊懸空的石崖下，文風不動。我望望四周，卻看不見威爾的蹤影。到底發生了什麼事？他究竟到哪裡去了呢？

我看看手錶，這才發現，我和威爾進出那個靈異空間，整個過程為時還不到一個鐘頭。回想這一趟旅程，我內心感到無比寧靜溫馨；可是，一回到現實世界，我又變得焦躁不安起來，只覺得周遭的一切都顯得格外灰暗、沉悶。

我拖著疲憊的腳步走到石崖下，撿起我的背包，心裡愈來愈感到恐慌。站在這一片空曠的石地上，我覺得很不安全，便先走回到南邊的山林，再決定往後的行止。爬上第一座山丘，正要走下山坡的當兒，我看見一個身材瘦小、年紀約莫五十歲的男子，從左邊的小徑走上山丘來。他頂著一頭紅髮，頦下留著一撮稀疏的山羊鬍子，身上穿著健行裝。我來不及躲藏，他已經看到我，邁開步伐直直朝向我走過來。

他在我跟前站住，臉上小心翼翼地堆出笑容。「對不起，我想我是迷路了。你能不能告訴我，回到鎮上應該怎麼走？」他問。

我告訴他，先往南走到泉水那兒，然後沿著溪流，朝西一路走到森林巡警的崗哨。

他鬆了一口氣。「早些時，我在離這兒東邊不遠的地方遇見一個人。他告訴我，回到鎮上應該怎麼走，可是我轉錯了彎，就這樣迷了路啦。你也準備回到鎮上嗎？」

我仔細瞧了瞧他臉上的神情，發現這個人內心中，似乎存在著一股莫名的憤怒和哀傷。

「我還不打算回鎮上。」我回答他。「我來這兒找一個朋友。你遇到的那個人，長得是什麼樣子？」

「這個人是個女的，頭髮金黃，兩隻眼睛又圓又亮。」他告訴我。「她講話像連珠炮一樣，速度很快。她告訴我她的名字，可我沒聽清楚。你到底在找誰呀？」

「莎琳．畢林斯。」我說。「關於這個女人，你還記得什麼嗎？」

「她提到國家公園。我一聽她的口氣，就知道她是前來這兒『尋寶』的，跟那幫成天在這兒遊蕩的人一樣。但我不十分確定。」他說。「這個女的勸我盡快離開山谷。她說，等收拾好行囊後，她自己也會離開。聽她的口氣，她很擔心森林裡頭出了事情；待在這兒，每個人的生命都有危險。這個女孩行動很詭異，神祕兮兮的。坦白說，我聽不懂她在講什麼。」顯然，這個人平日跟人打交道，習慣直話直說，不喜歡拐彎抹角。

我盡量保持友善的態度。「聽起來，你遇到的女孩很可能就是我要找的朋友。你能不能告訴我，你到底是在哪裡遇見她的？」

他伸出胳臂，往南邊一指，告訴我說，他是在距離這兒大約半哩的地方遇見這個女孩。那時，她獨自一個人趕路，打算前往東南方的一個地方。

「我陪你走到山泉旁。」我說。

我背起行囊，跟他一塊走下山丘。路上他問道：「如果那個女孩就是你要找的朋友，你知道她打算到什麼地方去嗎？」

「我不曉得。」

「也許，她打算去一個神祕的所在，尋找烏托邦？」他臉上綻露出笑容來，口氣卻充滿諷刺的意味。

我知道他在試探我，於是我說：「可能吧！難道你不相信烏托邦可能存在嗎？」

「當然不相信。」他說。「那是新石器時代的思想，太天真幼稚。」

我瞅了他一眼，忽然感到疲倦起來，不想繼續跟這個人閒扯。「每個人看法不同，見仁見智。」

他冷笑出一聲來。「我說的是事實哦！相信我，這個世界不會有烏托邦啦。咱們這個世界，情況愈來愈糟。我們的經濟發展已經失控，總有一天會給人類帶來大災禍。我們的社會，早晚會整個爆掉。」

「你憑什麼這樣說？」我質問。

「我憑的是最基本的人口學。大半個世紀以來，西方社會一直存在著強大的中產階級。這個階級崇尚理性、重視秩序。他們的一個根本信念是：現有的經濟制度能夠造福每一個人。」停歇了一會，他繼續說：「可是，這個信念現在開始破滅了。整個西方世界都面臨同樣的危機。今天，愈來愈少人相信制度，愈來愈少人願意遵守遊戲規則。原因就在於：中產階級日漸萎縮。科技的發展不但貶低了勞力的價值，而且把人類社會一分為二——富人和窮人。富人掌握資金，從而控制整個世界的經濟；窮人苦哈哈，只能幹些粗活，一輩子低聲下氣服侍有錢人。偏偏我們的教育制度又是千瘡百孔，弊端叢生。這幾個因素湊合在一塊，問題的嚴重性就可想而知了。」

「你的說法頗為憤世嫉俗！」我說。

「我呢，只是實話實說。這年頭，要在這個世界上混到一口飯吃，維持起碼的生活，大多數人得付出愈來愈多的勞力。有關心理壓力的調查報告，你讀過嗎？精神緊張已經蔓延到整個社會。沒有人感到安全，而最壞的情況還沒出現呢！人口的成長已經失控；地球愈來愈擁擠。隨著科技的發展，知識分子和文盲之間的鴻溝也日益擴大。全球經濟的大餅，愈來愈大的一部分落入富人口中，而窮人沉溺在毒品和犯罪的淵藪中，愈陷愈深，不可自拔。」

我只管靜靜聽著。

「你知道，那些低度開發國家會出現怎樣的一種情況嗎？」他繼續大發議論。「中東和非洲很多國家，現在已經落入回教基本主義教派手中。他們的目標，是摧毀有組織、有秩序的西方文明，因為在他們心目中，它是魔鬼建立的帝國。他們要建立一種邪惡的神權政治，讓宗教領袖擁有絕對的權力，主宰社會和人民的一切，而且可以隨時處死他們認為離經叛道的人。你也許會問，天底下，究竟有誰會贊同這種假借宗教名義進行的屠殺？我告訴你，這種人愈來愈多。舉個例子來說吧！我們美國記者報導，到現在，中國還實行殺女嬰的惡習。你相信嗎？」

我沒有答腔。

「聽著：在這個世界上，法律、秩序和對生命的尊敬，愈來愈不受重視。」他繼續說。「我們的世界正在墮落；人類逐漸退化成一群暴民。嫉妒和仇恨主導這個世界；狡猾奸險的政客領導這群人民。縱使你有心力挽狂瀾，也已經來不及了。最要命的是，居然沒有人在乎！搞政治的人漠不關心，他們成天汲汲營營，只想保住自己的小王國。世界轉變得太快，沒有人趕得上世界的腳步；因此，我們只好追求第一，以最快的速度，搶奪我們想要的東西，免得太遲，分不到一杯羹。這種心態瀰漫當今的世界文明，籠罩社會的每一種行業。」

他深深吸了一口氣，轉過頭來望著我。

我走到山丘上，停下腳步，觀賞即將來臨的日落。就在這當兒，我們兩人的視線交集在一起。他笑了笑，似乎為自己剛才大放厥詞感到不好意思。那一瞬間，我突然覺得這個人挺熟悉、挺親切的。我們互道姓名。原來他的名字叫作喬伊・李普斯康。我們站在山丘上，又深深地互相打量了一眼。但是，從他臉上的神情，我卻看不出，他是不是也覺得我很面熟。

是怎麼樣的一種機緣，促使我們兩人在這座山谷中相遇呢？

這個問題才在我心中浮現，我就立刻想到答案。原來，上天要借助他的嘴巴，向我宣示威廉斯在靈異空間中提到的「恐懼」。我感到一股冷汗竄上我的背脊。一切都是冥冥中安排好的，我們的相遇自不例外。

我端起臉容，望著他，開始以認真的態度看待他。「你真的認為，現在的情況很糟？」我問道。

「糟透了！」喬伊說。「我是新聞記者。我剛才提到的那種心態，在我們記者這一行表現得最明顯。以往，我們至少還能保持某種程度的新聞道德，兢兢業業，從事我們的工作。現在可不同啦。大夥兒都在搞煽色腥的東西。很少記者願意花費力氣，挖掘事情的真相；即使找到真相，也很少記者用最精確的方式呈現它。這年頭，記者追求的是獨家新聞。愈是聳人聽聞的玩意，愈有賣點。於是乎，大夥兒一窩蜂挖掘小道消息，不分青紅皂白，讓它出現在媒體上。」

我專注地聽著。

「有時，我們記者明明知道，這條新聞的一些疑點有待查證，至少應該讓被指控的一方有辯解的機會，但是，我們還是匆匆忙忙把新聞披露，為的是提高收視率或報紙銷售量。」喬伊繼續說。「在咱們這個世界，大部分人的心靈已經麻木了；唯一能引起他們興趣——也就是具有『賣點』的東西，就是聳人聽聞的玩意。最可悲的是，新聞界的這種作風一代傳承一代，變成了一種傳統。剛進入這一行的年輕人看到這種現象，心裡難免就想：為了存活，還是遵照前輩的規矩辦事吧，否則，自己的前途可就難保了。這年頭大量出現在媒體上的所謂『調查採訪報導』，其實大都是刻意捏造出來的。年輕記者為了存活，不得不幹這種事。在當今的美國新聞界，這種現象實在太普遍了。」

我們一路朝南進發，這會兒正步步為營地走下一座散布著亂石的山坡。

「其他行業也面臨同樣的困境。」喬伊繼續說。「瞧瞧律師吧！以往身為司法界的一員，律師是備受社會敬重的；在那些年頭，參與司法程序的人，對真理、對公義，都懷有一份崇高的敬意。曾幾何時，情況完全改觀了。看看最近出現在電視上的名人大審吧。現在的律師不擇手段，一心只想顛覆司法程序，破壞公義。他們挖空心思，想盡辦法，讓陪審團相信連他們自己都不相信的說辭，為的就是讓他們的當事人全身而退，逍遙法外。別的律師見怪不怪，有樣學樣，甚至認為在我們的司法體制下，這種作風是絕對正當的、合理的。這當然是狡辯啦。」喬伊歇口氣，又說：「在我們的司法體制下，每個人都有權獲得公平的審判，但是，律師也有責任確保審判程序的公正。他們不該只為了讓當事人逍遙法外，就不擇手段，不計代價，歪曲真理，破壞公義。透過電視轉播，我們終於看清了這幫訴訟律師的真正意圖：為了打響名號，向訴訟委託人收取更高的費用，他們不惜扭曲真理，權宜行事。他們敢公然表現這種腐敗作風，是因為他們早就看準，別人不會在乎他們的行為，而事實上也真的很少人在乎。大夥兒都在幹同樣的事嘛！」

我一面趕路，一面聆聽喬伊的議論。

「我們爭相走捷徑，抄近路，抱著撈一票就走人的心理，謀求短期的利益，放棄長遠的規畫。根本的原因是，內心深處欠缺安全感——我們不以為自己的成功能夠持久。能撈則撈，在這種心理下，我們不惜背棄人與人之間最起碼的誠信；為了促進自己的權益，我們也只好犧牲別人啦。」喬伊搖搖頭，繼續說：「不需多久，維繫人類文明的一些最微妙的、人人遵守的行為準則，就會一個個被傾覆掉。想想看，一旦美國城市貧民窟的失業率攀升到某一個程度，美國社會將變成什麼模樣。犯罪早已失控了。老百姓既然不把犯罪當一回事，警察又何必冒著生命危險保護他們呢？當警察的人心裡難免會想：幹嘛要那麼認真，每個星期上法院兩次，坐在證人台上，接受那幫律師拷問，而這些傢伙對真理正義這類玩意根本就沒興趣。如果運氣不好，被歹徒一槍打中，倒在後巷裡頭，躺在血泊中打滾掙扎，而路過的老百姓卻懶得看你一眼，那才真的冤呢！最好還是睜一眼閉一眼吧，反正二十年一晃就過，平平安安當完差，領取退休金頤養天年去也。當差這二十年，有機會就順便撈點小外快，拿他幾個小紅包。我們的社會，今天就是這個樣子啦。究竟要發生什麼事情，這種現象才會改變呢？」

喬伊停頓下來，歇一口氣。

我一面走，一面回過頭來望望他。

「我想，你大概以為，某種精神復興運動會改變這一切吧？」他終於問道。

「我確實這麼想。」

喬伊抬起腳來，跨過一根橫亙在路上的木頭，氣喘吁吁追上我。

「聽著！」他說。「有一陣子，我對性靈修行的玩意也深深著迷過，成天鑽研生存的目的、命運、覺悟這類大問題。在我自己的生活裡，還居然曾經發生過好幾樁有趣的『機緣』呢。後來我想通了：這全都是鬼扯淡。人類的心靈能夠想像出各種各樣古怪荒誕的玩意，還自以為在探尋真理哩。性靈修行、精神復興云云，說穿了不過是夸夸空談而已。」

我正準備提出辯駁，但靈機一動，決定改變心意。我的直覺告訴我，不妨先聽聽喬伊還有什麼話要說。

「唔。」我說。「那些有關精神復興的議論，有時聽起來果然有點怪怪的。」

「舉個例子來說吧！」喬伊又開始大發議論：「我曾經聽人家說，這座山谷很神奇。這就是典型的鬼扯淡。說穿了，這座山谷只是一座普普通通的山谷，長滿各種草木，跟全美國的山谷沒啥兩樣。」他忽然停下腳步，伸出手來，按在一株大樹的樹身上。「你以為這座國家森林會存活下去？別做夢了！瞧，人類每天用各種廢水汙染海洋，把人造的各種致癌物質散布在地球的生態系統上，不斷砍伐森林，製造紙漿和各種木製品。早晚有一天，這座森林會變成一個巨大的垃圾桶，就像其他地方的森林。這年頭，誰會在乎樹木的死活啊？否則，政府怎麼敢動用納稅人的錢，在這兒修築馬路，以低於市場的價格把木材賣給商人？為了讓土地開發商蓋房子、撈一票，政府有時還把最美麗、最有價值的一些國有地轉讓給他們，交換他們在其他地方的爛地。老百姓如果在乎，政府怎敢這麼做呢？」

喬伊一口氣說到這兒，停下來歇一歇，然後繼續說：「你大概以為，這座山谷裡頭正在發生某種神祕的事情。也難怪你會這麼想。這年頭，面對日漸低落的生活品質，誰不希望看到神奇的事情發生呢？但是，事實就是事實：這個世界上並沒有玄祕的事情發生。我們人類只是一群動物——一群夠聰明卻也夠倒楣的生物，因為在所有生物中，只有人類意識到自己的存在，察覺到早晚有一天我們都會死，而且死得糊裡糊塗，壓根兒弄不清楚，自己活了一輩子究竟是為了什麼目的。我們盡可假裝灑脫，我們盡可許下宏願，但是，一個基本的生存事實仍舊是：有些問題，我們永遠找不到答案。」

我又回過頭來看他一眼，問道：「難道你不相信任何一種神靈？」

喬伊哈哈大笑。「如果上帝存在的話，這個上帝一定是殘酷無比的怪物。這個地球上，怎麼可能有神靈在運作呢？絕無可能！瞧瞧咱們這個世界吧。哪一種上帝會創造出這樣一個荒唐的世界，讓兒童生活在無休無止的天災人禍中？每天有多少兒童餓死，而我們的餐館每天卻要倒掉幾萬噸的食物！」

「話說回來，」喬伊想了一想，補充說，「說不定，這一切都是上帝預先安排好的哦。也許，那幫鼓吹『世界末日論』的學者是對的哦。他們認為，人生和歷史只是一場試煉，目的在考驗我們對上帝的信心。試煉結果，將決定我們當中究竟哪些人最後會贏得救贖。這一切都在上帝的掌握中；有朝一日，祂會摧毀人類的文明，藉以分隔信徒和非信徒、善人和惡人。」

說到這兒，喬伊臉上忽然綻露出笑容來，但那一抹笑容很快就消失無蹤。他一時陷入沉思，不再吭聲。

過了好一會，他才加快腳步追上我。

我們兩人肩並肩，走進那一塊長滿鼠尾草的草地。抬頭一望，我看見那株烏鴉樹矗立在四分之一哩外。

「你知道，鼓吹『世界末日論』的這幫人，心裡真正相信什麼嗎？」喬伊終於開腔。

「好幾年前，我對他們做過一番研究，發現一些挺有趣的現象。」

「我對這些人並不怎麼了解。」我抬起下巴揚了揚，示意喬伊說下去。

「這幫人專門挖掘隱藏在《聖經》——尤其是《新約》末卷——〈啟示錄〉裡的預言。他們相信，人類現今是生活在所謂的『末世』裡，而根據他們的說法，《聖經》的所有預言必將在這個時代實現。他們的基本觀點是：人類的歷史發展到目前這個階段，應該是耶穌基督重返人間，在地球上創建天國的時候了。但是，在人間天國出現之前，地球必先經歷一連串的戰爭、天災和《聖經》預言的其他末世災難。對《聖經》預言的每一場災禍，這幫人都了然於心；閒來無事，他們就坐在家裡，密切注視世界局勢的發展，等待時間表上記錄的下一個事件發生。」

「哦？下一個事件是什麼呢？」我問。

「中東地區會達成一項和平協議，准許以色列重建耶路撒冷聖殿。根據這幫人的說法，聖殿重建後不久，真信徒——天曉得這是些什麼人——就會聽到召喚，欣喜若狂，一個個飛升到天堂上，跟上帝一塊過日子。」

我停下腳步，呆呆地望著喬伊。「這幫人相信，他們會一個個從地球上消失？」

「是呀，《聖經》上講得很清楚啊。」喬伊繼續說：「接著，地球的大浩劫來臨了。在這七年裡頭，地獄之門大開，吞噬地球上碩果僅存的人類。人類的文明全面崩潰：大地震摧毀各國的經濟；海平面上升，淹沒許多城市；暴民和罪犯四處流竄。就在這個節骨眼上，一個大政客乘機崛起——很可能在歐洲——向民眾提出拯救世界、重建社會秩序的一套方案，要求民眾賦予他至高無上的權力。他的方案，包括建立一個中央集權式的電子經濟體系，以操控世界各地的商業活動。參加電子經濟體系、分享商業活動全面自動化成果的人，都必須向這位領袖宣誓效忠。每個人都得在手中植入一枚電腦晶片，以記錄所有的商業交易和經濟活動。」

我靜靜聽著。

「這個假基督，初時對以色列的安全非常關心。他極力促成中東和平協議的簽訂。可是，沒多久他卻翻過臉來，開始攻擊以色列，終於引發一場世界大戰，把回教國家、俄羅斯和中國先後捲進去。根據這幫人的預言，以色列即將淪陷的當兒，天使從天而降，打敗敵人，贏得戰爭，在地球上建立一個精神烏托邦，持續一千年之久。」

喬伊清了清喉嚨，回頭望著我。「隨便找一家宗教書店逛一逛吧！你會發現，有關這類預言的論著和小說多得不得了，簡直汗牛充棟，而且每天都有新作上市呢。」

「你覺得，這些『世界末日派』學者的看法是正確的嗎？」我問。

喬伊搖搖頭。「我不覺得。他們的那些預言，現在只實現了一個：人類的貪婪和腐敗充斥整個世界。獨裁者會乘機崛起，攫取政權，但他的目的只是混水摸魚，利用社會的亂象謀求個人私利而已。」

「你覺得這種情況會發生嗎？」

「我不知道，但有一件事我敢確定。如果中產階級的崩潰持續下去，窮人的日子愈來愈不好過，內城區貧民窟的治安愈來愈糟，犯罪猖獗，蔓延到郊區，獨裁者就有機會崛起了。一連串重大的天災如果在這個時候來襲，造成經濟停頓，我們就會看到一群群飢餓的暴民四處流竄掠奪，橫行鄉里，在整個社會引起大恐慌。面對這麼一場大動亂，如果有個政客登高一呼，要求民眾犧牲些許民權，讓他運用鐵腕整頓治安，重建社會秩序，我想大部分民眾會答應的。」

我們停下腳步。

我打開隨身攜帶的水壺，讓喬伊喝幾口水，然後我也喝幾口。

那株烏鴉樹就矗立在五十碼外的正前方。

我豎起耳朵聽了聽。林中深處，這時又傳出微弱的、不協調的嗡嗡聲。

喬伊瞇起眼睛，仔細看了看我臉上的表情。「你聽到了什麼聲音嗎？」

我回過頭來面對他。「我聽到一種很詭異的聲音，嗡嗡嗡的，先前我也聽見過。我想，這座山谷中正在進行某種實驗。」
「什麼實驗？誰主持的？為什麼我聽不見呢？」
我正想告訴他詳情，卻聽見又有一個聲音突然響起。我們連忙豎起耳朵，凝神傾聽。
「一輛汽車開過來了。」我說。
兩輛灰色吉普車出現在西邊，朝向我們駛過來。我們趕緊跑到一叢荊棘背後，躲藏起來，望著那兩輛車子在我們前面一百碼處疾馳而過。我們仔細一瞧，發現它們沿著先前那輛吉普車走過的小路，朝向東南方駛去。
「這個地方怪怪的！」喬伊說。「那些人是誰？」
「唔，不是森林管理局的人，可是，除了他們，沒有人可以把車子開進這裡來呀。我猜，可能是跟那項實驗有關係的人吧。」
喬伊臉上登時露出驚慌的神色。
「依我看，你還是走近路回城裡去吧。」我說。「你就朝著前面那座山脊，一路向西南方走，大約四分之三哩後，你就會來到一條小溪旁，然後沿著小溪往西走，天黑之前準能趕回鎮上去。」
「你不回鎮上去嗎？」
「現在不行啊。」我說。「我得直接往南走，到小溪旁等候我的朋友。」
喬伊皺起眉頭。「這幫人如果沒有取得森林管理局的許可，怎麼可以在國家森林進行實驗呢？」

「就是嘛。」

「你難道就這樣袖手旁觀嗎？」喬伊說。「這很可能是一個不可告人的大陰謀哦。」

我沒有回答；這時我內心只感到焦慮。

喬伊又豎起耳朵聽了一會，然後邁出腳步，從我身邊走過去。他一路走進山谷中，步伐愈來愈快。走著走著，他忽然回過頭來望我一眼，搖搖頭。

我望著喬伊的背影，直到他穿越過草地，消失在對面的森林中。然後，我加快腳步往南走，一邊趕路，一邊想著莎琳的處境。她自個兒跑進這座山谷來幹什麼？她打算去哪裡？我找不到答案。

我愈走愈快，不到半個鐘頭就來到了溪邊。太陽已經隱沒在西邊天際一堆彤雲後面，整座森林沉陷在蒼茫的暮靄中。我感到疲累不堪，心中老是惦記著喬伊對我說的那番話；而那兩輛吉普車的影像，也老是浮現在我腦海裡，揮之不去。如今，既然已經掌握足夠的證據，也許我應該一狀告到警檢單位，要求他們徹查這個案子；這一來，我也許還有機會找到莎琳。左思右想，還是先趕回城裡再說。

小溪兩岸的林木都很稀疏，於是我決定涉水渡過溪流，進入對岸比較濃密的那座樹林，雖然我知道那一帶地方是私人的產業。

前腳才踏上對岸，我就聽到一輛吉普車疾馳而來的聲音，趕忙煞住腳步，遲疑了半晌，拔起腳跟就往岸邊的林子逃竄過去。離岸五十呎的地方矗立著一座小丘，約莫二十呎高，散布著一顆顆巨大的鵝卵石。我拚命爬到山丘頂端，加快腳步，狂奔一陣，然後躍上一堆大石頭，打算從那兒跳到山丘的另一邊。不料，我的一隻腳才踩上最頂端的那顆大石頭，它就鬆動起來，向前滾落，把我給狠狠摔了一跤。整堆石頭跟著紛紛墜落。我從山丘上摔落下來，發現自己一屁股坐在山溝裡。好幾顆大石頭，每一顆直徑兩、三呎，朝著我的胸膛直直衝落下來。我趕忙翻轉身子，滾到左邊，慌亂中舉起雙手。看來這下死定了。

就在這當兒，從眼角瞄出去。我看見一道纖細的白色身影在我身前閃動。驟然間，我心中靈光一現，不知怎地知道那些大石頭碰不到我。我闔上眼睛，聽見石頭轟隆轟隆從我身子兩側滾落山溝。我慢慢睜開眼睛，拂掉滿頭滿臉沾著的塵土和砂礫，從漫天飛揚的沙塵中望出去。那幾顆大石頭，整整齊齊排列在我身體兩邊。這怎麼可能呢？那道白色身影又是誰呢？

我抬起頭來，望望周遭，忽然看見一顆大石頭後面有東西在悄悄移動。一隻幼小的美洲野貓在那兒走來走去，探頭探腦，只管目不轉睛地打量著我。這隻動物雖然幼小，但應該已經懂得害怕人類，不知為何卻一逕在那兒徘徊，靜靜望著我。

一輛汽車行駛過來的聲音，終於把小野貓嚇得掉頭逃竄進林中。我慌忙跳起身來，跑了幾步，卻被一顆石頭絆了一跤。我感到左腿一陣劇痛，只好咬緊牙關，連滾帶爬，一頭栽進兩碼外的樹叢中。我蜷縮起身子，躲藏到一株巨大的橡樹背後，看見那輛汽車朝溪畔飛駛過來。它放慢速度，梭巡幾分鐘，又加速疾馳而去。這回它仍舊駛向東南方。

我聽見自己那顆心怦怦跳個不停。我撐起身子，坐直起來，脫掉靴子，看看腳踝的傷口。整個腳踝已經開始浮腫。怎麼會在這節骨眼上發生這種事？我感到非常沮喪。我轉過身子，慢慢伸出我那條腿。就在這當兒，我突然看見一個婦人站在三十呎外直瞪著我。我整個人登時僵住了，只好眼睜睜看著她朝向我一步步走過來。

「你沒事吧？」她的口氣顯得很關切，但也帶著幾分戒備。這位黑人婦女身材高䠷，年紀約莫四十歲，身上穿著寬鬆的毛線衫和一雙網球鞋。好幾縷黝黑的髮絲，從她脖子後紮著的那束頭髮散脫出來，隨風飄舞在她的額頭上。她手裡拎著一只綠色小背包。

「剛才我坐在那兒，看見你摔了一跤。」她說。「我是醫生。要不要讓我看一看傷口啊？」

「非常感謝。」我簡直不敢相信，世界上會有那麼好的機緣，讓我在這個節骨眼上遇到一位醫生。

她在我身旁跪下來，小心翼翼移動我的腿，一面抬起頭來，望望溪畔的樹林。「你一個人來這兒嗎？」

我只告訴她，我來找一個名叫莎琳的朋友，其他一概不提。她說，她沒看見過我描述的那個女孩。並告訴我她名叫瑪雅．彭德。聽她講了一番話之後，我判斷她是一個值得信賴的人，才把自己的姓名和居住地點告訴她。

「我住在艾許維爾鎮（Asheville）。」瑪雅說。「不過，我在這兒南邊幾哩的地方開設一家保健中心，是跟另一位醫生合開的。開張還沒多久呢。我們在這座山谷也擁有四十畝地，跟國家森林比鄰。」她伸出胳臂，指了指我們周遭那塊地，然後又說：「另外，在南邊山脊上，我們也擁有四十畝地。」

我打開背包的一個口袋，拿出水壺。

「想不想喝口水？」我問瑪雅。

「謝謝！我自己帶了水壺。」瑪雅把手伸進背包，掏出一只水壺，打開蓋子。她並不忙著喝水，卻拿出一條小毛巾，沾了些水，包紮在我那隻受傷的腳上。我痛得齜牙咧嘴。

瑪雅轉過頭來瞅著我說：「看來，你這隻腳踝確實是扭傷了。」

「傷得多嚴重啊？」我問。

她猶豫了一會兒。「你自己覺得呢？」

「我不曉得。讓我站起來走走看吧。」

我正要站起身來，她卻伸手攔阻我。「慢著！在你站起來走動之前，先分析一下你的態度。你自己覺得你的傷勢有多嚴重？」

「妳為什麼要問這個？」

「因為，病人復元時間的長短往往取決於他自己的意願，而不是醫生的意願。」瑪雅說。

我低頭看了看自己的腳踝。「看來傷勢還挺嚴重的。萬一情況真的不妙，我只好設法趕回城裡去。」

「然後呢？」瑪雅問道。

「那我就不曉得了。」我說。「如果真的走不動，我只好找別人代替我尋找莎琳了。」

「你知不知道，為什麼這樁意外偏偏在這個時候發生呢？」瑪雅又問。

「我不知道。妳幹嘛問這個？」

「對於一樁意外或一場疾病發生的原因，當事人的想法和態度往往會影響他的復元。」瑪雅回答。

我仔細看了她幾眼，心裡實在不願意繼續這場談話。一來，固然是因為這一刻我實在沒有工夫、也沒有心情從事這種玄祕的討論；二來，嗡嗡聲雖然已經停止，但我確信森林中的實驗還在進行中。我們目前的處境非常凶險。太陽下山後，整個山谷黑漆漆的……何況，莎琳這會兒可能已經遭遇到極大的麻煩。

我對瑪雅也深深感到罪疚。為什麼我會感到罪疚呢？我試圖擺脫這種感覺。

我喝了一口水，問道：「妳是怎麼樣的醫生呀？」

瑪雅臉上綻露出一抹笑容來。頭一次，我發現她身上的能量升高。我知道，她開始信任我了。

「讓我告訴你，我研究的是哪一種醫學吧。」她說。「現在的醫學正在轉變中，而且轉變得非常迅速。我們不再把人體看成一部機器；我們不再認為，人體的器官就像機器的零件，早晚會磨損，必須加以修補或替換。**我們開始了解，在很大的程度上，人體的健康取決於我們的心理態度，具體的說，也就是取決於我們對人生和對自己的看法，不管是在意識或是在潛意識的層次上。**在醫學發展史上，這可是一個革命性的轉捩點哦！在傳統的醫學中，醫生扮演專家和治療的角色，而病人只是被動地接受醫療，任由醫生擺布。現在我們卻發現，在醫療過程中，病人的心理態度往往發揮關鍵性的作用。一個重大的因素是：我們如何面對內心的恐懼和壓力。有時，我們會意識到恐懼的存在，但大多數時候，我們把它埋藏在內心深處，整個的壓抑起來。」

我只管靜靜地聽著。

瑪雅歇口氣，繼續說：「這是一種自以為充滿男子氣概的態度——拒絕面對問題，把它推到一旁，打腫臉充胖子。我們若是採取這種態度，恐懼就會在內心深處繼續折磨我們。**想保持身心健康，我們就必須有意識地採取更積極的態度；必須以愛為基礎，棄絕所謂的男子氣概，讓這種積極的態度發揮更大的效能**。我認為，潛意識中的恐懼會造成障礙或堵塞，使我們體內的能量不能順暢流通，結果就引發出各種身心問題。恐懼這種東西，我們若不能妥善加以處理，就會呈倍數成長，終至失去控制，給我們的身體帶來無窮的苦痛。疾病發生之前，我們最好採取預防措施，盡早掃除阻塞能量流通的東西。」

「這麼說來，妳相信任何疾病都可以預防和治療的囉？」我提出質問。

「對！」瑪雅回答。「人的壽命長短不同，那得由造物主來決定。但是，我們可以避免生病，也可以避免讓自己成為那麼多意外事件的受害者。」

「這麼說，妳剛才說的那一套道理，除了適用於疾病之外，也適用於意外事件，譬如我今天不小心扭傷腳踝這件事囉？」我又提出質問。

瑪雅笑了笑。「沒錯，我那套道理確實適用於很多種意外事件哦。」

我感到十分困惑。「聽著，我現在沒工夫跟妳討論這些問題。我心裡記掛著我那位朋友。我得想個法子找到她！」

「我曉得你很著急，可是我有個預感，我們的討論並不需要花很多時間。如果這會兒你匆匆離去，不理會我說的話，也許你就會錯失咱們兩人今天在這裡相會的『機緣』哦！」瑪雅瞅著我，看看我究竟有沒有察覺到，她在話中提到了祕魯的那部古老祕笈。

「妳也曉得祕笈預言的那些『覺悟』？」我問。

瑪雅點點頭。

「我現在到底應該怎麼辦呢？」我又問。

「唔，我經常使用的一種醫療技術，效果很好。整個程序是這樣的：首先，病人得回憶，健康出問題之前的那一刻，他心裡究竟在想什麼？現在我問你，在你扭傷腳踝之前的那一瞬間，你心裡到底在想什麼呀？然後我再問你，你身體的病痛所顯露出的，究竟是怎樣的一種恐懼呢？」

我思索了一會兒，然後回答：「當時我心裡感到很害怕、很矛盾。我覺得，山谷裡的情勢比我想像的兇險得多。我不認為我應付得了這種局面。可是，我又擔心莎琳的安危；我知道她需要幫助。我心裡感到很亂、很矛盾，不知如何是好。」

「所以你就扭傷你的腳踝囉？」瑪雅說。

我傾身向前，瞅著她。「妳是說，我故意傷害自己，以迴避責任？事情就這麼簡單？」

「你自己心裡有數。」瑪雅說。「可是我告訴你，事情往往就是這麼簡單。**最重要的**

是，不要花太多時間為自己辯解。你現在要做的事情是回憶，想想自己的一生，盡一切可能，把你現在身體病痛的根源找出來。好好探索你自己吧！」

「我怎麼開始呢？」

「首先，你得讓心靈平靜下來，準備接受訊息。」

「利用直覺嗎？」

「直覺也好，祈禱也好，隨個人喜好。」

我又猶豫起來，因為我實在不確定，究竟能不能放鬆身心，讓自己的心靈沉靜下來。磨蹭了半天，我終於闔上眼睛。我的思維停頓了一會兒，可是，緊接著我卻想起威爾。剎那間，一連串回憶紛至沓來，都是有關威爾和今天發生的種種事情。我把這些回憶掃到一旁，設法讓心靈恢復沉靜。突然，我看見十歲時的自己：我假裝受傷，一拐一拐地離開一場少年美式足球賽。對了！我恍然大悟。小時候，我就經常假裝腳踝扭傷，以避免在壓力下從事某種活動或工作。這些我都忘了！我發現，長大後我的腳踝經常受傷，在各種各樣的情況下受傷，而且是真的受傷。

我心裡正玩味著這段往事，突然，另一個回憶有如電光石火般閃現在我的心靈。我看見自己出現在另一個年代，背景十分模糊。我正坐在一個陰暗的房間裡，在搖曳的燭光下工作，感到非常自負，洋洋得意。就在這當口，門突然被撞開，有人把我拖出去。我嚇呆了。

我睜開眼睛，望著瑪雅。

「我發現了一些事情。」我說。

於是，我把童年那段往事一五一十全都告訴瑪雅；至於後半截的回憶，由於背景太過模糊，我就乾脆略過不提。

瑪雅聽完後問道：「你有什麼感想？」

「我不曉得。」我搖搖頭。「腳踝扭傷表面看來純粹是一樁意外。我實在不敢相信，這樁意外之所以發生，是因為我想逃避某種情況。以前，我面臨過更糟的情況，腳踝並沒有扭傷呀。為什麼今天偏偏會發生這種事呢？」

瑪雅沉吟了一會。「我也不曉得這是什麼緣故。也許，上天認為，現在是讓你面對這個惡習的時候了。意外、疾病、治療——這些東西比我們任何人想像的都神祕得多。我相信，我們每個人都擁有一份還沒被開發的潛能。一旦被開發出來，它能夠影響未來發生在我們身上的事，包括身心的健康。不過，我必須再強調一次，這個力量必須交由病人自己使用，自己去發揮。」瑪雅遲疑半晌，又說：「身為醫師，我剛才並沒有告訴你，你的腳踝到底傷得有多重。我避免提出自己的看法，是有原因的。醫療界的人現在已經明白，醫師提出醫療意見時，必須十分謹慎。多少年來，民眾已經養成一種習慣，那就是崇拜醫師，把醫師說的每一句話都當作聖旨。一百年前的鄉村醫生都了解這點，於是，他們利用病人這種心理，把大病說成小病，小病說成沒病。病人聽到醫生說他的病一定會好，就高高興興的把醫生的話記在心裡，全心全意跟病魔搏鬥，結果他的病果然好起來啦！最近這些年，基於醫德的考量，醫學界對這種掩飾病情的做法很不以為然。

他們認為，病人有權要求醫師對自己的病情做客觀的、科學的評估。」

瑪雅嘆口氣，繼續說：「不幸的是，罹患絕症的病人聽到自己的真實病情後，往往都嚇得半死，有時甚至一頭栽倒在醫師跟前，昏死過去。我們現在明白，我們身為醫師的人向病人提出病情評估時，必須格外小心，因為心靈具有影響身體健康的力量。我們想把這種力量導引到正面的方向。其實，**人體具有奇妙的再生能力**。以往我們認為身體器官是固體，是堅實的東西；現在我們卻發現，事實上，**身體器官是能量系統，一夜之間就會轉變**。有關祈禱治療的最新研究報告，你讀過了嗎？研究人員運用科學方法，證明這種精神治療確實有效。這一來，我們舊有的醫療模式就要面臨嚴重的挑戰囉。我們得加緊努力，找出一個新的醫療模式。」

瑪雅講到這兒，暫且停頓下來。她打開水壺，澆一澆包紮在我腳踝上的那條毛巾，然後繼續說：「我認為，第一個步驟是：找出潛藏在病人內心深處、跟身體病痛有關連的恐懼；如此一來，病人身體內的能量阻塞就會豁然開通，接著就可以開始接受適當的治療。第二步是，讓病人盡量吸納外界的能量，把它凝聚到阻塞的地方。」

我正想問她到底應該如何進行，她卻揮揮手說：「去吧！盡一切可能，提升你身上的能量。」

在瑪雅導引下，我開始凝聚心神，省察周遭一草一木的美，召喚起內心中那份對世間萬物的愛。漸漸地，眼前的草木變得繽紛多彩起來，而我意識中的一切事物也變得愈來愈鮮明。我看得出來，在這當兒，瑪雅也同時提升她自己的能量。

當我感到身心的振動頻率已經達到巔峰時，我把視線移轉到瑪雅身上。她望著我，微微一笑：「好，現在可以把能量凝聚到阻塞的地方了。」

「到底應該怎麼做呢？」我問。

「利用你身上的疼痛啊！這就是疼痛的作用；它幫助你凝聚能量。」瑪雅解釋。

「什麼？我們的目的不是要袪除身上的病痛嗎？」

「以往我們都這麼想，但這是錯誤的想法。」瑪雅說。「事實上，疼痛是一個信號。」

「信號？」

「對！」瑪雅伸出手來，按了按我那隻受傷的腳。「現在你感到多疼痛呢？」

「一陣一陣的疼痛，但還能忍受。」

瑪雅解開包紮在我腳踝上的毛巾，說道：「現在，把全部注意力集中到疼痛上，盡量感受它。設法找出疼痛發生的確實所在。」

「我當然知道它的所在！」我說。「就在腳踝啊。」

「我知道。」瑪雅說。「可是，腳踝是很大的一個區域哦。到底什麼地方感到疼痛呢？」

我仔細省察腳踝上的疼痛。瑪雅說的可沒錯，我原以為整個腳踝都疼痛。實際上，這會兒我的腿是伸直的，腳趾朝天，而真正感到疼痛的地方，精確地說，應該是關節左上方內側約莫一吋那兒。

「找到了！」我說。

「好，現在把全部注意力集中到那個所在。」瑪雅說。「把全副心神都用上去！」

一連好幾分鐘，我沒再開腔。我把全副心神集中到腳踝的那個所在，盡量感受它的疼痛。剎那間，我發現身體的其他知覺都離我而去了，變得十分模糊。我甚至感覺不到我的呼吸和頸背上黏答答的汗水，也感覺不到手腳的存在。

「盡量感受疼痛！」瑪雅一個勁提醒我。

「好啊。」我說。「我正在感受呀。」

「現在覺得怎麼啦？還很痛嗎？」瑪雅問道。

「還有點痛，但感覺不太一樣了。現在，我感到腳踝上的疼痛暖暖的，有點像刺痛，不再像先前那樣難以忍受了。」話還沒說完，原先那種劇痛的感覺又忽然回到我的腳踝上。

「怎麼回事？」我問瑪雅。

「疼痛的功能，除了讓我們知道身體出了問題之外，還告訴我們，真正的問題究竟出在哪裡。如此一來，我們就能夠遵循疼痛發出的信號，進入我們的身體，將注意力和能量集中在真正出問題的地方。當然，疼痛太過劇烈的時候，病人沒法子凝聚注意力和能量；在這個情況下，我們就得使用麻醉劑減輕病人的痛苦。不過，為了讓疼痛的信號充分發揮效用，我們最好留下些許疼痛，不要將它完全消除。」

說到這兒，瑪雅抬起頭來瞅著我。

「下一步我該怎麼辦呢？」我問道。

「接下來，你應該把層次更高的、神聖的能量，有意識地輸送到疼痛標識出的那個所在，讓這種能量所蘊涵的愛，撫慰那兒的細胞，使它恢復正常運作。」瑪雅解釋。

我聽得目瞪口呆。

「開始吧！」瑪雅吩咐。「設法跟宇宙的能量建立完全的連結。我會待在一旁引導你。」

我點點頭，準備按照瑪雅的指示去做。

瑪雅開始指導：「首先，用你的全副心神感受身上的疼痛。現在，**想像『愛的能量』進入疼痛的核心，將那兒的細胞原子提升到更高的振動層次**。你會發現，你身體那部分的粒子產生『量子性能跳變』（quantum jump），進入最理想的、純粹的能量模式。你會深切感覺到，隨著振動加速，你身體的那個部位會產生一種輕微的刺痛。」

停歇整整一分鐘，瑪雅繼續說：「現在，繼續把全部注意力集中在疼痛點上，你開始感到你的能量——那種刺痛的感覺——上升到你的兩條腿……穿過你的臀部……進入腹部和胸部……最後抵達頸部和頭部。這時，你感覺到整個軀體處於高頻率的振動中，渾身產生舒暢的刺痛感覺。你發現，身上的每一個器官都進入最佳狀態，在最高效率下運轉。」

我遵照瑪雅的指示一步一步去做，沒多久，就感到自己整個軀體都變得輕盈起來，渾身洋溢著能量。我沉湎在這種狀態中達十分鐘之久，然後睜開眼睛，望了望瑪雅。

這會兒，她拿著手電筒，正在幫我把帳篷豎立在兩株松樹之間的平地上。她回過頭來看了我一眼，問道：「現在感覺好多了吧？」

我點點頭。

「到目前為止的步驟，你明白了嗎？」瑪雅問道。

「明白了。我把能量輸送到身上的疼痛點。」我回答。

「沒錯。但是，輸送能量之前的準備工作也同樣重要。整個過程的第一步，**是先探索你的傷痛或疾病所代表的意義，看看它揭露出你生命中的哪些恐懼**。一旦你找到造成你身體不適、使你在人生中畏縮不前的恐懼，阻止你體內能量流通的窒礙就會被打開，讓你的想像力穿透進去。」瑪雅笑了笑，又說：「窒礙一旦破除，你就能夠遵循病痛發出的信號，提高身體某個部位的振動頻率，漸漸將振幅擴散到全身。我必須提醒你，尋找恐懼的根源是極端重要的。疾病或傷痛的根源太深時，病人通常得接受催眠術治療或密集心理輔導。」

我告訴瑪雅，我心中曾浮現這麼一個中古世紀的意象：房門被踢開，我被拖了出去。

瑪雅沉吟了半晌。「阻止體內能量流通的窒礙，根源有時非常深遠。但是，只要你往深處探索，揪出使你在人生中畏縮不前的恐懼，設法加以袪除，你就會更了解現今的你，更明白你這一生的使命。接下來，就可以開始治療程序最後且最重要的一個步驟了。最要緊的是：盡量往深處搜索你的內心，仔細回憶一下，這一生中你究竟想幹什麼。當我們能夠為自己的生命擬想出一個嶄新的、令我們振奮的前景時，真正的治療就可以開始了。讓我們長保身心健康的是『靈思』（inspiration），而不是觀看電視。」

我呆呆地望著瑪雅，過了好一會兒才開腔。「妳提到，祈禱有時也會產生治療效果。替一個身體不適的人祈禱，最好用什麼方法呢？」

「這個問題，我們還在探索。」瑪雅說。「它跟『第八覺悟』提到的那個程序有關——**把流經我們身體、來自上天的能量和愛，傳送到對方身上，幫助這個人想起，他這一生最大的願望是什麼。**當然，有時這個人想起的是，他最大的願望是離開塵世，進入身後世。果真如此，我們也只好尊重他的意願。」

瑪雅幫我把帳篷豎立好，然後又提醒我：「記住，我剛才傳授你的治療步驟，必須跟傳統醫學的精粹結合，雙管齊下，同時並進，才能發揮最大效果。這兒離我診所有一段路程，否則我會帶你去做一次徹底的健康檢查。這既然辦不到，我就建議你今晚待在這兒過夜，除非你不同意。你腳上帶傷，最好不要走動太多。」

她拿出我帶來的爐子，安置在地上，點上火，把一包用冷凍乾燥法處理的菜肉濃湯倒進鍋中，放在火上加熱。「我得趕回鎮上去，幫你弄一副夾板，用來固定你的腳踝，順便準備一些補給品，明天再回來看你。我也會帶一個無線電話來。說不定，我們會用它向外界求救呢。」

我點點頭，沒說什麼。

瑪雅打開她的水壺，把裡頭的水全都倒進我的水壺，然後抬起頭來望著我。她身子後面，最後一道夕陽正逐漸沉暗下來，消失在西方天際。

「妳說妳的診所就在附近？」我問。

「事實上，就在南邊大約四哩外的地方，中間隔著一座山。」瑪雅說。「那邊沒有路通到山谷裡來。唯一的通道，是從城南來的那條大路。」

「今天妳怎麼會出現在這兒呢？」我又問。

瑪雅笑了笑，神態顯得有點忸怩。「說來也滿有趣。昨天晚上我做了個夢，夢見自己走進這座山谷；今天早晨醒來，我就決定到這兒來走一趟。這一陣子，我成天忙碌，於是我就想，也許我需要找個時間讓自己休息一下，好好檢討我在診所的工作。我跟我的合夥人對另類醫學，尤其是中國草藥，很感興趣，在這方面下過工夫，累積相當豐富的臨床經驗。可是，透過電腦，我們也隨時可以接觸到西方傳統醫學的精華。這些年來，我一直夢想建立一間診所，結合這兩種醫學。」

我靜靜聽著。

瑪雅停下來思索一會，又說：「你出現之前，我正坐在這兒沉思，那時只覺得自己體內的能量洶湧澎湃，隨時會決堤而出似的。剎那間，我看到了自己的一生——從孩提時代直到這一刻，我生命中的每一樁經驗都次第展現在我的眼前，歷歷如繪。這是我體驗過的最鮮明的『第六覺悟』經驗。」

我聽得出神了。

「生命中的每一樁事件，都是為日後的工作鋪路。」瑪雅繼續說。「從小，我就看見母親長年臥病在床；她一生飽受慢性疾病折磨，但從不參與自己的治療，一切都聽醫生的。那個時候的醫生，對她的病都束手無策。小時候，我眼睜睜看著母親任由疾病折磨，逆來順受，感到十分痛心，於是就開始蒐集有關飲食、維他命、心理壓力和沉思冥想的資訊，希望能說服母親積極參與自己的治療，主動探索自己內心中潛藏的恐懼。青少年時期，我就已經起了學醫的念頭，但同時又想成為神職人員，內心感到十分矛盾。我不知道。也許，我這一生命中注定，要成為一個利用信仰和靈悟去改變未來和治療人類的醫師吧。」

停歇了一會，瑪雅繼續說：「至於我父親，他是另一種典型。他在生物學界工作，但除了發表學術論文外，他從不向任何人解釋他的研究成果。他管他的工作叫『純研究』。同事都把他當作神來崇拜。他很高傲，因為他是他那個領域至高無上的權威。沒有人敢親近他。我長大後，他得癌症死了。直到他逝世，我都不曉得他生前究竟從事什麼研究。後來我才知道，他的真正興趣是人類的免疫系統。他一生都在探索這個問題：**病人對生命的承諾和熱愛，能夠提高他的免疫能力**。在這方面，我父親可以說是一個先驅；今天的研究證明他當年的看法是正確的。可是，在他生前，我從不敢跟他談論他的工作。小時候，我總是抱怨，我怎麼會有這麼一個讓人不敢親近的父親。現在，我終於明瞭，我父母親的個性和興趣雖然完全不同，但兩者的結合，卻是促使我心靈進化的原動力。我成為他們的女兒，是天賜的機緣。看到我母親飽受病痛折磨的模樣，我從小就領悟，我們每個人都得為自己的治療負責，都必須積極參與自己的治療。把治療工作整個交到別人手裡，是不負責任的做法。從根本上來說，所謂醫療，就是破除病人內心中潛藏的恐懼——跟人生有關的、我們不願面對的那些恐懼——幫助病人找到他的靈感，尋回他對人生的憧憬，恢復他對未來的信心。」

我沒吭聲，只管留神聽著。

瑪雅歇口氣，繼續說：「從我父親那兒，我領悟到一個道理——**現代醫學必須具備更大的包容性，必須回應病人的直覺和心靈憧憬**。我們這群身為醫師的人，必須走下象牙塔來。從父母親那兒獲得的兩種影響，結合起來，促使我開始探尋新的醫療模式，而這種模式必須建立在一個前提上：病人有能力為他的生命負責，有能力回到人生的正軌上。我深信，內心深處我們都知道，在身心兩方面，我們應該如何積極參與我們的治療。只要受到適當的啟發和感悟，我們就能夠為自己的生命塑造一個更崇高、更理想的未來。一旦我們做到這一點，奇蹟就會發生。」

說到這兒，瑪雅站起身來，先看看我的腳踝，再抬頭瞧我一眼。「我現在得趕回鎮上去了！」她說。「別站起來走動哦。你現在最需要的是好好睡一覺，徹底的休息。明天早晨我再回來看你。」

瑪雅似乎看到我臉上顯露出焦慮的神色，於是又跪了下來，伸出兩隻手掌，覆蓋在我的腳踝上。「別擔心！」她說。「只要我們蓄積足夠的能量，人世間沒有什麼病痛是不能夠治療的——仇恨、戰爭，都可以治療。最重要的是，我們對人生和未來要有正確的憧憬。」她輕輕拍了拍我的腳。「這個傷口我們治得好！這個傷口我們治得好！」

瑪雅笑了笑，轉身離去。

突然，我內心湧起一股欲望，想把瑪雅叫回來，告訴她我在靈界的經歷和我所了解的「恐懼」。我也想讓她知道，「七人隊伍」馬上就要重返人間。可是，我實在太疲累了，連張開嘴巴呼喚她的力氣也沒有，只好躺在地上，眼睜睜看著她走進樹林，消失在黑夜中。我心裡想，反正明天還有機會……因為我已經知道瑪雅是誰。

4

追憶

出生前的憧憬，只是一個理想的指南；
它反映的，
是我們的最高自我所期望的人生歷程。

第二天早晨，我在睡夢中聽到兀鷹淒厲的叫聲，猛然驚醒過來。好一會兒，我只管靜靜躺在帳篷裡，傾聽著兀鷹的嗥叫，想像牠在蒼穹中飛翔的模樣。牠又淒涼地尖叫一聲，忽然沉靜下來。我坐直身子，從帳篷門口望出去，只見天空白雲靉靆，天氣十分暖和，一陣陣清風不住搖曳著樹梢。

我打開背包，拿出一條繃帶，小心翼翼包紮我的腳踝，只感到些微疼痛。然後我爬出帳篷，站起身來，試著用受傷的那隻腳踩一踩地面，慢慢跨出一步。腳踝還有點兒虛弱，但只要我一瘸一瘸地行走，它似乎能夠支撐我的身軀。我心裡想：究竟是瑪雅的療法產生了效果，還是因為我腳踝受的傷根本就不嚴重？我無從判斷。

我又打開背包，找出一套換洗衣服，順便撿起昨天晚餐使用的盤碗。一步踩探一步，慢慢走到小溪旁，找到一個隱祕的所在，趕緊脫下衣服，鑽進水中。溪水十分沁涼。我把整個身子浸泡在水裡，讓自己的腦子變成一片空白，不去想那些讓人心煩的事，只管昂起頸脖，呆呆望著頭頂上那一片片繽紛亮麗的樹葉。

不知怎地，我忽然又想起昨晚做的那個夢。夢中我看見自己坐在一塊岩石上……彷彿有什麼事發生……威爾也在那兒……還有其他一些人。我依稀記得，在夢中我看到一座瀰漫著藍色和琥珀色光芒的能場。我又仔細回想了一會，但是，夢中的其他情景卻再也記不起來。

我打開一瓶沐浴乳，忽然發現，周遭的草木突然變得格外鮮明燦爛起來。說來奇妙，夢境的回憶似乎提升了我體內的能量。我覺得自己的身子變得輕盈起來，於是匆匆洗了個澡，順手把盤碗清洗乾淨。就在這當口，我發現右邊不遠處有一塊大石頭，看起來跟我在夢中坐的那塊岩石簡直一模一樣。我凝起眼睛，仔細一瞧。這塊岩石十分平穩，直徑約莫十呎，形狀和顏色一如我夢中的那塊石頭。

只花兩三分鐘，我就拆卸帳篷，然後收拾行囊，把背包塞到橫亙在地上的幾根樹幹下。接著，我又走回小溪旁，攀到那塊岩石上坐下來，凝聚心神，回想我在夢中看到的那座藍色能場，設法確定威爾在夢境中所處的位置。我記得威爾坐在我左手邊，稍稍向後。就在這當兒，威爾的臉龐在我心靈中浮現，清晰得有如一張特寫照片。我努力回想他臉上五官的每一特徵，在心中重建他的影像，將它安置在藍色能場裡。

不一會兒，我就感到胃部後方的太陽神經叢劇烈地抽搐起來；剎那間，我又發現自己狂奔疾走，穿過一條五彩繽紛的隧道。停下腳步時，我看見周遭瀰漫著湛藍的光芒，十分明亮。威爾就站在我身邊不遠處。

「謝天謝地，你終於回來了！」他走上前來。「你身上的能量變得非常沉濁，我四處找不著你。」

「到底發生了什麼事？」我問。「森林裡的那陣嗡嗡聲，為什麼會變得那樣響亮呢？」

「我也不曉得呀。」

「我們現在是在什麼地方？」

「哦，是在一個特別的境界裡。」威爾說。「我們做的夢，似乎就是在這兒發生的。」

我睜大眼睛，瞧了瞧周遭那一片藍光，卻看不到有任何東西移動。

「你來過這裡嗎？」我問威爾。

「來過。」威爾回答。「在瀑布旁找到你之前，我來過這兒，可是，那個時候我並不曉得，我到這兒來的目的究竟是什麼。」

我們並肩站著，好一會兒沒吭聲，只管靜靜望著周遭那一片無邊無際的藍光。

「你上次離開我身邊，回去之後究竟發生了什麼事？」威爾終於問道。

我把這兩天的遭遇一五一十全都向威爾報告。首先，我告訴他，我遇見一個名叫喬伊的新聞記者，聽他談論人類即將面臨的社會動亂和環境危機。威爾沒答腔，只管專心聽著。他一面聽，一面彷彿在思索喬伊的每一句話、每一個看法。

「他表達出潛藏在人類心靈深處的『大恐懼』。」威爾做了個結論。

我點點頭。「我也是這麼想。你覺得，喬伊預測的那些事情都會發生嗎？」

「我認為，真正的危機是，現在已經有很多人開始相信，那些事情正在發生中。」威爾說。「**莫忘了『第九覺悟』說的：隨著人類精神復興運動日漸開展，我們必須消弭『恐懼』造成的兩極化對立。**」

我瞅著威爾的臉龐，說道：「我還遇見另一個人，是個女的。」

威爾豎起耳朵，留心聽我講述我跟瑪雅在一塊的經歷，尤其是我腳踝的傷和瑪雅的療法。

我講完後，他凝起眼眸靜靜眺望著遠方，一時間彷彿陷入沉思中。

「我猜，瑪雅就是和威廉斯前世有瓜葛的那個女人。」我說。「記得嗎？出現在威廉斯回憶中、努力阻止聯邦軍隊進攻美洲原住民的那個女人。」

「她那一套醫療方法，也許可以用來消弭人類心中的恐懼。」威爾說。

我點點頭，示意他說下去。

「這幾天發生的事串連成一樁合情合理、水到渠成的機緣。」威爾解釋。「你來這兒尋找莎琳，卻遇到大衛．孤鷹這個印第安人。他告訴你，『第十覺悟』的宗旨，在於增進人類對精神復興運動的理解；為了達成這樣的理解，我們必須明瞭『現世』和『身後世』之間的關係。他又告訴你，『第十覺悟』闡明人類直覺的本質。**它幫助我們正視直覺的價值，將直覺永遠保持在心靈中，並且以更開闊的眼光，看待我們在人生中遇到的機緣。**」

我留心聽著。

「然後，你依照大衛・孤鷹的指示，找到保持直覺的法子，終於在瀑布旁遇到我了。」威爾繼續說。「我向你證實，保持直覺——我們自己的心靈意象——也是『身後世』境界的運作方式。我又告訴你，『現世』中的人類正在朝向『身後世』推進；這兩個境界終有融合的一天。接著，我們兩個站在一塊，觀看威廉斯的幽靈檢討他剛度完的一生。我們發現，威廉斯苦苦思索，他這一生究竟想幹什麼。原來，他一輩子最大的願望是，結合一群志同道合的朋友，幫助人類對付妨礙精神復興的『恐懼』。他說，為了破除潛藏在人類心靈深處的恐懼，我們必須徹底理解它。」

我聽得出神了。

威爾歇口氣，繼續說：「接著，我們兩個分手；你遇到那個名叫喬伊的新聞記者。他陪你走一段路，途中滔滔不絕談論人類的未來。他在你眼前開展一幅陰森可怖的末世景象，讓你看到了人類文明的徹底毀滅。然後，你遇見那個名叫瑪雅的女子。她一生最大的志趣是醫療。她發展出一套療法，幫助病人探索他們的記憶，讓他們了解他們生存在這個星球上的目的。如此一來，潛藏在心靈中、阻礙能量流通的那份恐懼，自然就會消弭。『追憶』是破除恐懼的最佳工具。」

附近突然起了一陣騷動。我們回頭一瞧，發現有一群幽靈聚集在約莫一百呎外。

「他們前來這兒，也許是為了幫助某人做夢。」威爾說。

我聽得一頭霧水，目瞪口呆。「他們幫助別人做夢？」

「對，在某種意義上可以這麼說。昨晚你做夢時，也有一群幽靈出現在這兒。」威爾說。

「你怎麼曉得我昨晚做夢呢？」我愈聽愈糊塗。

「上回，你離開我返回現實世界，我到處找你都找不著。」威爾說。「我只好耐心等待。等著等著，我內心開始出現你的影像，於是我就遵循直覺的指引，前來這兒。上次到這裡來，我還不太明瞭箇中的玄機。現在我想我明白了——這個地方跟我們的夢有關。」

我一個勁搖頭，實在聽不懂威爾這番話。

威爾伸出手臂，指著眼前那群幽靈說：「顯然這一切都是共時性發生的，他們跟我一樣，也是在直覺的指引下前來這兒。一切都是機緣巧合。如今他們就在這兒等待，看看究竟是誰出現在他們的『夢體』（dream body）中。」

遠處傳出的嗡嗡聲愈來愈響。我只覺得頭昏腦脹，目眩神迷。威爾走到我身邊，伸出手來按在我的背脊上。「待在我身旁，別走！」他說。「我們今天來到這兒，也是一樁機緣。看看眼前這一幕吧！」

我趕忙屏息凝神，掃除腦中的一切雜念。在這當兒，我看到另一個身影顯現在那群幽靈旁邊。我凝注視線，仔細一瞧，發現眼前這個幽靈群集的場面比我當初想像的盛大得多——簡直就像一個電影場景，映現在銀幕上，角色、背景和對白一應俱全。整個情節環繞著一個人物進行。他看起來有點面熟。我凝神觀看了一會，終於認出這個人就是我在路上遇見的記者喬伊。

在我們注視下，眼前的場景逐漸展開，有如一部電影的情節。我設法定下心神來，觀看情節的進行，但腦子裡依舊暈暈糊糊的，始終搞不清楚這部「電影」究竟在講什麼。情節一步一步推向高潮，對白愈來愈尖銳，記者喬伊和那群幽靈逐漸逼近對方。幾分鐘後，整齣戲彷彿結束了。戲中人一哄而散，再也不見蹤影。

「到底發生了什麼事？」我問威爾。

「哦，場景中央那個人在做夢。」威爾說。

「那是喬伊。」我說。「他就是我跟你講過的那個新聞記者呀。」

威爾回頭瞅著我，一臉訝異：「你沒看錯吧？」

「不會看錯。」

「你明白他剛才做的那個夢嗎？」

「不太懂。」我說。「到底發生什麼事了？」

「這個夢跟一場戰爭有關。喬伊冒著槍林彈雨，從一座遭受敵機轟炸的城市逃出來；他拚命跑，頭也不回，心裡只想著自身的安危。他終於逃到附近一座山頭，回頭望了望城市。這時他才想起，他是奉命前來這座城市，將一種新武器的零件交給守城部隊，讓他們利用這種威力強大的新武器對付敵人。不料，為了逃命，他卻怠忽職守，眼睜睜看著整座城市和守城部隊被敵人炮火毀滅，在他眼前化為灰燼。」

「這簡直是一場惡夢嘛！」我感嘆道。

「確實是一場惡夢，不過，這種夢有它深刻的意義哦。」威爾說。「做夢的時候，我們在無意識的狀態中回到幽祕的夢鄉；這時其他靈魂就會前來幫助我們。別忘了，夢的功能，是幫助我們澄清和應付在現實生活中遭遇的問題。**『第七覺悟』指示我們，將夢中的情節和日常生活的情境做個比較，兩相對照，以詮釋它所蘊涵的意義。**」

我回頭望了威爾一眼，問道：「但是，那群幽靈在夢中又扮演什麼角色呢？」

這個問題剛提出，我就發現我們的身體又開始飄浮移動。威爾一逕伸出手來，按住我的背脊。我們停下腳步時，周遭的藍色光芒正轉變成翠綠色，但我看得見琥珀色的波浪環繞在我們身旁，不斷旋舞飄蕩。我凝注視線，仔細一瞧，發現那一條條琥珀色的遊絲竟是一群靈魂。

我看了威爾一眼，發現他笑得很開心。這個地方似乎洋溢著喜慶的氣氛。好幾個幽靈飄蕩到我們眼前來，聚集在一塊。他們的臉龐都綻露出愉悅的笑容，但他們身上的光彩，卻讓人不敢逼視。

「他們渾身散發著愛。」我說。

「試一試，看你能不能接收到他們帶來的訊息。」威爾在旁慫恿我。

我立刻凝聚心神，將體內全部能量投注到這群幽靈身上。剎那間，我領悟到，這群幽靈是瑪雅的夥伴。他們知道瑪雅近來對自己又有一番新認知；她現在明瞭，父母親的一生，都為了她在這個世界上的使命鋪路。這群幽靈為瑪雅的覺悟歡欣鼓舞。他們似乎也知道，瑪雅已經體驗過「第六覺悟」的人生檢討，馬上就要跨入一個新境界，開始悟解她此生來到地球上的目的。

我回頭看了看威爾。他點點頭，表示他也看到了那些意象。

就在這當口，我又聽到嗡嗡聲，突然感到自己的肚子收縮起來。威爾伸出手臂，緊緊抓住我的肩膀和背脊。嗡嗡聲停止後，我體內的能量陡然下降，身心的振動頻率也突然減低。我抬起頭來望了望那群幽靈，試圖敞開心懷吸納他們的能量，填補自己體內的空乏。不料，他們竟然從我眼前溜開，躲避到一旁，跟我保持距離。

「怎麼回事？」我問威爾。

「你試圖吸取他們的能量，以補充你的能量。」威爾說。「你應該進入你的內心，在那兒跟上帝的能量直接取得聯繫。我也犯過同樣的錯誤。這群靈魂不會讓你吸取他們的能量，因為他們不願使你產生誤解，以為他們代表上天的能量。這種錯誤的認知，會妨礙你的身心成長。」

我遵照威爾的指示，進入自己的內心，不久就發覺身上的能量漸漸回復。

「我們怎麼把他們叫回來呢？」我問威爾。

話剛說完，那群幽靈就已經飄回到原先的位置上。

我和威爾互相瞄了一眼。

威爾回過頭去，凝神望著幽靈，臉上忽然顯露出詫異的神色。

「你看到什麼了？」我問。

他沒答腔，只點點頭，繼續凝視著那群幽靈。我會過意來，也開始凝聚心神注視幽靈，試圖接收他們傳達的訊息。過了好一會兒，我終於看到瑪雅。她整個人浸沐在一片翠綠的光芒中，臉上的五官跟我初見她時不太一樣，煥發著燦亮的光彩，但我知道這個女人準是她沒錯。我凝神望著她臉龐的當兒，一個三度空間影像顯現在我們眼前——我們看見十九世紀的瑪雅，站在一間小木屋中，跟好幾個人討論如何消弭聯邦軍隊和印第安人之間的戰爭。她臉上的神情顯得十分激動。

她顯然認為，只要凝聚足夠的能量，這項任務就可以達成。她覺得，要凝聚能量，就必須集合一批志同道合的人。聚集在小木屋的一夥人中，態度最殷勤急切的，是一個衣冠楚楚的年輕紳士。仔細一瞧，我終於認出，他就是後來跟瑪雅一塊在戰場上遇難的男子。鏡頭一轉，我們看到瑪雅來到軍營求見指揮官，結果卻無功而返；然後，鏡頭又轉移到野外。就在荒野的戰場上，瑪雅和年輕人雙雙死於炮火下。

這些情景一幕一幕展現在我和威爾眼前。接著我們看到：瑪雅死後，她的靈魂在「身後世」醒轉過來，開始檢討她的一生，這時她才發覺，生前她是多麼的天真幼稚、多麼的一意孤行，妄想一手阻止戰爭的發生。她終於領悟，其他人的看法是正確的：時機還沒有成熟。我們記起的「身後世」知識，還不足以完成這樣的一項任務。我們必須再等待一陣子。

檢討完一生後，我們看見瑪雅移動腳步，進入那一片翠綠的光芒中，又被我們眼前的那群幽靈環繞起來。說也奇怪，這群幽靈臉上都顯露出同樣的一種神情。他們那隱藏在五官下面的靈魂，在某種程度上，彷彿是瑪雅靈魂的翻版。

我帶著詢問的眼光，望了望威爾。

「哦，這是瑪雅的『靈魂群』。」威爾說。

「什麼是靈魂群？」我問。

「那是一群能夠跟她產生『共振』的靈魂。」威爾興奮地說。「現在我明白了。找到你之前，我去過好幾個地方。在其中一處，我遇到一群幽靈，看起來還真有點像你呢。我現在曉得，那就是你的靈魂群。」

我還來不及說什麼，眼前那群幽靈又開始移動。瑪雅的影像再次浮現。她依舊站在翠綠的氛圍中，被她的靈魂群環繞，但是，這會兒，她眼前卻出現一簇燦爛的白光，如同威廉斯檢討他的一生時那樣。她似乎察覺到，一件重大的事情正在發生。她在「身後世」自由走動的能力逐漸消失；她的注意力又轉移到「陽世」上。現在，瑪雅看到了未來的母親。她結婚沒多久，這會兒正坐在屋前的門廊上，一副憂心忡忡的模樣。原來她在擔憂，像她那樣瘦弱的身子，不知能不能承受生養孩子的辛勞。

瑪雅開始明白，能夠成為這位母親的女兒，實在是一個極大的福緣。這個女人一生都為自己的健康操心，因此，身為她的孩子，瑪雅小小的心靈很早就意識到各種醫療保健問題，為她日後從事的醫學工作，埋下了種子，打下了基礎。醫療事業畢竟不是象牙塔的玩意兒；你不能憑空捏造一套玄奇的理論，刻意規避現實生活的測試。瑪雅曉得，她個性中有一種逃開現實、遁入幻想的傾向，而她也曾為她的魯莽付出慘痛的代價。如今，內心深處潛藏的前世記憶——她在十九世紀那場印第安戰爭中的經歷——會一再提醒她，凡事必須三思後行。現在她會放慢工作步調，多多獨處沉思，善用母親和她之間的那樁獨特的福緣。

威爾看了我一眼。

「現在，我們看到的是，瑪雅開始思考她目前生活時所發生的事情。」威爾解釋。

瑪雅現在思索，她跟母親之間的關係究竟應該如何開展。小時候，她成天看到母親為病痛折磨。母親的消極、恐懼、怨天尤人，引起她對「身體／心靈」關係的興趣，促使她探索病人在醫療過程中應該承擔的責任。她會把探索的成果帶回給母親，說服她介入、參與自己的治療。母親會成為她的第一個病人，進而成為她的奧援，全力支持她的醫療事業。母親的康復，證明「新醫學」能夠造福世間無數苦痛的眾生。

瑪雅的目光，這會兒轉移到未來的父親身上。他陪伴妻子，坐在園中的鞦韆上。妻子偶爾提出一個問題；他心不在焉地回答一兩句。他只想靜靜坐著沉思，對聊天毫無興趣。這一刻，他只關注他所從事的研究工作；他的心靈充塞著各種各樣、稀奇古怪的生物學新問題，尤其是直覺靈感和免疫系統之間的關係。瑪雅現在曉得，父親那種孤傲冷漠的學者性格，對她來說也是一種福緣。在父親幫助下，她能夠逐漸擺脫她個性中的自欺傾向，學會為自己思考，實事求是。假以時日，她和父親肯定能夠在科學的基礎展開心靈的交流，而父親必定會敞開胸懷，將所有的學識傳授給她，協助她建立新醫療方法。

瑪雅現在明瞭，她的出生，對父母親來說也同樣可以成為一種福緣。在她幼小的心靈中，父母很早就激發她對醫學的興趣；同一個時期，她也將父母導引到上天注定的一個方向——母親改變消極的態度，對自己的健康開始負起責任，而父親則逐漸走出象牙塔，不再純粹依靠大腦過活。

瑪雅對她一生的思考持續進行著。

在我和威爾注視下，她的臆想一步一步從出生時期進入孩提時代。她看到各種各樣的人，陸續進入她的生命，而他們的出現總是在關鍵的一刻，有如貴人一般，幫助她學習和成長。就讀醫學院那些年，她也有幸遇到一群醫師和病人，激勵她對醫學展開新的、另類的思考。

瑪雅的臆想，轉移到她生命中的另一個階段：她結識一位醫師，跟他合夥開設一家診所，建立新的醫療模式。然後她獲得一個啟示：她將參與一個全球性的精神覺醒運動。在我和威爾之前，她發現了在祕魯出土的那部古老手稿，接觸到它所揭示的九個「覺悟」，然後跟一個肩負特殊使命的團體重新會合。全球各地有許多類似的團體，現在雖然各自獨立運作，但早晚終會聚合在一塊。這些團體的成員，將會站在一個比現世更高的境界上，追憶他們的來歷，探尋他們真正的身分，從而幫助世人克服兩極化的「大恐懼」。

瑪雅突然看見自己跟一個男子展開重要的對話。他個子高大健壯，身穿軍用工作服，一副精明能幹的模樣。說也奇怪，瑪雅居然認出，他就是在十九世紀那場印第安戰爭中跟她一塊遇難的男子。我凝注視線，仔細瞧了瞧他，忽然心中一亮。原來，他就是出現在威廉斯「人生檢討」中的那個男子。他是威廉斯的工作夥伴，但威廉斯卻未能幫助他覺醒。

瑪雅對她一生的臆想逐漸擴展開來，到了這時，已經超乎我的理解範圍。她的身子逐漸融進身後那一簇璀璨的白光中。我只看得出來，她對個人身世和使命的懷想，正一步一步的，融進人類的整個歷史和未來。透過這個終極的、宏觀的角度，她似乎看到了自己可能的一生。我感覺得到這一點，卻無法清楚看到出現在她懷想中的那些意象。

瑪雅的臆想終於結束。我們又看見她回到那一片翠綠的光芒中，依舊被她的靈魂群圍繞。這會兒，他們正在觀看人間的一幅景象：瑪雅的父母決定生養一個孩子，於是夫妻倆相擁上床，在愛的行動中孕育出瑪雅的生命。

瑪雅身邊那群幽靈的能量陡然提升，變得無比強烈，而他們的形影也幻化成了一道道琥珀色的波浪，不斷旋轉飛舞，有如一個巨大的、白茫茫的漩渦。我在旁觀看，也深切感受到那種銘心刻骨、邁向高潮的愛和振動。在人間，瑪雅的父母正緊緊擁抱著；高潮那一刻來臨時，一股淡綠色的能量從白光中流出，穿過瑪雅和她身邊那群幽靈，進入瑪雅父母體內。猛一陣衝刺，它穿透過這對夫妻的身軀，向對方湧過去，將精蟲和卵子推向命中注定的結合。

我們目擊受孕的過程。我們親眼看到，兩個細胞奇蹟似地結合在一起。最初很緩慢，然後速度逐漸加快，這兩個細胞開始分裂，最後形成一個完整的人形。我一邊觀看胎兒的孕育過程，一邊打量站在靈魂群中的瑪雅。我發現，細胞每分裂一次，瑪雅的身影就變得模糊、朦朧一些。等到胎兒孕育成熟時，她整個人就從我們眼前消失。她的靈魂群暫時還留在現場。

我們剛目睹的這一幕，似乎蘊涵有更深刻的一層意義，但我一時分心，以致錯失了這個訊息。

突然，那群幽靈也跟著消失無蹤。現場只剩下我和威爾兩個人，面面相覷。他顯得十分興奮。

「我們剛才看到的那一幕，究竟代表什麼呢？」我向威爾探問。

「這是瑪雅投胎、出世的過程。」威爾解釋。「整個過程留存在她的靈魂群的記憶中。我們剛才全都看到了：瑪雅察覺誰是她未來的父母親、她這一生究竟會成就什麼事業。然後，我們親眼看到瑪雅的母親受孕、瑪雅被引進人間的實際過程。」

我點點頭，示意威爾繼續說下去。

「夫妻燕好的行為，開啟了一扇從『身後世』進入『現世』的大門。」威爾說。「這個時候，靈魂群也陷入愛的激情中，感受到高潮那一刻銷魂蝕骨的歡愉。**人類的性高潮，打開了一條通往『身後世』的路徑；性交達到高潮時，我們瞥見『身後世』之美，感受到屬於『身後世』層級的愛和振動**。這一剎那，通往『身後世』的大門為我們開啟，讓上天的『能』川流而過，給人間帶來一個新靈魂、新生命。我們親眼看到這個現象發生。夫妻燕好是一個神聖的行為——在那一刻，天堂的能流注入人間。」

我點點頭，思索著剛才目睹的那一幕所蘊涵的意義，過了好一會才說：「瑪雅好像知道，如果她生為這一對夫妻的女兒，她這一生會怎麼過。」

「沒錯。」威爾說。「**出生之前，我們每個人顯然都會有憧憬，臆想今後一生會怎麼過**。我們也會思索我們跟未來父母的關係，甚至考慮到，我們跟父母會產生怎樣的一種衝突，而彼此之間的摩擦究竟應該如何消解，才能化阻力為助力，使我們能夠更加順利地開創這一生的事業。」

「這些我大部分都明白。」我說。「可是我感到很奇怪。瑪雅曾經跟我談起她真實的生活。兩相對照，她出生前的臆想就顯得不切實際，太過理想化——她跟家人的關係就是最好的例子。瑪雅跟父母相處，可沒她當初想像的那麼好。母親一生都不曾真正了解過她，而母親也一直為病痛折磨，怨天尤人。至於瑪雅跟父親的關係，一直就非常疏遠；直到父親過世後，瑪雅才知道，身為學者的父親一生究竟在研究什麼學問。」

「這並不奇怪啊。」威爾說。「出生前的憧憬，只是一個理想的指南；它反映的，是我們的最高自我所期望的人生歷程，可說是一種『理想腳本』；但是，只要我們一生都遵循直覺的指引，這個腳本未嘗沒有實現的可能。實際上，來到人間後，面對現實生活，我們的理想最多也只能實現七、八分而已——這已經是盡最大的努力了。這個問題，是屬於『第十覺悟』的範疇。祕笈揭示的這個人類的最後覺悟，將我們導引向『身後世』的境界。它闡釋人類在地球上的精神經驗，尤其是對『機緣』的認知。它也告訴我們，人生中的『共時性』究竟是怎麼回事。」

我聽得一頭霧水。

威爾解釋：「當我們心中出現一個直覺，或者在睡眠中做了個夢，如果我們能夠遵循它的指引，在生活中採取某項行動，那麼，某些事件就會在我們眼前發生，感覺上就像神奇的『機緣巧合』。我們會感到很興奮、很激動，以為這些事是『命中注定』，無論如何都會發生。」威爾停頓了一會，繼續說：「看到剛才那一幕，我們可以從一個更高的角度，觀察人生中機緣巧合的事件。**當我們心中出現一個直覺——一個預示未來的心靈意象——的時候，實際上，我們是突然回憶起出生前的憧憬。有如靈光一現般。它提醒我們，在人生旅程的這個節骨眼上，我們應該何去何從**。這樣的回憶也許不十分精確，但是，一旦某件事情果真發生，而且跟我們當初的憧憬十分接近，我們就會感到格外振奮，因為我們發現，自己這一生注定要走的旅程，原來就是我們在出生前所想望的。」

「可是，『靈魂群』又是怎麼回事呢？」

「我們跟他們同聲相應、同氣相求。」威爾解釋。「他們認識我們、了解我們。他們分享我們出生前的憧憬，跟隨我們走完人生的旅程；我們死後，開始檢討自己的一生時，他們陪伴在我們身邊，充當我們記憶的貯存庫，在我們身心進化的過程中，他們一再提醒我們，莫忘了自己是誰。」

威爾停歇一會兒，然後瞅著我的眼睛說：「當我們在『身後世』境界時，我們的靈魂群中如果有一個靈魂準備投生到人間，那麼，我們也會以護衛的身分追隨他前去。我們變成了『靈魂群』的一員，一路護佑我們這個夥伴。」

「這麼說來，當我們在人間時，我們的靈魂群提供我們直覺和指引囉？」

「不，不是這樣的！」威爾搖搖頭。「根據我觀察靈魂群所得到的結論，直覺和夢都是我們自己的。它來自更高的層次——屬於上天的一個層次。靈魂群的任務，只是向我們輸送額外的能量，以某種方式激勵我們——但是我還沒弄清楚，到底使用什麼方式。反正，在他們激勵下，我們更容易回憶起以前知道的事情。」

我聽得呆了。「原來如此！我現在明白，我的夢和喬伊的夢究竟是怎麼回事了。」

「唔。」威爾點點頭。「做夢的時候，我們跟我們的靈魂群團聚；每次相聚，他們就會喚醒我們的記憶，使我們想起，在這一世人生中，我們究竟想做什麼。**我們依稀又記起了當初的願望。夢醒時，我們回到現實世界，但仍保留著那個記憶，雖然有時候它是以『原型象徵』（archetypal symbols）的形式來表現**。就拿你做的那個夢來說吧。你的心靈比較開放，比較能夠接受精神層面的東西，所以你記得住夢境傳達的訊息，而且記得相當完整，幾乎逐字逐句。你記起當初的願望：當你心中浮現出我的影像時，我們兩人就會相遇。果然，你就做了這樣一個夢，幾乎完全相同。」

話鋒一轉，威爾把矛頭指向喬伊：「相反的，喬伊的心靈可就沒你那麼開放了；他的夢是以一種比較扭曲、比較接近象徵的形式顯現。他的記憶很模糊，而在意識心靈中，他又刻意以戰爭的象徵包裝夢境傳達的訊息；因此，透過夢境，他只記得，在出生前的人生憧憬中，他的願望是留在山谷裡，幫助解決當前的問題，而如果他逃離的話，他肯定會後悔的。」

「這麼說來，靈魂群常把能量輸送給我們，希望我們記住出生前對人生的憧憬囉？」

「沒錯。」

「所以瑪雅的靈魂群才會那麼高興？」

威爾的表情一下子變得嚴肅起來。「他們高興，是因為瑪雅終於記起，她為什麼會成為她父母親的女兒、她的人生經驗如何幫助她建立醫療事業。可是，這只是出生前她對人生憧憬的第一部分。還有很多事情，瑪雅到現在還沒記起來呢。」

「有一部分我已經看到：在這一世，瑪雅又跟那個在十九世紀和她死在一塊的男子相會。其他部分，我不太理解。你看到了多少呢？」我問。

「我也看得不全。」威爾說。「後面那幾部分提到，『大恐懼』的陰影日益逼臨。威廉斯預測即將返回人間的『七人隊伍』，瑪雅是其中一個成員。這個團體終會記起，隱藏在我們個人願望背後的那個神祕的、巨大的理想和憧憬。如果我們想掃除『大恐懼』，就必須記起這個理想。」

我和威爾互相凝視了好半晌。突然，山谷中進行的實驗又在我的身體內造成一陣震動。就在這當兒，一個身材魁梧的男子——就是跟瑪雅重聚的那位——影像又浮現在我心靈中。他究竟是誰呢？

我正想告訴威爾，我看到這個男子的影像，肚子卻突然感到一陣絞痛，使我一時喘不過氣來。接著，一陣淒厲的尖叫聲迎面向我撲來，逼得我踉踉蹌蹌直往後退。就像上回一樣，我慌忙伸出手來，想攫住威爾，卻看見他的臉龐逐漸隱退，愈來愈模糊。我掙扎著往他消失的方向看了最後一眼，然後整個人就失去了平衡，開始朝下墜落……

5 接收靈界的訊息

我隱約感覺到一個訊息，對於我們來說，當務之急是了解人們心中存在的「大恐懼」，設法克服它。

唉，我嘆了一口氣。

仰天躺在一塊粗糙的岩石上，背脊感到一陣刺痛，我又回到溪畔來了。好一會兒，我只管愣瞪著灰濛濛的天空，傾聽著身旁的流水聲。看樣子快要下雨了。我用一隻手肘撐起身子，望望四周，只覺得渾身疲軟無力——每次從另一個空間返回現世，我都有這種感覺。

我搖搖晃晃站起身來，感到腳踝有點疼痛，於是就一拐一拐地走回樹林裡。我打開背包，開始準備餐點，動作十分緩慢，心裡什麼也不想。吃東西的時候，我的腦子還是一片空白，彷彿經過長時間的打坐似的。慢慢地，我開始提升自己的能量，深深吸了好幾口氣，然後屏氣凝神。剎那間，我又聽到嗡嗡聲。聽著聽著，一個影像浮現在我心頭。我看見自己循著聲音的方向一路朝東走；我想去尋找聲音的來源，一探究竟。

這個念頭嚇壞了我。急切間，我只想拔腳開溜，離開這個危險的地方。嗡嗡聲驟然停歇。我聽見身後的樹林響起窸窸窣窣的聲音，便慌忙回頭一望，看見瑪雅從林子裡走出來。

「妳這個人總是神不知鬼不覺的冒出來嗎？」我結結巴巴問道。

「冒出來？你在說什麼瘋話啊？我一直待在這兒，到處找你。你剛才到哪裡去了呢？」

「我就在溪邊啊。」

「不，你根本不在那兒。我去溪邊找過了。」瑪雅打量著我，然後低下頭來看看我的腳踝。「還痛不痛啊？」

我勉強擠出笑容來。「不怎麼痛。聽著，有件事情我想跟妳說。」

「我也有件事情想跟你講。」瑪雅搶先說。「這件事我總覺得怪怪的。昨晚我回到鎮上時，遇見森林管理局一位官員，就把你的情形告訴他。他要求我別告訴別人。看來，他好像不願意讓這件事傳揚出去。他說，明天一早，他就會派一部小卡車來接你。我把你紮營的地點跟他說了。本來我答應，今早跟他一塊坐卡車來接你，可是，他說話的樣子讓我覺得怪怪的，實在放心不下，於是就趕在他前頭，一個人走路到這兒來找你。我看，在這幾分鐘內，他就會趕到了。」

「那我們現在就得離開。」我開始收拾行囊。

「急什麼?告訴我，到底發生了什麼事。」瑪雅的神色顯得有點驚慌。

我停止收拾行囊，轉過身子面對她。「某些人——我還不知道他們的身分——在這座山谷裡進行某種實驗，或在幹其他見不得人的勾當。我猜，我的朋友莎琳跟這件事有某種牽扯；我擔心，她現在的處境很危險。這項實驗計畫，一定獲得森林管理局某個官員暗中支持。」

瑪雅睜大眼睛，聽呆了。

我背起行囊，牽住瑪雅的手。「陪我走一段路，好不好?我還有別的事情要跟妳說。」

瑪雅點了點頭，拎起她的背包。我們沿著溪畔一路朝東走去。途中，我把事情的整個始末——我怎樣遇見大衛和威爾，怎樣觀看到威廉斯的一生回顧、聆聽喬伊對人類前途的看法——一五一十全都告訴瑪雅。講到瑪雅的「出生憧憬」時，我在路旁一塊岩石上坐下來。她走到我右邊一株樹下，倚靠著樹身，聽我訴說。

「妳跟這件事也有關係。」我說。「妳已經曉得這一生的使命是提倡新一類的醫療方法。但是，妳還有另一個任務。威廉斯預言即將重返人間的『七人隊伍』，妳就是其中一個成員。」

「咦?你怎麼曉得這些呢?」瑪雅問道。

「我和威爾看過妳的『出生憧憬』呀。」我說。

瑪雅搖搖頭，閉上眼睛。

「瑪雅，我們每個人出生前，都會對人生產生一個憧憬：我們來到人間後打算怎樣過日子、成就什麼事業。我們平日的直覺、我們睡覺時做的夢、我們在生活中遇到的機緣，這些都在幫助我們走在人生的正軌上。它時時提醒我們，切莫忘記我們出生前對人生的理想和願望。」

「你剛才說我還有另一個使命。那是什麼呢？」瑪雅問道。

「我也不太清楚；我現在還沒弄明白。我猜，它跟人類意識中正在湧現的集體恐懼有關。在山谷裡進行的這項實驗，就是這個大恐懼所造成的結果……瑪雅，在妳的『出生憧憬』中，妳決定運用妳的醫療知識，幫助解決山谷裡頭發生的問題。瑪雅，妳一定要記住妳來到世間時的理想和願望！」

瑪雅撇開臉去，不願意看我。「哦，不，你不能把這麼重大的責任擱在我肩膀上！什麼『出生憧憬』，我全都記不起來。我只想當個稱職的醫師。我最厭惡勾心鬥角的玩意！你明白嗎？我厭惡！努力多年，現在我總算開設了一家符合我理想的診所。你總不能要我放棄它，去參加你們那個什麼玩意吧？兄弟，你找錯人啦！」

我瞅著瑪雅，一時不曉得該說什麼。靜默中，我又聽到嗡嗡聲。

「瑪雅，妳聽到那個聲音嗎？空中傳來的那個刺耳的嗡嗡聲，妳聽到了嗎？那就是山谷裡正在進行的實驗啊。他們現在正在搞那玩意。瑪雅，拜託妳聽一聽嘛！」

瑪雅豎起耳朵傾聽了半晌，然後說：「我什麼都沒聽到呀。」

我伸手攫住她的胳臂。「提升妳的能量！」

她掙脫我的手。「我根本沒聽到什麼嗡嗡聲！」

我深深吸了一口氣。「好，對不起。也許是我聽錯了。我不該這樣逼迫妳。」

瑪雅看我一眼。「我認識鎮上警察局的人。我會把你的情形告訴他。我只能做到這點。」

「我不知道警察能不能幫得上忙。」我說。「看來，並不是每個人都能聽到那個嗡嗡聲。」

「我替你打個電話給他，好嗎？」

「好吧！」我說。「但告訴他，千萬要單獨進行調查。森林管理局的人，並不是每一個都可以信任。」我拎起行囊，準備上路。

「希望你能諒解。」瑪雅說。「我實在不想捲入這件事。後果太可怕了。」

「妳現在不想捲入這件事，是因為妳在前世——十九世紀——曾經有過一樁慘痛的經驗。它就發生在這座山谷裡。妳記得嗎？」

瑪雅又闔上眼睛，不想聽我的話。

突然，我心中清晰地浮現起自己的影像：身穿鹿皮衣，手牽一匹馱馬走上山丘。這個影像我以前曾經看見過。原來那個「山地人」就是我的前生！這會兒，我看見自己一步一步走上山丘頂端，然後停下腳步，回頭望了望後方。佇立山巔，我望得見對面的瀑布和峽谷。瑪雅、印第安戰士和年輕的國會助理正聚集在那兒。如同上回出現的影像，谷中戰雲密布，白人和印第安人之間的決戰一觸即發。我感到一陣焦慮，卻也只能眼睜睜看著大戰發生，無力幫助這些人挽回他們的命運，於是我牽起馬兒，掉頭走下山丘，繼續趕我的路。

我搖搖頭，甩掉心中浮現的這些影像。

「好吧！」我決定不再勸說瑪雅。「我了解妳心裡的感受。」

瑪雅走到我身旁來。「我幫你帶來一些水和口糧。下一步，你打算怎麼走呢？」

「往東走……走一步算一步。」我說。「我曉得莎琳正朝著那個方向走。」

她看了看我的腳。「你的腳踝覺得怎麼樣了？還撐得下去吧？」

我走上一步，瞅著瑪雅說：「妳幫我那麼多忙，我還沒向妳道謝呢！我的腳踝感覺還好，只是有點兒疼痛。要不是遇見妳，我這隻腳可能就要報銷了。」

「發生這樣的意外，後果有時還挺嚴重的。」

我點點頭，拎起背包，開始朝東趕路。走了一會，我回過頭來望了瑪雅一眼。她似乎有點愧疚，但立刻又顯露出寬慰的神情，彷彿鬆了一口氣。

我追蹤著山中傳出的嗡嗡聲，一路沿著溪水的右岸行走，偶爾停下來歇歇腳。中午時分，嗡嗡聲突然停止，於是我索性停歇下來吃午餐，好好思考眼前的處境。我的腳踝有點腫脹，休息了一個半鐘頭後，才繼續趕路。走了約莫一哩，我感到渾身疲乏，只好坐下來再歇一會兒。晌午三、四點鐘，我決定找個地方紮營過夜。

這一整天，我一直在溪畔的密林中行走，但這時眼前卻出現一幅開闊的景象：丘陵起伏，綿延不絕，山上長的全都是有三、四百年樹齡的老樹。從枝葉間的空隙望出去，我看見一座高聳的山脊矗立在東南方，離這兒約莫一哩。

在第一座山丘的頂端，我發現一個長滿青草的土墩，看來倒是紮營的好地點。我往那兒走去時，卻注意到樹叢中有東西在移動。我趕忙溜到一塊大石頭背後，伸出脖子四下張望。會是什麼東西呢？麋鹿？人？我守候了幾分鐘，才悄悄溜出來，躡手躡腳繼續朝北走去。就在土墩南邊一百碼的地方，我看見一個身材魁梧的男子在紮營。他蹲伏在地上，小心翼翼搭起一座小帳篷，用樹枝遮蓋偽裝。乍看之下，我還以為這個人是大衛．孤鷹，但仔細一瞧，卻發現他的身材比大衛高大得多，而且動作也不太一樣。轉眼，他又隱沒在林木間，看不見了。

我又守候了幾分鐘，決定繼續往北走，避開這個人。走了約莫五分鐘，這個人卻突然從我眼前竄出來。

「你是什麼人？」他質問。

我報上姓名。我不想隱瞞他，於是對他說：「我來這兒找一個朋友。」

「這個地方很危險。」他說。「我看你還是趕緊回城裡去吧！這塊地是私人產業。」

「你又怎麼會出現在這兒呢？」我問。

他並沒答腔，只管瞪著眼睛打量我。

我忽然想起大衛上回提到的那個人。「莫非你就是寇蒂斯．魏柏？」

他又打量我兩三眼，臉上突然綻露出笑容來。「原來你認識大衛．孤鷹！」

「我只跟他聊過一陣子。」我說。「他告訴我，你現在人在山谷裡。他要我轉告你，他也會趕到這兒來找你。」

寇蒂斯點點頭，望了望那座剛搭起的帳篷。「天快黑了，我們得提防別人撞見我們。到我的帳篷裡坐坐吧！今晚你就在這兒過夜。」

我跟隨他走下山坡，進入一座濃蔭蔽天的樹林。我開始紮營。他點亮小爐，準備煮咖啡，順便開一罐鮪魚當晚餐。我拿出瑪雅給我捎來的一袋麵包。

「剛才你說，你到這裡來找一個朋友。」寇蒂斯終於開口。「這個人到底是誰？」

於是，我把莎琳失蹤的事簡單扼要地告訴他。我也向他提起，大衛曾經看見莎琳走進山谷，而根據我的判斷，她應該是朝著我們目前這個方向走。我沒告訴他我在另一度空間的經歷，但我提到，我確實聽到嗡嗡聲，看見一些車輛駛進山谷。

「你聽到的嗡嗡聲，是一種生產能量的裝置發出來的。」寇蒂斯說。「有人在山谷裡實驗這種裝置。我不知道原因，只曉得有這麼一項實驗正在進行。我也不知道，主持實驗的究竟是某個神祕的政府單位，還是私人團體。森林管理局的人大都不知道這事；至於主管官員是不是曉得，我就不清楚了。」

「你為什麼不找媒體或地方政府有關單位，向他們揭發這件事？」我問。

「我還沒去找他們。現在最大的問題是，有人聽得見嗡嗡聲，有人卻聽不到。」寇蒂斯昂起脖子，瞭望著眼前這一片遼闊的山谷。「誰知道他們躲藏在哪裡呢！這一帶的私人土地和國有森林，加起來總共有好幾萬英畝，誰曉得他們躲在哪個角落，偷偷幹他們那個勾當。根據我的判斷，他們打算趕在東窗事發之前，快快完成實驗，然後就走人——如果他們運氣夠好，還沒闖下大禍的話。」

「什麼大禍？」

「搞不好，他們會摧毀這整座山谷，把它變成一個幽冥地帶，就像神祕的『百慕達三角』（Bermuda Triangle），讓物理學的所有法則都失去效用，亂成一團。」寇蒂斯睜大眼睛瞅著我。「這幫人從事的實驗，後果不堪設想。一般人都不知道，電磁現象到底有多複雜。譬如說，在最近發展出的『超弦理論』（superstring theories）中，我們得假定，這種輻射穿透過九個層次不同的空間，如此一來，數學才能發揮效用。我剛才說的那種能量生產裝置，可能會破壞這些空間。它可能會引發大規模的地震，甚至將某些地區整個夷為平地，變成一片廢墟。」

「你怎麼曉得這些事呢？」我問。

寇蒂斯臉上顯露出憂傷的神情。「八〇年代，我參與過這項科技的研發工作。當時，我在一家名叫『台爾科技』（Deltech）的跨國公司服務；直到被解雇後，我才知道這是個假名。尼古拉．戴斯拉這位物理學家，你聽說過吧？我們所做的，就是擴充他的許多理論，將他的一些發現跟台爾公司提供的技術結合在一塊。有趣的是，這項科技是由幾個不同的部分組成。基本上，它是這樣運作的：地球的電磁場就好比一個巨大的電池；只要你能用正確的方法連接上它，它就能夠提供豐沛的電能。為了達到這個目的，你必須結合室內溫度、超導發電系統和一個非常複雜的、可以提升靜電共振的電子反饋管制器。你把這些裝置串聯成一個體系，擴充和產生電荷；只要校準精確，天地間的能量就唾手可得，簡直取之不竭，用之不盡。開始時，你需要少許動力——也許一個光電管或電池就足夠——然後它就會自給自足，持續不斷地運轉。一個幫浦大小的裝置，就足夠提供好幾棟房屋，甚至一間小工廠所需的電力。」

我聽呆了。

寇蒂斯歇了一口氣，繼續說：「可是，這裡牽涉到兩個問題。第一，校準這些迷你發電機十分困難，過程複雜得難以想像。在台爾公司，我們利用當時全世界最大的電腦來從事校準工作，卻始終沒成功。第二，我們發現，如果我們勉強擴大發電量，超出這種小型發電機的負荷，周圍的空間就會變得十分不穩定，開始扭曲。現在我們才曉得，當時我們的發電機連接上了另一層次空間的能量，導致許多怪事發生。有一回，我們甚至讓整部發電機消失，就像在有名的『費城實驗』（Philadelphia Experiment）中他們所做的那樣。」

「在一九四三年那場實驗中，他們真的讓一艘輪船消失，然後出現在另一個地點嗎？」我問。

「當然真的！兄弟，這個世界存在著很多祕密科技，而且都十分厲害哦。」寇蒂斯說。「在台爾公司，老闆一個月之內就能夠解散我們的研究小組，把我們全都解雇，而不必擔心會洩漏機密。你知道為什麼嗎？因為在這家公司，每一個小組只負責研究這項科技的一個細節，彼此互不統屬。當時我並不覺得奇怪。我還以為，老闆叫停是因為這項研究的困難實在太多，難以克服，不值得繼續做下去。不過，後來我倒是聽說，我的老同事中有好幾位接受另一家公司的聘約，替他們做研究去了。」

寇蒂斯停歇下來，一時間彷彿陷入沉思中，好半晌才繼續說：「反正那時我也想改行，就乾脆離開台爾公司。現在，我的身分是科技顧問，為小規模科技公司服務，幫助他們提高研究效率，應用資源，妥善處理廢料。跟小公司接觸愈多，我就愈相信，祕笈預言的那些覺悟，正在對我們的經濟產生深遠的影響。我們做生意的方式正在轉變中。不過，依我看，在未來這些年我們還得依賴傳統的能源。搬到這個地區居住之前，我把台爾公司那項能源實驗全給忘了，好些年都沒去想它。你可以想像，我走進這座山谷，又再聽到那無比熟悉的嗡嗡聲時，內心感到多大的震動！」

我靜靜聽著。

「有一群人在繼續進行這項實驗。」寇蒂斯說。「從發電機發出的共振聲，我可以判斷，他們的研究已經取得重大進展。我曾經設法跟兩個人接頭；他們能夠證實這些聲音的來源。我想說服他們，陪伴我去聯邦政府環保署（ＥＰＡ）或國會委員會，揭發這件事情。不幸的是，其中一位早在十年前就已經過世，而另外一位——我在台爾公司服務時最要好的朋友——也死了。他昨天心臟病發作，走得很突然。」

寇蒂斯的聲調漸漸低沉下來，幾乎聽不見。

「打那時起，」他繼續說，「我就一直待在那兒，一面傾聽森林裡傳出的嗡嗡聲，一面思索，他們為什麼選擇這座山谷作為實驗地點。這類實驗，通常都是在實驗室裡進行的。怎麼不呢?它的能源既然來自空間本身,任何地點都可以進行這種實驗呀。思索了好一陣子,我終於恍然大悟。他們一定以為,他們已經能夠相當精確地校準發電機,如今可以著手解決擴大發電量的問題了。根據我的判斷,他們應該正在設法,讓發電機連接上這座山谷中的『能源渦』(energy vortexes),以穩定發電過程。」

說到這兒,寇蒂斯臉上忽然顯露出惱怒的神色。「他們這樣做,簡直就是蠻幹,完全沒有必要。如果他們真的解決了校準的問題,那何不把這項科技應用在小單位上呢?這才是最正確、最安全的方法呀!他們現在的做法,簡直就是瘋狂嘛。我對這類科技了解太深,知道裡頭存在著什麼風險。聽著!這幫人會把整座山谷摧毀掉,搞不好還會闖出更大的禍來。如果他們干擾到『身後世』和『現世』兩個空間之間的通路,天曉得會發生什麼事呢?」

我聽呆了。

寇蒂斯突然問我:「我說了一大堆,你到底知道我講什麼嗎?你聽說過祕笈預言的那些『覺悟』嗎?」

我愣了好半晌才對他說:「我告訴你吧,我在這座山谷裡碰到一些很詭異的事情。你也許會覺得不可思議。」

寇蒂斯點點頭,然後耐心聽我訴說,我怎樣遇到威爾、怎樣跟隨他一塊探索「另一個空間」。講到亡靈進入身後世、對自己的一生展開檢討時,我忽然心念一動,問寇蒂斯:「你這位最近過世的朋友,他名叫威廉斯,對不對呀?」

「是啊。我們稱呼他威廉斯博士。你怎麼會認識他呢？」寇蒂斯問道。

「我和威爾看到他的亡靈進入另一個空間。」我說。「威廉斯回顧他的一生時，我和威爾在旁觀看。」

寇蒂斯打了個哆嗦。「太不可思議了！我知道祕笈預言的那些覺悟；理智上，我也相信其他空間有可能存在。可是，身為科學家，我總覺得『第九覺悟』講的那些東西實在太玄了——陽世的人居然能夠跟陰間的亡靈溝通……你剛才說，威廉斯博士還活著——我的意思是，他的心智人格依舊完整無缺？」

「沒錯。」我說。「他很想念你呢。」

寇蒂斯只管呆呆地瞪著我。

我告訴他，威廉斯在檢討他的一生時終於領悟到，他和寇蒂斯兩人負有特殊的使命：幫助消弭人間的「大恐懼」……制止山谷中進行的實驗。

「我不明白。」寇蒂斯說。「威廉斯博士提到的『大恐懼』，到底指什麼呢？」

「我也不太清楚。好像是說，世界上有一部分人拒絕相信，一個新的精神覺醒運動正在全球各地興起。相反的，他們認為，人類的文明正在分崩離析中。兩種信念造成兩極化的對立。除非我們能夠消弭這種對立，否則，人類的文明絕不可能繼續向前邁進。你好好回憶一下。我希望你還記得這些事情。」

寇蒂斯一臉茫然，呆呆望著我。「我根本不知道什麼兩極化對立。我只想阻止山谷中的實驗。」他臉上又露出惱怒的神色。他撇開臉去，不再看我。

「威廉斯好像知道怎樣阻止這項實驗哦。」我說。

「他都已經死了，知道又有什麼用？」

就在這當兒，我心中閃掠過一幅景象：寇蒂斯和威廉斯站在一座長滿青草的山丘上談話，身旁環繞著好幾株高聳的樹木。

寇蒂斯把晚餐分成兩盤，將其中一盤遞到我手裡。他陰沉著臉，不再吭聲；我也只好默默吃起晚餐來。餐後，我把背靠在一株矮小的胡桃樹上，伸出兩條腿，抬起頭來，望著山丘上那座芳草萋萋的土墩。四、五株高大的橡樹矗立在墩頂，圍繞成一個完整的半圓形。

「你為什麼不乾脆把帳篷紮在山丘頂端呢？」我伸出手臂，指著土墩問寇蒂斯。

「我不曉得。」他說。「我想到這點，可是我又擔心那兒地勢太過空曠，能量太強。那座土墩名叫『科德墩』（Codder's Knoll）。你想到上面走走嗎？」

我點點頭，站起身來。灰濛濛的暮靄開始在森林中瀰漫開來。寇蒂斯一面引導我走上山坡，一面讚賞那滿山無比蒼翠的草木。佇立山丘頂端，在蒼茫的夕照中，我們朝北方和東方望去，只覺得地勢十分開闊，令人心曠神怡。東邊天際一輪明月，悄悄浮上樹梢頭。

「坐下來吧！」寇蒂斯說。「免得被別人看見。」

好一會兒，我們默默坐在土墩上，觀賞周遭美麗的景致，感受這座山丘蘊藏的豐沛能量。寇蒂斯從口袋中掏出一支手電筒，放在身旁地面上。我瀏覽著秋天草木的繽紛色彩，一時間只覺得目眩神迷。

寇蒂斯忽然回過頭來望著我，問道：「你有聞到一股菸味嗎？」

我以為發生森林火災，連忙伸出脖子望望四周的樹林，然後又聳聳鼻子嗅了嗅空氣。「我沒聞到什麼呀。」我說。

寇蒂斯臉上惱怒的神色消失了，取而代之的，卻是一種莫名的哀傷和思念。

「你聞到的是哪一種菸味？」我問。

「雪茄菸。」

在皎潔的月光下，我看見寇蒂斯的臉龐綻露出笑容。他彷彿陷入了沉思中，好一會兒沒吭聲。突然，我也開始聞到菸味了。

「這到底是什麼氣味？」我望望四周，問道。

寇蒂斯回頭瞧著我。「威廉斯博士生前抽的雪茄，聞起來就是這種味道。我真不敢相信他已經過世了。」

菸味漸漸消散。我不再理會這件事，便轉過頭去，觀賞周遭那一叢叢鼠尾草和四、五株高大的橡樹。就在這個時候，我突然領悟，這兒就是威廉斯看見自己和寇蒂斯相見的地方。聚會的地點原來在這兒！

過了一會兒，我看見一個身影出現在樹梢後。

「你看到沒？就在那邊啊。」我伸出手臂，指著樹梢，壓低嗓門悄聲問道。

我的話還沒說完，那道身影就倏地消失了。

寇蒂斯睜大兩隻眼睛，凝神望了好半晌。「我什麼都沒看見啊！到底是什麼嘛？」

我沒回答。透過直覺，我又開始接收到另一個空間傳來的訊息，就像上回我從「靈魂群」那兒接收到訊息一樣，只是這回的傳遞比較遙遠、比較隱晦。我隱約感覺到，這個訊息跟谷中的能源實驗有關。它證實了寇蒂斯的疑慮：從事這項實驗的人，正把焦點對準存在於不同空間之間的「能源渦」。

「我想起來了。」寇蒂斯突然說。「好些年前，威廉斯博士設計過一種遙控焦距，一種碟形投射系統。我猜，這幫傢伙現在正利用這種裝置，將焦點對準能源渦的開口。可是，他們又怎麼知道開口在哪裡呢？」

我心中立刻浮現出一個答案。有個學識道行比較高深的人，給他們指點迷津，直到他們弄清楚顯現在遙控焦距電腦上的空間差異。這究竟是什麼意思呢？說實話，我自己也不知道。

「只有一個方法。」寇蒂斯說。「他們必須找一個人，給他們指點迷津，而這個人能夠察覺更高層次能量的貯聚地點。然後，利用焦距光束掃描，就能夠測繪出這些能源的位置和焦距。很可能，這個人根本就不知道，這幫傢伙利用他的技術在幹什麼勾當。」寇蒂斯搖搖頭。「這夥人不是好東西。他們怎麼幹得出這種事情呢？」

彷彿是回答寇蒂斯的質問似的，透過直覺我又接收到另一個訊息。這個訊息很模糊；我一時弄不清楚它的意義，但我隱約感覺到，它在提醒我們，這一切事情的背後都有一個理由。對於我們來說，當務之急是了解人們心中存在的「大恐懼」，設法克服它。

我回頭望了望寇蒂斯。

他彷彿陷入沉思中，好一會沒吭聲。

「我在想，」他終於抬起頭來望著我，「為什麼『大恐懼』會在這個時候出現？」

「在人類文化的過渡時期，舊有的體制和觀念開始崩潰，演化成新的傳統，一時間難免會引起焦慮。」我解釋說。「有些人會覺醒，以愛心迎接新時代的來臨，促使自己的身心進化得更加快速，但其他人卻覺得世界變遷得太快，使他們茫然迷失，無所適從。所以，他們內心就開始出現恐懼；為了攫取更多能量，以提振自己的身心，他們使出各種手段控制別人。**這種偏激的恐懼感如果不加以疏導，肯定會產生危險的後果，因為心存恐懼的人會合理化各種極端的手段。**」

說這番話的當兒，我覺得自己是在重述威爾和威廉斯講過的話。但是，我也隱約感到，這些觀念我早就知曉，只是直到這一刻才明確地表達出來。

「這點我明白。」寇蒂斯斬釘截鐵地說。「這幫傢伙一心想摧毀這座山谷，原因就在這裡。他們的理由是：人類的文明即將崩潰，為了自身的安全，他們不得不控制和攫取更多能量。哼！我不能讓這種事情發生。我會把他們的實驗室炸得粉碎。」

我瞪大眼睛瞅著他。「你這是什麼意思？」

「就是這個意思嘛！」寇蒂斯說。「我以前是爆破專家，曉得怎麼做。」

他看到我一臉驚慌的模樣，趕忙安慰我：「別擔心！我會找出一個安全的法子來幹這件事，絕不會讓任何人受傷。我可不想當個殺人兇手，讓自己良心不安。」

我靈機一動說：「任何形式的暴力只會使事情變得更糟。你難道不明白嗎？」

「除了暴力，還有其他方法嗎？」寇蒂斯反問。

我從眼前望出去，又看見那道身影浮現在樹梢後。轉眼間，它又消失無蹤。

我回頭對寇蒂斯說：「我只是覺得，如果我們以憤怒和仇恨對待他們，在他們心目中，我們就會變成不共戴天的仇敵，那只會使他們更加頑強，他們內心的恐懼會更加強烈。威廉斯提到的這個即將重返人間的『七人隊伍』，卻負有另一種使命。我們必須牢牢記住我們的『出生憧憬』……然後，我們才能記住另一個更重要的東西——『世界憧憬』。」

這個名詞，有如靈光一現般在我心中閃過，可是我實在記不得，我究竟在哪兒聽過它。

「世界憧憬……」寇蒂斯喃喃自語，一時間又陷入了沉思中。「大衛．孤鷹曾經提到這個名詞。」

「對！對！是他提起的。」我說。

「『世界憧憬』到底是怎麼回事啊？你知道嗎？」寇蒂斯問道。

我正想告訴他，我並不知道，一個念頭突然浮現在我心中。於是我說：「那是一種領悟——不，應該說『記憶』：我們究竟應該如何實現人類生存的目的。**它會給人類帶來另一層級的愛、另一層次的能，幫助人類消弭兩極化的對立**，結束山中的這場實驗。」

「我不認為，這種圓滿的結局可能發生。」寇蒂斯說。

「它能夠提升沉溺在『大恐懼』中的人身上的能量。」冥冥中，彷彿有個聲音向我傳達這個訊息。「他們會受感動，會從偏執的追求中覺醒過來，他們會自願終止山谷中的這場實驗。」

沉思了一會，寇蒂斯才說：「你說的也許有道理。可是，我們要怎樣引進這種能量呢？」

我一時想不出答案。

「這場實驗，他們究竟要進行到什麼地步，才肯罷休呢？但願我知道答案。」寇蒂斯說。

「嗡嗡聲是什麼原因造成的？」我問。

「哦，那是小型發電機組之間產生的連接噪音。」寇蒂斯解釋。「這表示，他們還沒有完全校準發電裝置。噪音愈刺耳、愈不和諧，他們的發電裝置就愈不可靠。」寇蒂斯思索了一會，又說：「我在想，他們到底打算把焦點對準哪一個能源渦。」

我突然感到毛骨悚然，彷彿身邊忽然多了一個人，滿臉憂愁地瞅著我似的。我看了看寇蒂斯；他卻顯得很平靜，臉上看不出異樣的神情。我抬頭一望，又看見那道朦朧的身影浮現在樹梢後。它不斷飄移著，彷彿受到了驚嚇。

寇蒂斯還在思考剛才的問題。他心不在焉地說：「根據我的臆測，如果我們走近目標區，就會聽到嗡嗡聲，然後感受到空氣中瀰漫著一種靜電。」

我們互相瞄了一眼。

寂靜中，我聽得到一個微弱的聲音，聽起來如同某種東西在振動。

「你聽到沒？」寇蒂斯臉色一變。

他臉上的神情讓我感到渾身寒毛倒豎。

「你到底聽見了什麼？」我問。

他低頭看了看自己的手臂，又抬起頭來瞧瞧我，臉上流露出驚恐的神色。

「我們得趕緊離開這裡！」他尖叫一聲，抓起地上的手電筒，跳起身來，拖著我跑下山坡。

我和威爾聽見過的那股震耳欲聾的轟隆聲，這會兒又響了起來，激起一陣強烈的震波，把我和寇蒂斯衝倒在地上。我們腳下的土地猛然搖盪顛簸。二十呎外的地面突然爆裂開來，塵土飛揚中出現一個巨大的裂縫。

我們身後的一株高大的橡樹，瞬間連根拔起，轟隆一聲摔倒在地上。幾秒鐘後，我們身旁的地面裂開了，造成了一個更大的裂口。我們腳下的地面突然傾斜。腳一滑，寇蒂斯整個人開始滑向不斷擴大的深坑。我趕忙攫住一株矮樹，伸出另一隻胳臂，抓住寇蒂斯的手。我們的手緊緊相握了一會，突然鬆開。我眼睜睜看著寇蒂斯滑落深淵。地表的裂口不斷移動、擴大，噴出另一蓬塵土和碎石，又再震盪一次，然後才靜止。倒落的樹木下，一根樹幹突然斷裂，發出清脆的劈啪聲。夜晚的大地又恢復寧靜。

塵土消散後，我鬆開抓住樹枝的手，匍匐著爬向深坑的邊緣。我揉揉眼睛，仔細一瞧，看見寇蒂斯好端端的趴在深淵邊緣。可是，我明明看見他整個人滑進了深坑呀。他朝向我翻滾過來，跳起身。

「走啊！」他大吼一聲。「搞不好還會有餘震發生！」

我們沒再吭聲，只管拚命跑下山丘，朝向紮營的地點奔竄過去。寇蒂斯跑在前頭；我一拐一拐跟在後面。寇蒂斯跑到紮營地，二話不說，伸手抓住兩張帳篷，一把扯離地面，一古腦兒塞進背包。我匆匆收拾行囊，跟隨寇蒂斯一路朝向西南方奔逃，直到地勢逐漸平坦，地面出現一座濃密的矮樹林時才放慢腳步。往前又走了約莫半哩，我只覺得筋疲力盡，腳踝又隱隱作痛起來，不得不停下腳步，歇息一會兒。

寇蒂斯望望四周，察看這一帶的地勢。

「咱們待在這兒，大概很安全。」他說。「我們躲到矮樹林裡去吧。」

我跟隨他往前走五十呎，進入密林中。

「這兒很安全。」寇蒂斯滿意地點點頭。「我們把帳篷搭起來吧。」

不消兩三分鐘，我們就搭起了兩座帳篷，在上面覆蓋一些樹枝。然後我們坐在寇蒂斯那座帳篷的門口，喘著氣，歇息一會兒。兩個人面面相覷。

「到底發生了什麼事？你曉得嗎？」我問。

寇蒂斯臉上的神色十分憔悴。他打開背包，掏出水壺。「我們猜的果然沒錯！這幫傢伙試圖把發電機對準一個遙遠的空間。」他打開水壺，一連吸了好幾口。「他們這樣蠻幹，早晚會把這座山谷摧毀掉。得有人去制止他們！」

「我們聞到的菸味，你不覺得奇怪嗎？」

「是有點怪怪的。」寇蒂斯說。「感覺上，好像威廉斯博士站在那兒抽雪茄。我幾乎懷疑自己聽到他在講話——他的嗓音和腔調是那麼的熟悉。我曉得，面臨剛才那種情況，他會說些什麼。」

我轉過頭來，面對寇蒂斯。

「我敢說，地震發生時他一定在現場。」我說。

寇蒂斯把水壺遞到我手裡。「這怎麼可能呢？」

「我不曉得。」我說。「但我總覺得，他這次回到人間，是要給你帶來一個訊息。他死後，我和威爾在『身後世』界觀看他回顧自己的一生。我們發現，他感到十分痛苦，因為生前他錯失了覺醒的機會，遺忘了他當初降生人間的任務。他曉得，『七人隊伍』即將重返人間，拯救世界，而你就是其中一員。難道你完全忘記了嗎？我覺得，他急著想讓你知道，暴力是阻止不了這幫傢伙的。我們必須採取另一種手段；大衛．孤鷹提到的『世界憧憬』，正是我們手頭上最有力的武器。」

寇蒂斯呆呆地瞪著我，沒吭聲。

「回想一下，剛才地震發生、地面裂開時，究竟發生了什麼事？」我說。「我親眼看到你整個人滑進深坑，可是，當我趕過去時，卻看見你好端端的躺在深坑邊緣。」

寇蒂斯一臉茫然。「我自己也不曉得究竟是怎麼回事。只記得，那時我腳一滑，手上抓不到東西，整個人就一頭栽進深洞。往下滑落時，我內心卻感到無比的寧靜安詳，彷佛跌落到柔軟的床墊上似的。我睜開眼睛一看，周遭盡是一片濛濛的白光。突然，我發現自己又躺在深坑邊緣，而你就跪在我身旁。你覺得，救我的人就是威廉斯博士？」

「我想不會是他。」我說。「昨天我經歷過一樁類似的意外，差點被石頭砸死；在危急的關頭，我也看見一道白色的形影。這裡頭一定另有玄機。」

寇蒂斯睜大眼睛，好一會兒只管打量著我，然後他彷彿又說了一些什麼，但我沒有回應。我已經進入夢鄉。

「進帳篷去睡吧！」他說。

第二天早晨，我爬出帳篷時，寇蒂斯已經起床了。天氣十分晴朗，林中卻瀰漫著一片霧氣。我一看寇蒂斯臉上那副神色，就知道他心情不好。

「我一直在想那幫傢伙幹的好事。相信我，這些人是不會罷休的！」他深深吸了一口氣。「現在，他們總該知道他們把那座山丘弄得亂七八糟了吧。他們會花一些時間，重新校準發電裝置；過不了多久，他們又會再試一次。我阻止不了他們，但我們必須找出他們隱藏的地點。」

「聽我說，暴力只會把事情弄得更糟。」我說。「你難道還不明瞭威廉斯博士帶來的訊息？我們必須想個法子，使用『世界憧憬』解決這件事。」

「不！」他忽然激動起來，大聲喊道：「這個法子我以前試過了！」

我瞅著他，問道：「什麼時候試過？」

他臉上忽然露出困惑的神色。「我不知道。」

「我想，」我加重語氣，「我知道哦。」

他揮揮手，制止我說下去。「我不想聽！這整件事情都很荒唐。今天會發生這樣的災禍，都是我的錯。如果當初我不參與這項科技的研發，他們今天可能就沒有能力進行這場實驗。我必須用自己的方式，處理這件事。」他走到一旁，開始收拾行囊。

猶豫了半晌，我也開始動手拆卸我的帳篷。我思索了一會，然後對寇蒂斯說：「我已經找人幫忙了。我在山谷中遇到一個名叫瑪雅的女人。她答應，幫我說服鎮上的警察局，對這件事展開調查。給我一點時間好嗎？請你答應我。」

寇蒂斯跪在地上整理背包。這時，他正在檢查背包的一個口袋，裡頭鼓鼓的彷彿裝著什麼東西。「對不起，我不能答應你的要求。」他說。「我必須見機行事。」

「你背包裡裝著炸藥？」

他朝向我走過來。「我已經跟你說過，我是不會傷害任何人的。」

「我需要一些時間。」我重複剛才的要求。「如果我能再次聯繫上威爾，我想我可以探聽出『世界憧憬』到底是怎麼回事。」

「好吧！」寇蒂斯說。「我會盡量配合你，可是，如果那幫傢伙又重新開始實驗，而我覺得時機急迫，那我可就要單獨採取行動了。」

寇蒂斯說話的當兒，我心靈中又開始浮現出威爾的影像。他的臉龐被一團翠綠的光芒環繞著。

「這一帶地方，另外還有一個高能量的地點嗎？」我問寇蒂斯。

他伸出手臂，指了指南方。「我聽說，那座高大的山脊上，有一塊突出懸崖的大石頭。那是私人土地，最近賣掉了。我不知道現在誰是這塊地的主人。」

「我想去瞧瞧。」我說。「如果我能找到那個高能量的地點，也許就能夠跟威爾聯繫上。」

寇蒂斯把行囊收拾妥當，走過來幫我打包，接著又撿來一些枝葉，撒在紮營的地點上。這時，我們忽然聽到西北方響起汽車行駛的聲音。

「我朝東邊走。」寇蒂斯說。

我點點頭。直到他離開後，我才把行囊背上肩膀，踏上旅途，踩著山坡的石頭一路朝南行走。穿過好幾座小丘後，開始攀爬大山脊的陡坡。在半山腰，我從濃密的枝葉間望出去，尋找那塊突出懸崖的大石，但卻一直看不見它的蹤影。

我又往上攀爬了好幾百碼，停下腳步，四下瞭望，依舊不見那塊大石頭。山頂也闃無人跡。我遲疑了起來，不曉得該往哪裡走，只好坐下來歇一會兒，設法提升我的能量。幾分鐘後，我覺得精神一振，於是靜下心來，好好聆聽頭頂上枝葉間鳥兒和樹蛙的鳴叫。這時一隻金黃色的大鷹鼓著翅膀從巢裡飛出來，沿著山脊頂端，一路朝東飛去。

我知道這隻大鷹的出現代表某種訊息，於是，就像上回跟蹤兀鷹那樣，我決定追隨這隻大鷹。愈往上攀爬，山勢愈崎嶇。我穿過一條從石縫中流出的小溪，解下水壺，裝滿水，順便洗一把臉。又往前走了約莫半哩後，從一叢小樅樹中鑽出來，眼睛一亮，終於看到那塊氣勢宏偉的大石。半英畝大的山坡上，台階似地覆蓋著一片片巨大的石灰岩；盡頭處，一塊二十呎寬、四十呎長的岩石突出山脊，俯瞰著谷中氣象萬千的景致。我依稀看見岩棚底部環繞著一團暗綠色的光芒。

我卸下肩上背著的行囊，把它藏到一堆落葉下，然後走到突岩上坐下來。就在我凝聚心志、提振能量的當兒，威爾的影像悠然浮現在我心靈中。我又深深吸了一口氣，開始移動身子。

6 人類覺醒史

世世代代無數人的心靈投生人世時，
都懷抱一個宏願，
欲把保存在「身後世」界的知識帶進人間。

我睜開眼睛，發現自己置身在一團藍光中，又再感受到那種安詳幸福的感覺。我看見威爾出現在我身體左邊。

就像前幾回那樣，他看見我回來，顯得十分高興，彷彿大大鬆了一口氣似的。他挨近我身邊，壓低嗓門說：「你會喜歡這個地方的。」

「這到底是什麼地方啊？」我問。

「仔細看一看嘛。」

我搖搖頭。「有件事我得先跟你談談。我們必須追查出那幫人在山谷中進行的實驗，制止他們。他們已經把一座山丘夷為平地。天曉得，他們下一步會闖出什麼樣的禍事來。」

「找到他們，我們又能怎樣呢？」威爾問道。

「這我不知道。」

「唔，我也不知道。」威爾說。「告訴我，這兩天到底發生了什麼事情。」

我闔上眼睛，聚精會神，開始描述這兩天的經歷：我再次遇到瑪雅，並告訴她，她是「七人隊伍」的一員，但她對這種說法顯得很不以為然。

威爾一邊聽一邊點頭，沒有表示任何意見。

我又告訴他後來發生的幾件事：先遇見寇蒂斯，然後跟威廉斯的幽靈溝通，最後碰上山谷中那場實驗造成的地震，大難不死。

「威廉斯跟你說話嗎？」威爾問道。

「他一直沒開口。我和威廉斯的溝通不是心智上的，這跟你我之間的溝通不一樣。他似乎能夠影響進入我們腦子裡的念頭。感覺上，他想透過我們的嘴，把我們在某種程度上已經知悉的訊息傳達出來。說來雖然不可思議，但我確實看見他的幽靈出現。」

「他帶來什麼訊息呢？」威爾又問。

「上回，我們在『身後世』界看到瑪雅憧憬她的一生。我們那時看到的影像，威廉斯都加以證實。他說，我們應該把記憶追溯到個人的出生意向之外，探究一個更遼闊的理想：人生存在這個世界的目的。顯然，追憶這個理想會擴充我們的能量，幫助消除瀰漫人心的『大恐懼』，結束山谷中進行的這場實驗。他管這個理想叫『世界憧憬』。」

威爾沒吭聲，只管靜靜聽著。

「威爾，你覺得呢？」我問。

「我覺得，威廉斯講的這一番道理，只不過是『第十覺悟』的一部分。」威爾說。「你急著制止山谷中的實驗；我能體會你的心情，但是，你必須了解，我們若想真正幫上忙，就應該繼續探索『身後世』界，找出威廉斯所說的這個更遼闊的理想。追憶這個亙古的理想，必定有一套精確的程序。」

突然，我發現遠處有東西在移動。八、九個輪廓鮮明的形影，飄移到我們跟前五十呎的地方。他們身後跟隨著好幾十個形影，聚集成一群，四周環繞著琥珀色的光芒。不知怎地，我一看見這群幽靈就覺得十分親切，好想跟他們親近。

「你知道這群幽靈是誰嗎？」威爾笑嘻嘻問我。

我睜大眼睛，仔細瞧了瞧這群幽靈，感覺到我們之間存在的血緣關係。我認得他們，卻又彷彿不曾相識。我愈看就愈覺得他們親切，彷彿在異鄉驟然遇見親人似的，心情不禁激動起來。我們之間，存在著無可置疑的親情。我突然領悟：我以前曾經來過這兒。

幽靈群繼續飄移到我跟前二十呎的地方。我感受到的親情愈發強烈，心中充滿安樂和幸福。我不再克制自己；把自己整個的投入這份親情中，盡情享受幸福的感覺。生平第一次，感到真正的滿足。剎那間，心中湧起無限的孺慕和感激。

「你還沒猜出他們是誰嗎？」威爾問道。

我回過頭來，望著威爾。「這就是我的『靈魂群』，對不對？」

這麼一想，我心中登時湧起一波波前世的回憶。十三世紀的法國，一座附有庭院的修道院。我身邊圍繞著一群修道士。大夥兒有說有笑，感情十分融洽。然後，我看見自己獨個兒漫步在林間的小路上。兩個衣著襤褸的苦行僧走上前來，要求我幫助他們保藏某種祕密知識。

我猛然從前世的回憶中驚醒過來，回頭望望威爾，心中感到一種莫名的恐懼。接下來我會看見什麼？我設法凝聚心神。這時，我的靈魂群又往前飄移四呎。

「你到底看到了什麼呀？」威爾問道。「瞧你一臉困惑的樣子。」

我向威爾描述出現在我心靈中的景象。

「繼續回想！」威爾吩咐。

那兩個苦行僧的影像，立刻又浮現在我心中。我曉得，他們隸屬於聖方濟「靈修者」（Spirituals）的一個祕密修道會，最近才被逐出教門。那時，教宗西勒斯廷五世（Pope Celestine V）已經遜位。

「教宗西勒斯廷？」我望了望威爾。「你知道這個人嗎？我從沒聽說過取這種名字的教宗。」

「西勒斯廷五世是十三世紀末羅馬教廷的教宗。」威爾加以證實。「祕魯的西勒斯廷廢墟——祕笈『第九覺悟』出土的地點——在十七世紀被歐洲人發現時，就是以這位教宗的名字命名的。」

「靈修者又是誰呢？」

「他們是一群修道士。他們認為，把自身從人類文化的牢籠中抽離出來，回到大自然過著清靜靈修的生活，可以邁上知覺的更高層次。教宗西勒斯廷五世贊同這個理念。事實上，他自己就曾經在山洞中住過一陣子。當然，後來他被罷黜了。他遜位後，靈修者的教派大都被冠上『諾斯替教』（Gnostics，譯註：早期基督教的一派，尊重靈的直覺，含有波斯和希臘的哲學思想，曾被視為邪教）的罪名，信徒紛紛被逐出教門。」

前世的回憶，一波接一波在我心中湧起。兩位苦行僧向我求助；我勉為其難，跟他們在樹林深處會面。他們的眼神是那麼的急切，態度是那麼的坦然無畏，我實在不忍心拒絕他們。據他們說，若不及時保藏，一些古老的經籍可能會永遠失傳。在他們託付下，我把這批文件悄悄夾帶回修道院，藏在我的房間。晚上關起房門，點上蠟燭，我開始閱讀這一部部經籍。

這些文件用拉丁文記錄九個覺悟，年代十分久遠。我答應那兩位苦行僧，趁著還來得及，幫他們抄錄這批經文。於是只得不眠不休，利用空閒時間的每一分鐘，辛辛苦苦地製作好幾十部手稿。在抄寫的過程中，我被那九個覺悟深深吸引，曾試圖說服苦行僧將它們公開。

他們斷然拒絕。他們解釋說，這些文件他們已經保藏了許多世紀，要等到教會開悟以後，才將它們公諸於世。我問他們，這後半句話是什麼意思。兩位苦行僧說，除非教會解開他們所謂的「諾斯替困局」（Gnostic dilemma），否則，世人將永遠不會接受這部經典揭示的九個覺悟。

我想起來，「諾斯替」是基督教早期的一個教派。他們認為，天父的子民不但應該敬仰耶穌基督，更應該以「聖靈降臨」（Pentecost）的精神，效法祂一生的作為。諾斯替信徒從哲學的角度探討這種「效法」，作為修行的依據。早期教會制定教規時，諾斯替思想被打為異端邪說，因為它的信徒反對將生命交給上帝，以證明他們對上帝的信仰。早期教會領袖則認為，要成為真正的信徒，人們必須棄絕理念和分析，把自己整個交到上帝手中，時時遵從祂的意願、留意祂的啟示，切勿探究祂為世人擬定的「通盤計畫」。

諾斯替信徒譴責教會領導層專橫。他們辯解說，他們那一派的理念和修行方法，宗旨就是落實教會要求的「順從上帝的意旨」，而不像一般神職人員那樣，只是空口說白話，陽奉陰違。

這場爭論，結果諾斯替教派輸了。它的思想被清除出所有教會儀式和經籍；它的信徒被迫轉入地下，組成各種祕密教派和修道會。然而，困局依舊存在。表面上，教會支持人神精神交流的理念，暗地裡卻迫害那些身體力行，將此一理念付諸實踐的教徒。在這種情況下，所謂「內心的天國」充其量只是基督教教義中的一個抽象觀念而已；祕笈揭示的那九個覺悟，每回問世，都會遭受無情的打壓。

當時，我專注地聆聽兩位苦行僧的陳辭，並未表示任何意見，但心中卻不甚同意他們的看法。不過，我確信我所屬的本篤會（Benedictine Order）對這些經籍會有興趣，尤其是個別僧侶。我沒有知會諾斯替教派靈修者，就私自將一部手抄本交給一個朋友。此人是本教區尼古拉樞機主教的心腹。這一來，事情就鬧大了。樞機被迫出國，而我則接到命令，不得再討論跟這批經籍有關的任何問題，並且立刻束裝前往那不勒斯，把我的發現向樞機的上級報告。驚慌之餘，我加緊散發手抄本，希望能因此獲得教團中其他修士的聲援。

為了拖延行程，我假裝腳踝受傷，又寫了好幾封信給那不勒斯的教會領導層，向他們報告，由於健康不佳，一時無法成行。我拖了好幾個月。趁著這段時間，我躲在自己的房間中，夜以繼日抄寫經籍。在新月初升的一個夜晚，一隊士兵踢開房門闖進來，把我痛打一頓，然後給我戴上眼罩，押到本地一位貴族的城堡。我在地牢中熬了不知多少日子，才被送上斷頭台。

回想自己的死亡，我忍不住戰慄起來，受傷的腳踝也開始隱隱作痛。幽靈群繼續朝向我飄移過來；我設法凝聚心神，集中心志。我依舊感到困惑不安。威爾向我點點頭，表示他已經看到我的前世。

「我腳踝上的疼痛就是從那時開始的，對不對？」我問威爾。

「沒錯。」威爾回答。

我看了他一眼。「其他回憶呢？那兩個苦行僧提到的『諾斯替困局』，你知道是怎麼回事嗎？」

威爾點點頭，轉過身子面對我。

「教會為什麼要製造出這樣的困局呢？」我又問。

「因為，早期的教會領袖不敢跑出來，向教徒公開宣告：耶穌基督創造了一種生活模式，讓我們每個人都能夠仿效。這在《聖經》上是講得很清楚的。但是，他們擔心，這種觀念會賦予個人過大的權力，所以他們就刻意製造出這個矛盾。一方面，他們鼓勵信徒追求『內心的天國』，透過直覺感悟上帝的意旨，讓自己的身心充滿聖靈。另一方面，若是有人身體力行，膽敢將這個理念付諸實踐，他們就會以『褻瀆神聖』的罪名迫害這些人。為了保住權位，有時他們還不惜採取謀殺的手段呢。」

「這麼說來，我在前世散播祕笈揭示的九個覺悟，實在是很愚蠢。」我說。

「愚蠢還不至於，只是有點操之過急，手段不夠圓滑。」威爾沉吟了一會兒才回答我。「你之所以被殺，根本的原因是，在時機成熟之前，你試圖把一個前衛的理念強加在一個文化上。」

我瞅著威爾，好一會兒才轉過身子，又再接收幽靈群傳遞過來的訊息。霎時間，我又看見自己出現在十九世紀的美洲戰場。場景是印第安各部族酋長在山谷中舉行的會議。我牽著那匹馱馬，正想離開。身為山地獵人，我結交美洲原住民，也跟白人殖民者做朋友。印第安人大都主戰，但瑪雅的和平方案也贏得幾位酋長支持。我默不作聲，只管靜靜聆聽雙方的辯論，然後瞅著印第安酋長們一個接一個離開帳篷。

瑪雅走到我身邊來。

「我猜，你也打算離開吧？」她說。

我使勁點點頭，然後坦白告訴她，如果連這些印第安酋長都不能理解她的和平方案，我又怎能理解呢？

瑪雅瞅著我，臉上露出訝異的神色，彷彿不敢相信我會那麼說。然後她轉過身子，望了望帳篷中另外一個人。那是莎琳！我恍然大悟：原來她的前世也在這兒；她是一個擁有極大權力的印第安婦人，但身為女性，她的意見卻經常遭到男性酋長漠視。她似乎曉得，在這場對白人展開的戰爭中，她的印第安祖先扮演什麼角色。然而，她的話酋長們卻聽不進去。

我看見自己猶豫不決。我很想留下來，支持瑪雅，向莎琳表露我對她的感情，然而，到頭來我卻離她們而去，牽著馬兒悄然走開——十三世紀在修道院中所犯的錯誤，這一世還留存在我的潛意識中，時時提醒我不要莽撞。我只想逃避；我不想承擔任何責任。我的生活已經定型：我捕捉野獸，剝取牠們的毛皮；我過我的日子，不想為任何人送命。也許，下回我會更有出息吧。

下回？我的心靈向前奔馳。剎那間，我看見自己站在「身後世」界，眺望著人間，思索著我這一世的化身。我在觀看自己的「出生憧憬」：在這一世，我將革除前世的陋習，不再逃避責任、不再懼怕表明立場。我許下願望，承諾要好好利用這一世家庭提供的助力，給自己塑造一個比較完善的人格。從母親那兒，我學到如何培養精神情操；父親傳授給我的，則是做人的道理和生活的情趣。祖父引領我走進荒野，接觸大自然；叔父和嬸嬸以身作則，為我樹立勤儉和自律的好榜樣。

他們都是個性堅強的人。跟他們生活在一塊，我很早就意識到自己本性中的冷漠疏離。由於他們對我期望很高，要求嚴苛，最初我會退縮，想把自己隱藏起來，拒絕接納他們傳遞的訊息；但是，總有一天我會走出內心的恐懼。在家人的督導下，革除冷漠疏離的習性，走上人生的正途，追求我的理想，實現我在這一世的使命。

這樣的準備，可以說是完善的。長大後，我將離開教養我的家人，開始追尋在好幾個世紀前我在祕笈中看到的精神知識。我將探索「人類潛能運動」（Human Potential Movement）倡導的心理研究、東方哲人的智慧、西方神祕主義的省思。最後，就在祕笈重見天日，將九個覺悟帶給廣大民眾的時候，我又接觸到了我在前世讀過的這部手稿。直到這個階段為止，我的一生都在為這個使命做準備：我將開始探索，如何讓祕笈揭示的九個覺悟改變人類的文化，如何使自己成為威廉斯「七人隊伍」的一員。

我突然往後退出一步，抬頭望著威爾。

「怎麼啦？」威爾問道。

「到目前為止，我在這一世的生活，跟我出生前的憧憬並不完全相同呀。」我說。「我覺得自己浪費了所有的準備工作。連冷漠疏離的習性，我都還沒有革除呢！很多書我還沒讀。許多向我傳遞訊息的人，都被我忽視了。如今回想起來，我簡直錯失了人生中的每一樁機緣呢。」

威爾差點笑出來。

「老弟，沒有人能夠完全遵照出生前的憧憬過日子！」他停頓了一會，眼睛瞪著我。「你明白這一刻你在做什麼嗎？你在回想你出生前對人生許下的願望，可是，當你檢討自己實際的生活時，你就會感到十分懊惱，心中充滿悔恨，就像威廉斯死後感嘆自己一生錯失了許多機緣。一般人死後才回顧自己的一生，而你現在還活著，就已經有了這樣的經驗。」

我聽得一頭霧水。

「難道你還不明白嗎？這是『第十覺悟』的關鍵部分。」威爾解釋。「現在，我們已經發現，我們的直覺和人生使命感，實際上是對『出生憧憬』的追憶。我們愈是了解祕笈揭示的第六個覺悟，就愈能夠分析，在人生道路上，我們到底哪兒出了差錯，我們究竟錯失了哪些機緣，這麼一來，我們就能夠及時回到正軌上，不會太過偏離出生前許下的願望。換句話說，我們現在已經將自我檢討的程序帶進日常生活，作為每日必修的功課。以往，我們得等到死後，才有機會回顧、檢討自己的一生，而現在我們卻能夠提早覺醒。總有一天，我們會讓『死亡』這種東西在人間消失，就像第九個覺悟所預測的。」

我終於明白了。

「原來，我們來到人間的目的，就是一步一步追憶我們出生前許下的願望，從迷夢中漸漸覺醒過來。」我說。

「沒錯！」威爾說。「現在，我們終於覺察到一個亙古以來一直潛藏在人類意識深處的程序。從一開始，人類就有『出生憧憬』的經驗，但是，出生後，我們往往把它給遺忘，只能覺察到最模糊的一些直覺。最初，在人類早期歷史中，出生前的願望和出生後的實際作為，其間的差距非常大，然後隨著時代的進展，差距逐漸縮小。不久之後，我們就會記起所有的事情。」

就在這個時候，我又被吸引到幽靈群傳遞的訊息中。霎時間，我的知覺彷彿提升到了另一個層級，而威爾剛才說的那一番話也獲得了證實。如今，我們總算能夠正視人類的歷史，不再把它看成一場獸性的、自私自利的、企圖征服蠻荒大自然、建立文明大帝國的血腥鬥爭。相反的，我們可以把人類歷史看成一個精神過程：數千年來，世世代代無數人的心靈一直在掙扎，在從事有系統的、深層的努力，前仆後繼地追求一個永恆的目標——**設法記起我們在「身後世」界獲得的訊息，並且將這個訊息在人間傳播開來，成為人類意識的一部分**。

有如登高眺遠，一幅壯闊的、映畫般的景象驀然出現在我眼前，讓我一瞥之下就能看到人類歷史的長河。驟然間，我整個人被吸進了這幅歷史畫面，感覺上，就像以往我曾親身經歷過這些事件似的，如今只不過是快速地重溫一遍。

突然，我看到了人類意識的萌芽。出現在我眼前的是一片遼闊的、多風的平原，看樣子彷彿是非洲某個地方。平原上有人影移動：一小群人類赤身裸體，正在一座漿果園中搜尋糧食。我站在一旁觀看，似乎能夠體察這個時期人類的意識狀態。那時，人類的生活和自然界的律動緊密連結；我們以直覺回應大自然發出的信號。日常生活環繞兩件事進行：尋找食物和維繫部族團結。擔任領袖的總是部族中體格最強壯、最能因應大自然挑戰的人。從他身上，一層一層權力分流下來，形成一個嚴密的階級組織。我們接受自己在階級中的位置，一如我們接受生命中的種種不幸和困厄——逆來順受，從來不問為什麼。

幾千年的歲月在我眼前流逝過去；我看見一世代又一世代的人類生、老、病、死。漸漸地，有人開始對眼前的日常生活提出質疑。當一個孩子病死在他們懷裡時，他們的意識就此擴展——他們開始問為什麼。他們著手探究，類似的悲劇將來可不可能避免。這些人開始有「自覺」，開始意識到自己的存在。他們能夠擺脫日常的本能反應，瞥見生命的整體。他們知道，人類的生活雖然在日月季節的無盡循環中進行，但一如周遭的死者所證明的，人的生命總不免有個盡頭。那麼，人生的意義又在哪裡呢？

望著這群好學深思的哲人，我發覺自己能夠體察他們的「出生憧憬」：他們抱著一個宏願投胎人間，試圖喚醒世人的生存意識。隱隱約約，我察覺到他們內心深處存在著一個更遼闊、更深遠的「世界憧憬」。投胎人世之前，他們就已經知曉，人類正在展開一趟漫長的旅程。但他們也知道這段旅程十分艱辛，進展非常緩慢，必須一代一代傳承下去，而隨著人類開始覺醒，追求更高層次的命運，我們也會喪失混沌初開時的無知無憂。意識到自己的存在，固然會帶給我們某種自由，值得我們欣喜；但是，活著而不知道為什麼活著，也一樣會給我們帶來恐懼和憂疑。

我看到，推動人類漫長歷史的，將是這兩個相互衝突的欲望。一方面，利用直覺的力量，遵循心靈意象的指引，我們必將克服內心的恐懼。我們相信，人生有某種目的，而我們來到世間就是為了實現這個目的；作為個體，我們必須以智慧和勇氣，促使人類文化朝正確的方向邁進。**在這種情操鼓舞下，我們就不會再感到孤獨，雖然人生的旅程依舊充滿險阻，而我們也時時被提醒，人生的每一樁奧祕都蘊涵著目的和意義。**

然而，另一方面，我們卻常常屈從於相反的一種欲望：面對恐懼，我們一心只求自保，有時會因此遺忘我們的生存目的，陷入仇恨爭鬥的痛苦深淵中。為求自保，我們使出各種伎倆，維護我們的權力地位，互相偷竊能量，頑強地抗拒改變和進化，漠視一切新的、更能裨益我們心靈的知識和訊息。

幾千年流逝了，人類的覺醒持續進行。我看見人類本著天性，開始整合成愈來愈大的團體和族群，邁向更複雜的社會組織。我發覺，這個天性源自一種模糊的直覺、一種得自「身後世」界的訊息：**人類在地球上的終極命運是邁向統合**。在這個直覺指引下，我們發現自己能夠脫離游獵生活，進化成農耕民族，開始在大地上栽種五穀，按時收成。同時我們也開始馴養周遭的許多種動物，以確保蛋白質和相關產品的供應，不虞匱乏。在內心深處潛藏的「世界憧憬」驅使下，人類開始推動歷史上最富戲劇性、影響最為深遠的一場轉變：從居無定所的游牧生活，躍入農業社會，建立一座座大型村莊。

這些農業社區日益壯大，組織漸趨複雜，剩餘的食物促使商業興起，居民開始分工，形成各種職業團體——牧人、泥水匠、織工、商人、鐵匠、士兵。書寫和算術的發明隨之而來。然而，大自然的變化莫測和生活的各種挑戰，仍舊困擾著早期人類的意識；人們心中依然存在著一個問題，有如夢魘一般揮之不去：我們活著究竟是為了什麼？我守候在一旁，觀看早期哲人的出生憧憬。他們試圖站在一個更高的層次，對人類的精神現實展開探索。他們肩負一個特殊的使命投生人間：設法擴展人類對神靈的知覺。然而，他們對神靈的知覺最初非常模糊、不完整，採取多神教形式。人類開始承認一群殘酷暴虐、需索無度的神祇。這些神祇存在於我們心靈之外，宰制地球上的氣候、季節、五穀耕作和收成。在不安全感驅迫下，我們覺得必須以禮儀、祭典和犧牲的形式，安撫這群神祇。

在好幾千年的發展過程中，各地的農耕社區進一步整合成龐大的文明體系，分布在美索不達米亞地區、埃及、印度河流域、希臘克里特島和中國的華北，各有自己的一群自然界和動物神靈，互不統屬。然而，這種神祇並不能消弭人類的焦慮。我看見一代又一代的魂靈投生人間。他們發願，要給世人帶來一個訊息：**人類透過知識的分享和比較，可以促使文明進步**。可是，進入人世後，他們卻屈從於瀰漫人間的恐懼，將這個宏願扭曲成一種無意識的欲求，開始從事征伐，使用武力把自己的生活方式強加在別的民族身上。

於是開始了人類歷史上的帝國和暴君時代。一個又一個偉大的領袖相繼崛起。他統治全國百姓，率領族人東征西討，要求其他民族接受他的文化。然而，到頭來，這些暴君卻往往淪為被征服者，遭受一個更強大的文化宰制。好幾千年中，無數帝國有如泡沫一般冒出人類的意識。帝國領導人以一套更有效的經濟方案和戰爭技術，崛起一時，轉眼間卻被更強勁、更有組織的文化體系推翻。透過這種方式，一個又一個陳腐、過時的文化觀點相繼被取代。

我看到，儘管這個淘汰過程進行得十分緩慢，充滿血腥，但在人類歷史的長河中，一些關鍵性的真理卻逐漸從「身後世」界傳播出來，進入「現世」界。其中最重大的一個真理——人際關係的新倫理——開始出現在世界各個地區，但最後在古希臘的哲學中獲得最清晰的闡述。驟然間，我看到數以百計的魂靈投生希臘，進入希臘文化體系中，帶來這個適時的覺悟。

多少個世代以來，他們眼睜睜看著人類互相殘殺，無休無止，造成資源的浪費和社會的不義。他們知道，人類有能力超越爭鬥的惡習，推行一種新制度，以交換和比較各種不同的觀念。**這個新制度將保障每一個人與生俱來的一項權利——他有權堅持他的觀點，不論體力上的強弱**。事實上，在「身後世」界，這個制度早已施行多年。我看著這個人際互動新方式在地球上萌芽、成長、茁壯，最後被冠上「民主」的名稱。

以民主方式交換意見、溝通觀點，有時固然會變質成權力鬥爭；但是，這畢竟是人類歷史的頭一遭，人們開始運用言詞而非體力從事競爭，將文化的發展推向一個新的境界。

與此同時，另一個勢將徹底改變人類對「精神現實」看法的劃時代觀念，正出現於中東地區一個小部落的史書中。同樣的，我也能看到這個觀念的許多倡導者出生前的憧憬。這些人投生進猶太文化中。降臨人間之前，他們就已經知曉，儘管人們懂得運用直覺感知神靈的存在，但一般人對神靈的詮釋卻是殘缺的、扭曲的。多神論是見樹不見林的說法。他們認為，宇宙間只有一個神。在他們看來，這位神祇對眾生依然苛刻，動輒發脾氣，有如大家長一般高高在上——而且，仍舊存在於我們心靈之外——但是，有史以來頭一遭，祂變得比較有人情味，比較能夠回應人們的籲求。最重要的是，這個神是普天下人類唯一的創造者。

我站在一旁繼續觀看。我看到，這種直覺式的一神論逐漸興起，在全世界各個文化中獲得回應。

在中國和印度——當時世界科技、貿易和社會發展的領導者——印度教、佛教及其他東方宗教盛行，將整個東方世界推向內省的道路。這些宗教的創立者認為，神不單只是一個「角色」而已。祂是一種力量、一種意識；唯有透過啟悟的過程，我們才能完整地找到祂。東方宗教不再只是為了取悅神而奉行某些戒律或儀式；他們轉入內心，在那兒跟神打交道。這是知覺的一種轉變——它敞開人們的意識，迎向那瀰漫宇宙的和諧。

我的視線很快就轉移到加利利海（the Sea of Galilee）。在那兒，我看到終將改變整個西方文化的一神觀念，如何從原本存在於我們心靈之外、有如大家長一般的神祇，演化成類似東方觀點、存在於我們內心中的神明。我看見一個人帶著完整的出生憧憬投生人世，降臨人間。

他知道，他來到人間是為了將一種新能量帶給世人，幫助世人建立一個以愛為基礎的新文化。這是他帶來的訊息：上帝是神聖的靈、上天的能；祂的存在可經由實際的經驗感知和證實。單靠儀式、祭典和公開祈禱，並不足以使一個人獲致真正的精神覺悟。

它需要一種更深刻的懺悔。**這樣的懺悔是內在的、心理的一種轉變；它要求我們揚棄自我的執念，達致一種超脫的「放下」(letting go)，以享受精神生活的豐美果實。**

這個訊息漸漸傳播開來。我看到，人類歷史上最具影響力的帝國之一的羅馬，接納這個新宗教，將它的基本觀念——單一的、內在的神——傳揚到歐洲大部分地區。後來，北方蠻族入侵，羅馬帝國崩潰，這個觀念被保存在中古世紀基督教國家的封建體系中。

在這個節骨眼上，我又看見諾斯替教派的訴求。他們籲請教會當局，更加注重內在的靈修經驗：他們建議利用耶穌基督的生平作為典範，鼓勵世人修行。我看到，教會當局陷入恐懼中。教會領袖擔心喪失控制權，於是，他們環繞教會內的聖秩制度建立一套教規，讓神職人員擔當人與神之間的媒介，負責將聖靈分配給民眾。到後來，跟諾斯替教派有關的經文都被視為褻瀆神聖，因而全被清除出《聖經》。

儘管許多人從「身後世」界投生人間，企圖擴充這個新宗教的基礎，加深它的民主化，但是，在那個人心充滿恐懼的時代裡，任何人跟其他文化接觸，都會被專橫的教會當局視為叛逆。

這兒，我又看到了聖方濟祕密修道會。這個教派倡導崇敬大自然，主張回歸內在的神靈經驗。聖方濟修道士投生人間，帶來一個訊息：「諾斯替困局」終會獲得解決。他們決定保藏古老的經籍和手稿，等待那一天的來臨。再一次，我又看到自己的魯莽行為，試圖在時機成熟之前將這批經文公諸於世。結果，年紀輕輕的我死於斷頭台上。

然而，我清清楚楚看到，一個新時代正在西方開展。教會的權力遭受另一個社會組識——國家——的強勁挑戰。地球上愈來愈多民族意識到自己的存在，於是大帝國逐漸走上了末路。新世代應運而生。他們探尋民族根源，主張在共同語言和主權領土的基礎上，建立統一的國家。統治這些新興國家的，仍舊是打著「君權神授」旗幟的獨裁者；但是，無論如何，一個嶄新的人類文明正在開展中。它的特色是明確的國界、穩定的貨幣、四通八達的貿易路線。

在歐洲，隨著財富日漸擴散、教育日益普及，一場波濤壯闊的文藝復興運動於焉展開。許多參與者的出生憧憬，歷歷如繪出現在我眼前。他們知道，人類在這個階段的命運，是發展強勁有力的民主制度，而他們有幸躬逢其盛。新近發現的古希臘和羅馬經籍，激發他們內心深處的記憶。民主國會一個接一個成立了。議員們發出呼聲，要求終止君權神授的謬論，結束教會對精神和社會現實的血腥統轄。宗教改革運動跟著來臨。新教領袖主張，每一個人都有權閱讀《聖經》，不必透過任何媒介，就可以跟上帝直接打交道。

與此同時，一群尋求更大能量和自由的人，則出發前往美洲，探測這塊介於東西方文化之間的大陸。我觀察最早進入這個新世界的歐洲人在投生前的憧憬。我發現，他們早就知道，這塊陸地已經有人居住，歐洲人想移民到那兒，必須受到邀請才行。內心深處，他們曉得，對於日漸喪失跟大自然的密切關係、日益趨向世俗功利主義的歐洲人來說，美洲不啻是一條回頭路。美洲原住民文化雖然未臻完美，卻也足以提供一個典範，讓心靈迷失、亟欲尋回精神根源的歐洲人有所依循。

然而，由於恐懼心理作祟，這些人來到美洲後，卻遺忘了他們的出生憧憬，一頭栽進征戰中，豪奪巧取，只顧追求個人的私利。他們爭相掠奪這塊大陸蘊藏的無比豐富的自然資源。原住民文化的重大真理，淪喪在這股狂潮中。

這期間，在歐洲，文藝復興運動持續進行。我開始看到，祕笈「第二覺悟」描述的景象有如全景畫一般展現在我的眼前。教會界定現實的權力，遭受愈來愈強勁的挑戰；歐洲人覺得他們已經覺醒，開始用嶄新的眼光觀看人生和世界。在無數勇敢的、不忘出生憧憬的人士努力下，科學方法作為探索和理解世界的一種民主程序，終於被歐洲人普遍接受。這個方法——探測大自然的某些層面，歸納出一些結論，然後將這個觀點提供其他人——被認為是建立共識的一個程序。透過這樣的程序，我們終會了解人類在這個星球上的真正處境，包括我們的精神本質。

然而，沉溺於恐懼中的教會人士，卻試圖打壓新興的科學。雙方各自集結政治力量，結果達成一項妥協：科學家可以探索外在的、物質的世界，不受任何限制，但精神現象和心靈問題則必須交由神職人員裁決。人類的整個內在經驗——我們對美、愛、覺、機緣、人際互動現象，乃至於夢境的更高層次的知覺——全都被排除在新科學之外。

在重重限制之下，科學家開始探索和記錄物質世界的運作方式；他們提供的資訊，大大有助於貿易的振興、天然資源的利用。人類的生活水準提升了，經濟有保障了，結果，我們對周遭的世界卻失去神祕感。我們不再提出那個痛切的問題：我們活著到底為了什麼目的？我們以為，活著就是為了替自己、替子孫建立一個更美好、更安全的世界。漸漸地，我們達成一個共識。我們拒絕面對死亡的事實；我們給自己創造一個幻覺：世界已經被科學家解釋清楚——它是平淡無奇的、不具任何奧祕。

於是，我們那一度對精神根源十分敏銳的直覺，被壓制到心靈更深的地方。在物質主義日益猖獗的時代，上帝只能被視為一個遙遠的、自然神論（Deist）的上帝。這個神，在完成世界的創造後，就站在一旁袖手旁觀，讓宇宙像機器一般自行運轉，每一個果都有一個因，而一切不相連貫的事件只能看成是意外、是偶然。

主導這個時代的許多人物，他們的出生憧憬我都看到了。投生人世之前，他們就已經知道，科技的發展和生產方式的改進十分重要，因為它能夠解開人類身上背著的枷鎖，讓人類從事勞力以外的活動。然而，降生人間後，置身在當時的整體環境中，他們卻只記得工作、生產、建設、遵奉民主理想。至於改善生產方式，使它變成零汙染的宏願，他們卻遺忘了。

我把視線轉移到美洲。工作、生產、建設、遵奉民主理想的直覺，在美利堅合眾國的創建上表現得最為透徹。這個新國家擁有一部民主憲法、一個講究制衡的制度。美國是一個偉大的實驗。它是觀念和資訊迅速交換的場所，為人類的未來提供指標。然而，在表面的繁榮興盛之下，我們卻聽到美洲原住民、非洲黑人和其他族裔的呻吟吶喊。這些被白人踩著背脊進行偉大實驗的族群，要求白人聆聽他們帶來的訊息，把它納入白人的歐洲心態中。

到了十九世紀，我們面臨人類文化史上第二次大轉變——建立在石油、蒸氣、電力等新能源上的一場轉變。人類的經濟已經發展成一個龐大而複雜的體系；應用日新月異、層出不窮的新技術，我們製造出比以往任何時期都多得多的產品。潮水般一波一波的移民，從鄉村地區湧入大都市的生產中心。他們脫離農耕生活，一頭栽進新的、專門化的「工業革命」。

那時一般人都相信，以民主為基礎、不受政府任何管制的資本主義，是人類商業行為最理想的方式。然而，當我觀察工業革命主導人物的出生憧憬時，卻赫然發現，他們當初來到人間，是希望能夠改善資本主義，使它更完美、更符合人道。不幸得很，由於內心潛藏的恐懼在作祟，他們掌握經濟權力後，卻汲汲於建立個人的企業王國，為了獲取更大利潤，不惜剝削工人，甚至串通競爭對手，勾結政府官員。這個時期，資本家橫行無忌，銀行家和工業鉅子聯手宰制國家的經濟命脈。

然而，到了二十世紀初，這種漫無節制的資本主義終於引起反彈：兩種不同的經濟制度被提出來，準備取代資本主義。早些時，兩位人士在英國發出「宣言」，呼籲建立一個新的、由工人主導的經濟制度。他們聲稱，一個經濟烏托邦終將在地球上出現，人們各取所需，不爭不貪，共同享用全世界的資源。

在工作環境極端惡劣的時代中，這個觀念很快就吸引了眾多支持者。但我發現，這篇充滿唯物論色彩的「工人宣言」，嚴重扭曲了作者的初衷。我觀察這兩位人士的出生憧憬，赫然發現，他們當初所想望的，是讓人類社會一步一步邁向經濟烏托邦。不幸得很，投生人世後他們卻忘記，這樣的一個烏托邦只能透過民主程序、讓老百姓自由選擇、按部就班逐漸演進實現。

結果，從俄國第一次革命開始，共產制度的創始者就誤以為，烏托邦可以透過武力和專政在人間建立。為了這個錯誤的、行不通的策略，數以百萬計的民眾喪失了生命。共產黨人欠缺耐心，急於建立烏托邦，結果卻引發了一場禍延數十年的共產主義悲劇。

場景轉移到另一股對抗民主資本主義的力量：邪惡的法西斯主義。這個制度的宗旨，是確保一群自認為有權領導社會的精英對民眾的控制。這些人認為，唯有廢棄民主制度、結合政府和新的企業領導階層，國家才能發揮最大的潛能，在世界建立崇高的地位。

我看得很清楚，在創建此一制度的過程中，這一群人幾乎完全忘記了他們的出生憧憬。當初，他們投生人間，是抱持著這樣的一個信念：人類的文明正在朝向完美的境界演進；一個國家的民眾，在目標和意志上若能團結一致，徹底發揮他們的潛能，則必定能夠大大提高國族的能量和效率。然而，來到人間後，這群人卻創造出一個自私的、可怕的理念和制度，強調某些國族先天上的優越，試圖建立一個宰制全世界的超級國家。全人類朝向完美境界演進的理想，再一次被意志薄弱、心存恐懼的一群人扭曲，形成納粹第三帝國的血腥王朝。

我看到另外一群人決定挺身而出，對抗這兩個悖離自由經濟的制度。他們也相信，人類正朝完美境界演進，但他們把這個理想寄託在健全的民主制度上。第一度對抗，引發了一場反法西斯主義的世界大戰；民主國家付出重大代價，才贏得這場慘烈的戰爭。

第二度對抗，在民主和共產兩個陣營之間形成一場漫長的、嚴酷的冷戰。

突然，我發現自己把視線的焦點轉移到冷戰初期——一九五〇年代的美國。這個時候的美國，正處於四百年世俗物質主義發展的巔峰，國勢十分強盛。財富的擴散，促成一個龐大的、不斷成長的中產階級興起。在這樣一個富庶安定的環境中，一個新世代誕生了。他們的直覺理想，將幫助人類邁向文明史上第三次大轉變。

在成長的過程中，這個世代的美國人一再被提醒，他們是生活在全世界最偉大的國家——每個公民都享有自由和平等權利的國度。然而，長大後他們卻發現，在美國自我形象和社會現實之間竟存在著一道鴻溝。他們發覺，這塊土地上的許多居民——婦女和某些少數族群——在生活習俗上、在法律上，並未享有憲法保障的自由。到了六〇年代，新世代的成員開始密切觀察他們的社會，以檢驗美國的自我形象，結果發現了其他一些令人心悸的層面——譬如，將年輕人派遣到海外，參加一場沒有明確目標、沒有勝利希望的政治戰爭的盲目愛國主義。

同樣令人不安的，是這個國家的精神生活。四百年的物質主義發展，早已遮蓋了生命和死亡的奧祕。許多人發現，今天的基督教堂和猶太會堂，只不過是大擺排場、舉行空洞儀式的地方。上教堂做禮拜，已經變成一種社交，壓根兒不是為了精神修持。教徒們最在乎的，還是在旁窺伺的同儕對他們的看法和批評。

進一步觀察，我發現，新世代的美國人分析、批判社會文化的傾向，源自根深柢固的一個直覺：人生還有一些舊物質現實不能涵蓋的層面，值得我們探索和追求。就在地平線之外，新生代找到了新的精神意義。他們開始探索那些比較隱僻的宗教和精神思想。大量美國人探究東方宗教，這是歷史上頭一遭。東方的精神思想證實了他們的直覺：**精神感悟是一種內在經驗；它能轉變我們的知覺，改變我們對生存目的和意義的看法**。同樣的，猶太神祕學說（Jewish Cabalist writings）和西方基督教神祕主義者，諸如艾克哈特（Meister Eckehart）和德日進（Teilhard de Chardin），也為新生代的美國人提供另一個探索的角度，讓他們一窺精神生活的堂奧。

這期間，人文學界——社會學、精神治療、心理學和人類學——以及現代物理學不斷傳出新資訊，增進我們對人類意識和創造力本質的了解。美國學術界的研究成果，加上東方宗教提供的靈思角度，逐漸凝聚成一股力量，最後演變為一場盛大的「人類潛能運動」。參與這項運動的人士認為，人類擁有無比豐沛的物質、心理和精神潛能，而活在今天的我們只實現了其中一小部分而已。

我注意到，在數十年的發展過程中，這些資訊和它所引發的精神經驗，逐漸成長壯大，最後演變成人類知覺關鍵性的大轉變。**從人類意識這場大躍進出發，我們對人生的意義和目的開始形成新的看法，最終將會導致我們記起祕笈揭示的九個覺悟**。

然而，就在新思潮逐漸結晶，開始在全人類的意識中散播開來的當兒，新世代中卻有許多人開始退縮，因為伴隨精神新典範而來的文化動盪，讓他們感到非常驚恐。許多世紀以來，在舊世界觀的堅實共識下，人類社會一直維持著一個明確的、甚至僵硬的秩序，以規範人們的生活。社會上所有角色都經過明確界定，每個人都知道他的職守——

譬如，男人在外幹活，女人在家照顧孩子，人人注重家庭生活，個個遵守工作倫理。每個公民都能夠在經濟體系中找到一個位置，在家庭生活中找到意義。他們都知道，人生的目的就是好好過日子，為子孫創造一個在物質上更安全、更富裕的世界。

接著，六〇年代來臨，掀起一波波質疑和批判的浪潮，推翻了以往堅實磐石的規則。人類的行為，不再受到強力共識的有效規範。如今，人人彷彿突然獲得解放，擁有前所未有的自主權，可以自由自在地制定他或她的人生方向，探索至今仍然隱晦不明的潛能。在這樣的文化氛圍中，**別人的看法不再能夠左右我們的行動；規範我們行為的，是我們內心的所思所感，是我們的內在道德**。

對那些真正採行精神生活、以誠和愛對待別人的人來說，道德行為根本不是問題。讓我們放心不下的，是那些喪失了外在的生活規範，一時還沒有形成堅強內在道德律的人。他們彷彿被遺棄在文化荒原中。在那兒他們無所忌憚，可以為所欲為：犯罪、吸毒、染上各種惡習，更不用提喪失工作倫理。更糟的是，很多人利用「人類潛能運動」的發現，為這些罪犯和行為不良的人開脫，聲稱他們不必為自己的行為負責，因為他們是受害者，而迫害他們的正是當前這個無恥的文化。它容忍一些醜惡的社會情況繼續存在，讓後者持續影響這些罪犯的行為。

我繼續觀看這個時代的景象。我發現，兩極化的觀念對立，正迅速在全球各地形成中。那些原本猶豫不決的人，現在終於挺身而出，對抗一個他們認為會導致混亂和不安定，甚至造成社會全面解體的文化觀念。這種反彈，在美國尤其強烈。愈來愈多人現在相信，他們正面臨一場生死鬥爭，而敵人就是過去二十五年來蔓延全美的姑息主義和自由主義。他們管這場鬥爭叫「文化戰爭」，攸關西方文明的存亡。我發覺，他們中有許多人認為，這場仗實際上他們已經打輸了，因此主張採取極端行動。

我注意到，面對這樣的反彈，「人類潛能運動」的倡導者也開始感到畏懼，進而採取守勢。他們擔心，這些年來辛辛苦苦贏得的勝利——為個人爭取自主權、為弱者爭取社會同情心——一夕之間可能被保守主義的狂潮淹沒。許多人相信，這場針對自由主義的反彈，是貪婪的既得利益團體在幕後策動的。有如一群困獸，這股力量正準備反撲，試圖奪回社會的主導權，繼續剝削弱勢族群。

這兒，我看得很清楚，激化這場對立的是雙方的心態：他們都懷疑對方在搞一個邪惡的陰謀。

舊世界觀的倡導者不再認為，「人類潛能運動」人士只是過於天真，一時被誤導；他們現在相信，這些人是一項大陰謀的參與者，而策畫這個陰謀的，正是主張「大政府」的社會主義者和頑強的共產黨徒。他們試圖製造混亂，腐蝕社會文化的根基，讓強有力的政府乘機介入，以高壓手段恢復社會秩序。在保守派人士看來，這群陰謀家正利用民眾對日益升高的犯罪率的恐懼，主張管制私人持有的槍枝，逐步解除民眾的武裝，賦予中央集權化的官僚體制更大的權力，讓官僚們透過國際網際網路，監控民間現金和信用卡的流通，以防止犯罪，或作為稽徵稅捐的一種手段。最後，在國家面臨一場自然災害時，他們會乘機請出「老大哥」，宣布全國戒嚴，開始沒收私人財產。

主張解放人類心靈、改變社會現狀的人，擔心的卻是相反的一種情況。面對政治上聲勢日益高漲的保守派人士，他們只能眼睜睜看著這些年的努力成果毀於一旦，付諸東流。他們也注意到，犯罪率節節升高，家庭組織日漸敗壞，但在他們看來，根本的原因並不是政府過度介入，而是介入得太慢、太少。

在許多國家，資本主義辜負了一整個階級的老百姓，理由很簡單：窮人根本就沒有機會參與這樣的經濟體系。他們要工作卻沒有工作，想受良好的教育也沒有機會。政府不但不伸出援手，反而步步後退，將扶貧計畫和過去二十五年來辛苦贏得的社會福利方案全都拋棄。

我看得很清楚，對現狀愈來愈灰心的改革派人士，開始懷疑幕後有隻黑手在操縱這一切。他們相信，目前人類社會中出現的右傾趨勢，肯定是國際金融企業集團聯手操控的結果。這些集團收買各國政要，購併各地媒體，最後將整個世界劃分成貧、富兩個階級，就像當年納粹分子在德國所做的那樣，讓財力雄厚的大公司併吞掉所有中小企業，將大部分財富控制在手中。一旦這種情況發生，窮人肯定會跑上街頭暴動，但那樣做只會讓統治精英找到藉口，出動警察，加強他們對社會的監控。

我心中忽然靈光一現，終於了解這場建立在「大恐懼」之上的兩極化對立：愈來愈多人選邊站，不是投向這個陣營就是倒向另一邊；兩個陣營壁壘分明，雙方都把賭注提高到正邪對決的層級，而雙方也都把對方看成兇險的陰謀家。

我現在開始明瞭，那些聲稱能夠解釋眼前這個邪惡現象的人，影響力為何會與日俱增。這幫人就是喬伊先前提到的「末世分析家」。他們利用過渡時期出現的社會亂象，乘機擴充勢力。他們認為，《聖經》的預言每一句都將化為事實，而我們社會目前出現的亂象，正是世界末日來臨、「天啟」發生的前兆。一場聖戰即將展開，把人類區分成兩個陣營：黑暗之軍和光明之軍。在末世論者想像中，這個戰爭將是一場慘烈的生死對決，血腥而快速；那些知道它即將來臨的人，必須做出一個重大的決定——站對邊，投向上帝的陣營。

如今，我站在人類歷史的一個分水嶺上，放眼瞭望，卻也能夠看到這些人隱藏在「大恐懼」後面的出生憧憬。雙方陣營中的每一個人，當初投生人間，都抱著消弭世界兩極化對立的宏願。**我們都希望，能夠平順地從舊有的物質主義世界觀過渡到新興的精神世界觀；而且我們希望，在這場轉變中，舊傳統的精華將被保留下來，融進即將形成的新價值體系**。

我看得很清楚，目前我們社會出現的尖銳對立和好戰態度，根本不是當事人的初衷，而是「大恐懼」造成的。這是一種偏差。我們當初的憧憬是：在維持人類社會基本倫理的同時，每個人的潛能可以獲得徹底的發揮，自然環境也能夠得到充分的維護；我們必須引進一套精神指標，規範和改變人類的經濟創造力，將它導向正途。我們相信，這個精神指標一旦全面引進人類的社會，地球上就可能出現烏托邦，以象徵的形式實現《聖經》的末世預言。

我的知覺進一步擴展。現在，就像當初觀看瑪雅的出生憧憬那樣，我幾乎能夠瞥見這個層次更高的精神領域，看到眼前出現的一幅全景圖：從這兒出發，人類歷史將朝那個方向邁進；我們應該如何調解雙方的歧見，攜手同行，共同創造人類的未來。然而，就在這個節骨眼上，我忽然又感到一陣暈眩，不再能夠專心——凝聚心神所需的能量，一下子在我身上消散了。

眼前的心靈景象逐漸消失，我依依不捨，睜大眼睛看了最後一眼。如今我曉得，「世界憧憬」必須及時介入，調解雙方的歧見，否則兩極化的對立必然加速升高。我看到雙方人馬摩拳擦掌，殺氣騰騰，爭相指責對方邪惡腐敗……跟魔鬼結盟。

我感到自己的身體飛速移動。一陣暈眩之後，我睜開眼睛，看見威爾站在我身旁。他瞅了我一眼，然後凝注視線，仔細瞧了瞧周遭那一片暗沉沉、灰濛濛的景物，臉上顯露出憂慮的神情來。我們已經來到一個新的地點。

「剛才你有沒有看到我的歷史憧憬？」我問。

威爾又瞅了我一眼，點點頭。「我們剛才看到的，是對人類歷史的一種新的、精神的詮釋，雖然有點褊狹，卻也引人深思。我從沒聽說有人這麼解釋過歷史。這必定是『第十覺悟』的一部分——透過『身後世』的角度，觀看人類幾千年來的探索和追求。我們現在明瞭，每個人投生人世時都懷抱一個宏願，想把保存在『身後世』界的知識帶進人間。人人都是如此！歷史記錄的是人類漫長的覺醒過程。不幸的是，我們來到人間後，往往會遺忘投胎時許下的宏願，讓當前的社會文化現實蒙蔽我們的心靈。在人世度過一生，我們的心靈只剩下些許的直覺，促使我們去做一些事情。我們得時時抗拒瀰漫當今世界的『大恐懼』。面對如此強烈的恐懼，我們很難實現當初帶到人間的理想；即使勉強實現，也不免會把它扭曲。可是，我敢說，每一個人來到人間時，都懷抱著為世人造福的宏願。」

「這麼說來，連最窮兇極惡的人——譬如說連續殺人犯——當初投生時，也是抱著為世人造福的宏願囉？」我提出質問。

「沒錯，當初確實是如此。」威爾回答。「所有的殺戮行為都是一種發洩，用來紓解內心那股強烈的恐懼和無助感。」

「是這樣子嗎？」我說。「難道世界上真的沒有一個人是天生的壞胚子？」

「沒有人生下來就是壞蛋。」威爾解釋：「他們抓狂殺人，是因為他們沒法子克制內心的恐懼，結果闖下大禍，到頭來還得為自己的過錯付出慘痛的代價。可是，我們必須明瞭，造成這種偏差行為的一個原因是，我們都一口咬定某些人是天生的壞胚子。這種錯誤的觀念，使兩極化的對立愈發尖銳。雙方都相信，只有天生的壞胚子才會幹壞事，所以他們就盡力攻訐對方、醜化對方，把對方看成禽獸，這一來，彼此的恐懼感就愈發加深了，人性的醜惡面也顯露了出來。」

說到這兒，威爾又心不在焉起來，眼睛望到別處去。過了好一會，他才補充說：「雙方都懷疑，對方在搞一個不可告人的大陰謀，想把這個世界毀掉。」

我發現，威爾又凝注視線眺望遠方。我順著他的眼光望去，登時感到一股陰森森的寒氣直逼過來，令人毛骨悚然。

「我覺得，」威爾繼續說，「我們還不能把『世界憧憬』引進人間，也還不能消弭兩極化的對立，除非我們了解邪惡的本質和地獄的真相。」

「你為什麼會提到地獄呢？」我問。

威爾又瞅了我一眼，然後凝注視線望向前方那一團暗濛濛的灰霧。「因為我們已經來到了地獄。」

7 內心的地獄

不管一個人的行為有多惡劣，
他只是一個在痛苦的掙扎中試圖覺醒過來的靈魂，
就像我們一樣。

我縮起肩膀機伶伶打個寒噤，悄悄睜開眼睛，望望周遭那一片灰暗的景色。早些時感受到的那股陰森森的寒意，這會兒變成了一種強烈的疏離和絕望。

「你以前來過這兒嗎？」我問威爾。

「只到過邊緣。」威爾回答。「從沒走進來過。這個地方冷颼颼的，你感受到了嗎？」

我點點頭。這時我看見附近有東西在飄蕩。「那是什麼東西呀？」

威爾搖搖頭。「我也不曉得。」

一團能量漩渦似地朝我們洶湧過來。

「看來好像是一群幽靈！」我說。

他們逼近的當兒，我試圖凝聚心神，把意識的焦點對準他們的思維，卻感覺到一股更強烈的疏離，甚至憤怒。我聳聳肩膀，試圖擺脫這種感覺，一面敞開心懷，向這群幽靈傳送出更多能量。

「慢著！」模模糊糊中我彷彿聽到威爾吆喝一聲。「你的氣還不夠旺，對付不了他們！」

可是已經來不及了。驟然間，我被吸入一團黑霧中，飄飄蕩蕩來到一個看起來像城鎮的地方。我感到一陣驚慌，連忙定下心神望望四周，發現這座城鎮的建築都是十九世紀式的。我站在一個熱鬧的街角抬頭一望，看見遠方矗立著國會大廈的高聳圓頂。乍看之下，我還以為我真的置身在十九世紀，然而，仔細一瞧，卻發現這座城市的景致頗為詭異：地平線隱沒在遠方，放眼望去，只見灰濛濛的一片，而頂頭的天空卻是橄欖色。我記得，威廉斯死後，他的亡靈拒絕接受他已經死亡的事實，於是就虛構出一間辦公室，讓他繼續在那兒辦公，而窗外天空的顏色也正好是橄欖色。

這時，我發現對面街角站著四個人。他們正盯著我瞧，眼上眼下打量我。我感到一股寒意襲上心頭。這四個男子都穿得十分講究。其中一位歪著頭，把手裡拈著的雪茄送到嘴上，深深吸一口。另一位掏出懷錶，看了一眼，把它塞回背心口袋。這幫傢伙外表看起來很體面，臉上的表情卻有點兒兇巴巴。

「熱血男兒都可以成為我的朋友！」我忽然聽到身後響起一個低沉的聲音。

我慌忙回頭一看，只見一個衣裝體面、頭上戴著一頂寬邊氈帽、身材圓胖有如酒桶的男子，正朝向我走過來。這人看起來挺面熟的。我以前一定見過他，但究竟在哪兒見過的呢？

「別理睬他們！」他指著對街那四個人說：「這幫傢伙在虛張聲勢。他們根本不是我的對手。」

我瞪著眼睛，打量他那高大魁梧而略顯傴僂的身軀，又看看他那雙閃爍不定的眼神，終於恍然大悟，想起他的身分。原來他就是那個聯邦部隊指揮官！在十九世紀那場戰爭中，我看見過他。當時，他拒絕接見前來軍營求和的瑪雅，下令部隊對印第安人展開攻擊。我現在終於明白，眼前的這座城鎮根本就是海市蜃樓——這位聯邦將領拒絕接受他已經死亡的事實，因而虛構出一座十九世紀的城鎮，重溫他的舊夢。

「這座城市不是真實的！」我結結巴巴地說：「你……呃……已經死了。」

他似乎沒把我這句話聽進耳朵。

「告訴我，你到底什麼地方招惹了這四個惡棍？」他問道。

「我沒招惹他們呀。」

「別騙我哦！你一定做了什麼事情讓他們感到不痛快。瞧，他們正狠狠盯著你呢。他們以為這座城市是他們的，甚至以為整個世界都是他們的，人人都得聽他們的指揮，看他們的臉色。」這位聯邦將領猛搖頭。「這幫人絕不相信命運。他們以為他們負有神聖的使命；他們要為人類的未來擬定出一套完整的方案。他們要控制人間的一切，包括經濟發展、政府組織、金錢的流通，甚至各國貨幣的匯率。他們這麼做實在無可厚非，因為在這個世界上，無知的老百姓實在太多了，得有人照顧他們，控制他們，以免他們胡作非為，把整個世界毀掉。這一來，老百姓既受到控制，統治者又可以乘機撈點錢，何樂而不為呢？」聯邦將領望望對街那四個男子，不屑地說：「這幫混蛋也想控制我呢！只是，我比他們聰明，聰明得太多，他們拿我沒奈何。」話鋒一轉，他問我：「你到底做了什麼事情招惹了他們呢？」

「聽著！」我說。「這一切都不是真實的。你到底明不明白啊？」

「兄弟，別瞞我哦。」他說。「這幫惡棍隨時會對你下手，而我是唯一能幫助你的人哦。」

我望到別處去，不再看他，但我感覺到他那雙眼睛依舊狐疑地打量著我。

「這幫傢伙很陰險毒辣。」他繼續說。「他們不會寬恕你的。拿我自己的遭遇來說吧！他們只想利用我的軍事才華，征服印第安人，奪取他們的土地。但我早就看透了他們的心思。我知道這幫人是不值得信賴的。我得小心應付他們，保障自己的權益。」說著，這位聯邦將領狡黠地瞄了我一眼。「如果你是一個戰爭英雄，他們就不能隨隨便便利用你，然後一腳把你踢開，對不對？戰爭結束後，我開始跟群眾打交道，把自己塑造成老百姓的英雄偶像。這一來，華府那幫人就非得跟我打交道不可囉。不過，我得提醒你哦：千萬不可低估這幫人的能耐。這種人啊，什麼事情都幹得出來！」

他往後退出幾步，眼上眼下打量著我。

「莫非，你是他們派來的間諜？」他質問。

我拿這個人沒辦法，只好轉身走開。

「你這王八蛋！」他吼了起來。「我果然沒看走眼。」

我看見他把手伸進褲袋，掏出一把匕首。我呆了半晌，拔腿就溜，沿著大街一路奔逃下去，然後跑進街旁一條小巷，耳邊只聽得那位聯邦將領的腳步聲，橐、橐、橐，在我身後不斷回響著。巷子右邊有一扇半掩的門。我一頭闖進去，拉上門閂，一進門，我就聞到一股刺鼻的鴉片煙味。屋子裡躺著好幾十個人，一個個仰起臉龐茫然望著我。我心裡想：這些人是真實的嗎？或者只是海市蜃樓的一部分？這夥人看了看我，又低頭聊他們的天，抽他們的水煙筒，不再理睬我。我躡手躡腳，穿過滿屋髒兮兮的床墊和沙發，走向另一扇門。

「我認識你哦！」一個婦人嗲聲嗲氣地說。她倚在門旁的牆壁上，把頭垂得很低，彷彿她的脖子承受不住頭顱的重量似的。「我跟你以前是同學哦。」

我呆呆地望著她，好一會才想起她是誰。原來，她就是那個跟我上同一所高中、個性憂鬱、後來染上毒癮的女孩。她拒絕接受輔導，最後因吸毒過量而死。

「妳是莎倫，對不對？」

她擠出一絲笑容來，點點頭。

我回過頭去，望望大門，擔心那個手中揮舞著刀子的聯邦指揮官會闖進來。

「別擔心！」莎倫說。「你待在這兒會很安全的。留下來吧！沒有人會傷害你。」

我上前一步，盡量用溫和的語氣說：「我不想留下來。這兒的一切都是幻象。」

屋裡有三、四個人聽到我的話。他們轉過頭來，狠狠瞪了我一眼。

「拜託，莎倫，跟我走吧！」我壓低嗓門，悄聲說。

最靠近我們的兩個人霍地站起身來，走到莎倫身邊。其中一個警告我：「別騷擾她！你滾出去吧。」

「別聽他的！」另一個對莎倫說。「這個人是個瘋子。妳待在這兒，莫跟他走哦。」

我彎下腰身，瞅著莎倫的眼睛對她說：「莎倫，這兒的一切都不是真實的。妳已經死了。我們得找個法子，逃出這個幻覺。」

「你這傢伙給我閉嘴！」另一個人吼叫起來。又有四、五個人朝我走過來，眼中彷彿噴出怒火。「別騷擾我們，聽到沒？」

我一步一步退到門旁；屋裡這夥人一步一步向我進逼。人堆中，我看見莎倫拿起水煙筒，湊到嘴巴上，又開始吸起來。我轉過身子跑出門去，卻發現自己闖進另一個房間。這個房間看起來像是一間辦公室，裡頭擺著電腦、檔案櫃、會議桌——全都是現代化的二十世紀辦公設備。

「喂，你怎麼可以擅自闖進來呀？」我聽到有人說。回頭一望，看見一個中年男子戴著老花眼鏡瞪著我。他問道：「我的祕書到哪裡去了呢？我沒有時間跟你瞎扯。你到底有什麼事情？」

「有人追我！我得找個地方躲起來。」

「天啊，千萬不要闖進來騷擾我！我說過，我今天忙得很，一大堆公文等我批。瞧瞧這些檔案！我不處理，誰會處理呢？」他臉上露出憂傷的神色。

我一面搖頭，一面瀏覽這間辦公室的陳設，希望能找到另一扇門出去。

「你真的不知道你已經死了？」我說。「這一切都是想像出來的幻覺。」

他一時呆住了，臉上的憂傷神色漸漸轉變成憤怒。過了好一會他才問道：「你是怎麼闖進來的？莫非你是一個逃犯？」

我終於找到一扇門，二話不說就衝了出去。街頭空蕩蕩不見人影，只有一輛馬車躂躂走在街上。它駛到對街一家旅館大門前停下來。我看見一個身穿晚禮服的美麗婦人走下來，抬頭瞄了我一眼，臉上綻出笑靨來。她的神情舉止流露出一股溫馨，讓人感到十分親切。我穿過馬路，朝她跑過去。她停下腳步，笑吟吟等著我，模樣十分嬌羞可人。

「你一個人吧？」她說。「何不跟我一起走？」

「妳準備去哪裡呢？」我試探地問道。

「參加派對呀。」

「還有哪些人參加呢？」

「不曉得啊。」

她推開旅館的大門，打個手勢邀請我一塊進去。反正沒事，我樂得跟在她屁股後面晃蕩晃蕩。我們走進電梯；她按四樓的電鈕。電梯一路往上升，她身上散發的溫馨氣息愈發濃郁起來。我從眼角望出去，看見她正盯著我的手瞧個不停。我抬起頭來看了看她。她笑了笑，裝出一副不好意思的模樣。

抵達四樓，她帶領我走下長廊來到一扇門前，伸手敲了兩下。半晌，門打開了，一位男士探出頭來。他看見門口站著的婦人，眼睛登時一亮。

「請進！請進！」他連聲說。

她擺擺手，請我先進去。我走進屋裡時，一個年輕的女郎挨到我身邊，握住我的胳臂。她身上穿著一襲露肩長袍，兩隻腳光溜溜的沒穿鞋子。

「哦，可憐的迷途羔羊！」她嘆息了一聲。「今晚你就待在我們這兒吧，沒有人敢欺侮你的。」

屋裡有個光著上身的男人，只顧瞪著眼睛打量我。「瞧他那雙大腿，長得多結實！」他讚嘆道。

「他雙手多漂亮啊。」另一個男子說。

進門後，我才發現房間裡擠滿了人。男男女女四處躺著，赤身露體纏綣成一團。我登時嚇呆了。

「不行！」我說。「我不能待在這裡。」

挽住我胳臂的女郎嗲聲說：「別開溜嘛！像我們這樣的一群人，你打著燈籠也沒處找呢。你感受一下這個房間裡頭的能量吧。你不再感到孤獨害怕，對不對？」說著，她伸出一隻手來撫摸我的胸膛。

突然，房間另一頭傳來打鬥聲。

「讓我走！」有人叫嚷。「我不想待在這裡。」

一個年輕小夥子，看來還不滿十八歲，從房間角落竄出來。他推開好幾個攔阻他的人，直往門口跑去。我乘亂跟在後面，也衝出房門。小夥子來不及等電梯上來，就踩著電梯旁的樓梯一路蹦蹦跳跳跑下樓去。我緊緊跟在他屁股後頭。當我跑到街上時，他已經竄過馬路。

我正想大聲呼喚，叫他停下來，卻看見他整個人忽然僵住了，彷彿受到極大的驚嚇似的。前面人行道上，那個聯邦部隊指揮官手裡握著匕首，面對著先前我看到的四個男子。雙方比手畫腳口沫橫飛，彷彿正在展開一場激烈的爭吵。突然，四名男子中的一個拔出手槍；指揮官見狀，立刻揮舞匕首衝上前去。槍聲響起，只見指揮官的帽子和匕首一齊往後飛，一顆子彈貫穿他的額頭。砰然一聲，他整個人摔倒在地面上。就在這當兒，四個男子突然停止他們的動作，身軀漸漸變得模糊起來，最後整個的消失了。轉眼間，躺在地上的聯邦指揮官也跟著消失無蹤。

馬路對面，那個小夥子渾身疲憊地在路肩上坐下來，把臉龐埋藏在兩隻手掌裡。我衝到他跟前，兩隻膝蓋一個勁地顫抖不停。

「沒事了！」我說。「他們全都走啦。」

「不，他們還沒走呢。」小夥子滿臉驚恐，顫抖著嗓門說：「看看那邊吧。」

我回過頭去，看見那四個已經消失的男子這會兒又出現在對街，站在旅館大門前。說也奇怪，他們現在的姿勢，跟我第一次看見他們時完全相同。其中一個男子大口大口抽著雪茄；另一個掏出懷錶，瞧了瞧。

我的心突地一跳。我看見聯邦指揮官從地上爬起來，站在那四個男子對面，瞪著眼睛打量他們。

「這種詭異的事情一再發生，我實在受不了啦！」小夥子說。「誰能幫助我逃離這個鬼地方呢？」

我還沒來得及答腔，兩道身影就出現在小夥子右邊，模模糊糊的好似兩團霧氣。

小夥子瞪著這兩道形影，瞧了好一會兒，臉上終於露出激動的神情。「羅伊，是你嗎？」他問道。

我看見這兩個幽靈飄向小夥子，把他籠罩在他們那飄飄裊裊的形影裡。幾分鐘後，小夥子整個人消失了，兩個幽靈也跟著失去蹤影。

小夥子走後，我瞪著空蕩蕩的路肩發呆，感受那兩個幽靈遺留下的高振幅能量。就在這當口，在心靈中我又看見守護我的幽靈群。我感受得到他們誠摯的關切和愛心。我凝聚心神，讓自己整個人沉浸在這種幸福的感覺中；漸漸地，我擺脫掉干擾能量流通的焦慮，一步一步提升能量，心中的窒礙終於豁然開通。剎那間，我周遭的空間變得清朗起來，不再是暗沉沉、陰森森的一片，而那座城鎮也消失了。隨著能量的提升，我終於有能力召喚威爾的影像。不一會兒，他果然出現在我身旁。

「你還好吧？」他轉過身來擁抱我，彷彿大大鬆了一口氣。「那些幻覺力量非常強勁，而你卻一頭栽了進去。」

「我曉得。那時我整個人都迷糊了，身不由己。」

「你離開好長一段時間。」威爾說。「我們唯一能幫你的，就是源源不絕地向你輸送能量。」

「我們？你是指誰呀？」

「這群幽靈啊。」威爾伸出手臂，向外指了指。

我凝注視線一望，看見數以百計的幽靈排列成長長的縱隊，佇立在我們前方。有些面對我和威爾，但大多數望著別的方向。我順著他們的眼光望去，只見遠處有好幾團能量在旋轉，宛如一個個大漩渦。我凝聚心神，仔細一瞧，發現其中一個漩渦就是我剛逃離的那個城鎮。

「那到底是什麼地方啊？」我問威爾。

「心靈幻象。」威爾回答。「構築這些幻象的靈魂，生前過度沉溺於祕笈第六個覺悟所說的『控制戲』（control dramas，譯註：請參閱《聖境預言書》第六章〈清理過去的一生〉），以至於死後他們的靈魂覺醒不過來。成千上萬這樣的靈魂聚居在你剛逃離的地方。」

「我被吸入幻象的時候，你看得到那裡面發生的事情嗎？」我問道。

「看到大部分。我凝神望著附近出現的幽靈，透過他們的眼光，感應到你在那個城鎮中的遭遇。這群幽靈不斷向幻象傳送能量，希望那裡頭有人會回應。」

「你看到那個小夥子嗎？他最後還是覺醒過來了。可是，陷身在幻象中的其他靈魂卻一直沉迷不醒。」

威爾轉過身來面對我。「威廉斯死後檢討他的一生時，我們看到的現象你還記得嗎？開始時，他無法接受他已經死亡的事實，於是他就在心靈中構築一間辦公室，假裝他還活著，像往日一樣照常上班工作。」

「對！」我說。「我被困在那座城鎮裡頭時，也想到了這點。」

「唔，每個人死後都有這種經歷。」威爾開始解釋：「如果我們生前太過沉迷於『控制戲』，把它當作抑制人生奧祕、消除人生不安全感的手段，那麼，我們死後，靈魂就很難覺醒過來。在這種情況下，我們就必須依賴一些幻覺或妄想來維持安全感，即使進入『身後世』後也是如此。如果威廉斯的守護靈沒能及時趕來，伸出援手，他的靈魂早就墮入你剛才到過的那座地獄了。說穿了，這一切都是因恐懼而起。你剛在城中見到的那些靈魂，若不能找個法子，擺脫心中那股強烈的恐懼，把它壓抑到意識底層，他們整個人都會癱瘓掉。於是他們就一再重複生前演過的『控制戲』，一再地抄襲，到了欲罷不能的地步。」

「這麼說來，我剛才看到的那些幻象，只是一種激烈的、淒厲的『控制戲』囉？」

「對！在表現方式上，這些幻覺跟『控制戲』並沒什麼兩樣，只是更加激烈、更加魯莽。譬如說，那位手持匕首的聯邦部隊指揮官，在人生的『控制戲』中，無疑是扮演『脅迫者』（intimidator）的角色，因為他總是從別人身上掠奪能量。他一口咬定，全世界的人都跟他作對。他以這個藉口把他的行為合理化。當然，活在人間的時候，他的這種態度引起很多人反感，紛紛跟他作對，於是他就更加振振有辭、更加蠻橫。死後來到這兒，他不時創造出一批想像人物，來跟他作對，這樣他就能夠重演他在人間演過的『控制戲』了。」

我聽呆了，好一會沒吭聲。

威爾歇了口氣，繼續說：「這位聯邦指揮官，如果找不到可以威嚇脅迫的人，他的能量就會降低，焦慮感又會開始滲入他的意識。因此，他不得不永遠保持『脅迫者』的角色。他不得不一再重複這個很久以前學會的動作，因為他只曉得，這個動作能夠使他全神貫注，面對敵人，暫時忘卻內心的恐懼。這個動作本質上是衝動的；它充滿戲劇張力，使人血脈僨張，能夠把焦慮感推到意識底層，讓人們暫時遺忘它。這樣一來，日子就會好過些——至少暫時好過些。」

「我在那座地獄城鎮看到的吸毒者，又是怎麼回事呢？」我問道。

「哦，這幫人採取的是消極的態度——祕笈第六個覺悟管這種態度叫『乞憐』（poor me）。他們裝得可憐兮兮；裝出一副對人生、對世界完全絕望的模樣，為自己的逃避找個藉口。即使在『身後世』界，毒品也照樣能幫助某些人忘卻煩惱、壓制焦慮。」威爾沉吟了一會，繼續說：「在『現世』界，毒品能夠讓人產生一種幸福感，跟愛情帶來的幸福感有點相似。可是，這種虛假的幸福感會造成一個問題：人體會抗拒化學物質，進而反制它，這就意味著吸毒者必須持續增加攝取的量，以達到相同的效果，到頭來往往把身體給毀了。」

我又想起那個聯邦將領。「在那座地獄城鎮中，我遇到一件非常詭異的事情。追捕我的那個軍官被人殺了，可是，一會兒他又復活，重演他剛演過的那齣戲。」

「在這座自己製造的地獄中，一切原本就是虛幻的。」威爾解釋。「你看到的那些幻象，全都像泡沫一樣，到頭來都會化為烏有。打個比方說，有人為了逃避現實吃下大量肥肉，結果卻死於心臟病猝發。吸毒者最後讓毒品毀了他們的身體，聯邦指揮官一再死於槍下……」話鋒一轉，威爾提到現實人生：「在『現世』界，情況也是如此：衝動型的『控制戲』早晚會失效。通常它發生在人生面臨考驗和挑戰的時候；在那段期間，我們的日常作息開始崩潰，焦慮有如潮水般洶湧而至。我們管這種現象叫『跌入谷底』（hitting bottom）。這個時候，我們應該覺醒過來，以另一種方式面對和處理內心的恐懼；若不能這樣做，我們就會回到以往那種渾渾噩噩的狀態，恍恍惚惚過日子。一個人，在『現世』界若不能覺醒，想在『身後世』界覺醒就難囉。」

我靜靜傾聽威爾這番議論。

威爾繼續說：「這種不由自主的恍惚狀態，是『現世』界充斥著各種罪行的主因。所有的邪惡行為，都可以找到這個心理因素。對兒童性騷擾的成年人、性虐待狂者、各種各樣的殺人狂——他們的行為背後都隱藏有這個心理動機。這些人只是在重複一個行為，而他們知道，這樣的行為能使自己的心靈麻醉，讓他們暫時擺脫失落感所帶來的強烈焦慮。」

「你的意思是說，」我忍不住插嘴，「人世間並不存在著體制化的邪惡，也沒有所謂的撒旦陰謀？」

「沒有！」威爾斬釘截鐵地說。「有的只是人類試圖擺脫恐懼的各種奇怪方法。」

「《聖經》中一再提到撒旦，又是怎麼回事呢？」

「**撒旦是個隱喻，是一種象徵方式，用來提醒人類：你們應該向上天尋求安全和幸福，而不是向你們那充滿欲望和惡習的自我**。在人類進化的某個階段，將人間的所有壞事歸咎於一個外在力量，是無可厚非的。然而，現在我們應該長進些了，不該再拿撒旦這個外在力量來做擋箭牌，迴避我們必須為自己的行為負起的責任。我們常常搬出《聖經》中的撒旦，以證明某些人確實天生邪惡；這一來，我們就可以將不喜歡的人打入地獄。**人類進化到今天這個程度，我們實在應該用一種比較成熟的方式和態度，探討人類惡行的本質，尋求因應之道**。」

「所謂的撒旦陰謀如果真的不存在，那麼，人世間就根本沒有『著魔』(possession)這回事囉。」我說。

「話不是這麼說。」威爾糾正我，語氣十分堅定。「**心理的『著魔』確實存在，但那並不是邪惡的陰謀造成的，而是能量互動的結果。內心恐懼的人試圖控制別人**。因此，某些團體企圖說服你加入，要求你追隨他們，服從他們的領導，否則就給你好看。」

「我被吸引進那座幻象城鎮時，還以為自己被某個惡魔附體了呢！」我說。

「不，你被吸入那座城鎮，是因為你犯了一個以前犯過的錯誤：你不僅僅敞開心懷，接納幽靈傳來的訊息；你簡直投入他們的懷抱中，以為他們會自動提供你所有答案。你甚至不想花點心思查看一下，這些幽靈是不是跟愛連結，他們的行為是不是發自愛心。

跟那些充滿愛心和神恩的幽靈不同的是，他們不會在你面前悄然引退。相反的，他們會使出一切手段，把你拖進他們的世界，就像人世間的某些瘋狂團體和祕密教派吸收徒眾那樣。你若不睜亮眼睛，明辨正邪，就會掉進他們布下的陷阱。」

說到這兒，威爾忽然停頓下來，彷彿陷入沉思中，過了好一會才繼續說：「這些都是『第十覺悟』要傳達給我們的訊息，因此，你才會有那趟地獄都城之旅。隨著『現世』和『身後世』兩界之間的交流日漸暢通，我們跟陰間幽靈的接觸也日趨頻繁。**祕笈預言的第十個覺悟，宗旨之一，就是教導我們分辨清醒的、具有愛心的靈魂和恍惚混沌、沉溺在自我幻覺中的那些幽靈**。可是，我們絕不可以因此鄙視、醜化陷身在『控制戲』中的靈魂，更不可以把他們看成惡魔或鬼怪。他們只不過是心智還在成長的靈魂，就像活在陽間的我們一樣。事實上，在陽間，沉陷於『控制戲』而不能自拔的那些人，當初投胎人世時，都懷抱著崇高的理想，很想有一番作為。」

我完全聽不懂這番話的意思，只好拚命搖頭。

「因此，」威爾繼續說，「他們刻意選擇投生到最惡劣、最可怕的環境中，以便學習最激烈、最瘋狂的一種控制戲。」

「你是說投生到暴虐的、功能失常的家庭？」

「對！」威爾點點頭。「激烈的控制戲，不論是暴力的脅迫，或只是不正常的、怪異的癖好，全都產生自暴戾的、機能紊亂的環境。在這樣一個充滿恐懼的環境中，憤怒和反常的行為會一再重演，一代一代傳承下去。投生到這種環境的人，當初是出於自願；

他們肩負一個明確的使命，來到人間。」

這樣的觀念在我聽來簡直荒謬絕倫。「居然有人自願投生到這種家庭？為什麼？」

「因為他們相信，他們有足夠的力量破除這個惡性循環，拯救他們投生的這個家庭。他們有信心，投生到惡劣的環境後，有一天他們會覺醒過來，好好面對在成長過程中所感受到的怨恨和憤怒，把它當作一種準備，讓他們完成前來人間的使命：幫助別人脫離相似的環境。**即使這些人的行為暴戾，我們也得承認，他們具有深厚的潛能，總有一天能夠從『控制戲』中脫身而出，改過自新。**」

「這麼說來，自由派人士對犯罪和暴力的看法——人人都會改過自新，人人都可以重新做人——是正確的囉。」我提出質問：「難道說，保守派的觀點真的一無是處嗎？」

威爾微微一笑。「也不盡然。自由派人士認為，在暴戾的家庭中長大的人是環境的產物。這個看法是正確的。保守派人士卻說，每個人都可以做出有意識的選擇，讓自己脫離犯罪和靠救濟金過日子的生活。這種論調就顯得陳義過高，不切實際。不過，話說回來，自由派的觀點也不免過於膚淺，因為他們以為，只要環境改善、收入增加、教育程度提高，再壞的人也會變成好人。政府的社會救濟方案，著眼點通常是在經濟上。對於惡性重大的罪犯，社工人員提供的往往只是膚淺的諮詢和輔導，有時甚至替他們找各種各樣的藉口，幫他們脫罪。這就未免太過分了。沉溺在暴戾控制戲中的人，被逮住後往往只受到輕微的懲戒，然後就逍遙法外。這一來，他們就以為暴力行為只是小事一樁，不值得大驚小怪，於是一犯再犯，愈陷愈深。」

「那我們應該怎麼辦呢?」我問。

威爾忽然激動起來。「我們可以從精神層面介入啊!那就是,幫助他們認清自己的處境,了解事情的來龍去脈,就像這兒的一群幽靈在幫助陷身在幻象中的那些靈魂。」

威爾凝注視線,望了望聚集在附近的一群幽靈,然後又回過臉來瞅著我,搖搖頭。「我剛才告訴你的那番話,是轉達這群幽靈傳遞給我的訊息。可是,威廉斯所說的『世界憧憬』,到現在我還沒看清楚。我們還沒學會如何建立足夠的能量。」

我凝聚心神,試圖從身邊這群幽靈身上接收更多訊息,但除了威爾告訴我的那些外,什麼都沒感應到。顯然,這群幽靈擁有更大的知識,而且正在將這個知識傳送到幻影幢幢的地獄都城,可是,跟威爾一樣,我一時還無法了解得更多。

「至少,我們已經接觸到『第十覺悟』很重要的一部分。」威爾說。「現在我們明瞭,不管一個人的行為有多惡劣,我們都必須承認,他只是一個在痛苦的掙扎中試圖覺醒過來的靈魂,就像我們一樣。」

震耳欲聾的一陣噪音突然響起,把我嚇得一連後退好幾步。一時間,我只覺得眼前金星直冒。威爾衝上前,一把抓住我,將我拖進他的能量裡頭,護衛著我。好一會兒我只管打著哆嗦,渾身顫抖個不停。然後,噪音消失了。

「他們又展開那項實驗了!」威爾說。

我定下心神,望著威爾。「這一來,寇蒂斯就要使用武力制止他們了。他覺得這是唯一的方法。」

這幾句話我才說出口，心中就立刻浮現出費曼的清晰影像。大衛．孤鷹懷疑這個人跟山谷中的實驗有關。在我的心靈意象中，這會兒費曼正佇立在一座山頭上，俯瞰底下的山谷。我望了威爾一眼。從他臉上的神情我發現，他也看到了相同的意象。他點點頭，表示了解我心裡的想法。於是，我們的身體立刻飄動起來，轉移到另一個地點。

我們來到一個新的地方，面對面站著。四周盡是灰濛濛的一片。又一陣噪音驀地響起，打破了荒野的寂靜。威爾臉上出現驚慌的神情。他那兩隻手依舊緊緊攫住我的胳臂。過了好一會兒，噪音才漸漸消失。

「這股噪音一陣一陣響起，愈來愈密集了。」威爾說。「時機非常急迫，我們不能再等下去了。」

我點點頭，心中一片紛亂。

「看看四周！」威爾說。

前方數百碼外，忽然聚集起一大堆能量，逐漸向我們逼近，轉眼間距離我們只有四、五十呎。

「小心哦！」威爾趕緊叮嚀我。「跟他們保持距離，聽聽他們帶來的訊息，找出他們的身分。」

我提高警戒，小心翼翼凝注視線，只見前方出現一大群幽靈，不斷在飄動。緊接著，我又看見早些時我逃離的那座地獄城。

我登時嚇得縮起脖子打個哆嗦。那群幽靈乘機又向我逼近好幾步。

「凝聚你的愛心！」威爾在旁指示。「他們不能把我們吸進地獄城中，除非我們裝出一副可憐兮兮的樣子。趕快把愛和能量傳送給他們吧！他們若不接受我們的愛和能量，就會逃開去。」

我看出這群幽靈比我還要膽怯，於是我凝神屏息，一波一波向他們放射出愛和能量。他們立刻從我們身邊撤離，回到先前的位置。

「他們為什麼不接受我傳送的愛和能量，從迷夢中覺醒過來呢？」我問威爾。

「因為，當他們感受到這股能量時，雖然他們的意識會提升一些，使他們稍稍清醒過來，但並不能因此排除心中那份根深柢固的孤獨感和焦慮。」威爾解釋。「提高知覺，設法從一齣控制戲中掙脫出來，最初難免會讓人感到焦慮，因為你必須先擺脫本能的衝動，然後才能找到消除內心失落感的方法。因此，**在覺醒之前，一個靈魂必須熬過『漫漫長夜』**。」

右邊忽然出現一陣騷動。我凝注視線朝那兒望去，看見另一群幽靈聚集。他們愈飄愈近，將先前那群幽靈驅開。我仔細打量這群幽靈，但一時摸不清他們的底細。

「這群幽靈來這兒幹什麼？」我問威爾。

威爾聳聳肩膀。「他們跟那個名叫『費曼』的傢伙有點關係。」

那群幽靈周遭，開始出現一個移動的影像，乍看之下彷彿是電影中的場景。我揉揉眼睛，仔細一瞧，發現它原來是坐落在地球某處的一間大工廠，四周廠房林立，散布著一排排變壓器、管子和千百條綿延不絕的電線。廠區中央矗立著一棟高聳的辦公大樓，頂端是一座四周環繞著玻璃窗的指揮中心。從玻璃窗望進去，我看見一排排電腦和各式各樣的計量儀。我回頭瞄了威爾一眼。

「我也看到了。」他說。

我們的視界逐漸擴大。現在，我們能夠從高空鳥瞰整個廠區，看見一條條電線從工廠伸展出來，向四面八方蔓延開去，通往遠處的高塔。這一座座高塔不斷發射出雷射光，將電能傳送到散布在各個地區的電力站。

「你知道這間工廠是幹什麼的嗎？」我問威爾。

他點點頭。「這是一間中央化的能量發電廠。」

廠區的一個角落忽然出現一陣騷動。定睛一瞧，我們看見一輛輛救護車和消防車飛馳向一棟龐大的廠房。三樓窗口閃爍著一團火光。燃燒了一會，火光突然燦亮起來，整棟樓房搖搖欲墜。爆炸聲驟然響起，樓房終於傾倒，化為一片灰燼和瓦礫。右邊一間廠房開始著火燃燒。

場景轉移到指揮中心。技術人員著了魔一般瘋狂地衝進衝出。右邊一扇門忽然打開；一個男子抱著一大堆圖表和藍圖闖了進來。他把這些圖表攤在桌子上，開始工作，神態顯得十分堅毅，充滿自信。他一拐一拐，瘸著腳走到房間的另一頭，開始調整牆上的電源開關和各種儀表。地面的震動逐漸停歇；大火開始受到控制。他指示手下的技術人員，分頭展開搶救工作。

我凝注視線，仔細打量這個站在高樓上指揮若定的男子，心中一亮，回頭對威爾說：「他就是費曼！」

威爾還沒來得及回答，場景忽然轉移，有如一部快節奏的電影，一幕緊接著一幕展現在我們眼前。我們看見大火後的廠區，一間間廠房被工人迅速拆除。在附近一個地點，一間嶄新的、規模較小的廠房正在興建，用來生產更多袖珍型發電機。最後，我們看到整個廠區又恢復它的天然面貌，處處草木蔥蘢，鳥語花香，而那間新工廠也開始生產小型發電機，供應這一帶的民宅和企業。

突然，我們的視界開始後退，然後我們看見一個男子孤伶伶站在前方，眺望著眼前那一幅景象。我仔細瞧了瞧他的側面影像，發現這個人原來就是費曼。顯然，這是投胎人世之前的費曼，正在思考這回他前往人間所負的使命。

我和威爾互相瞄了一眼。

「我們現在看到的，是費曼『出生憧憬』的一部分，對不對？」我問威爾。

威爾點點頭。「這兒聚集的一群幽靈，必定是他的守護靈。讓我們再仔細瞧一瞧，看看費曼在前世幹過什麼事吧。」

我們凝注視線，瞅望著守護費曼的靈魂群。另一幅景象逐漸浮現在我們眼前，那是十九世紀的一座軍營——我又回到了聯邦軍隊的指揮部。我們看到費曼身邊還有一個人。他是部隊指揮官，也就是我在幻象城市遇見的那個聯邦將領。費曼是兩名副官之一；另一個是威廉斯。費曼是個瘸子，走起路來一拐一拐。

我和威爾望著眼前展開的一幕，漸漸明瞭費曼和指揮官之間的恩怨。費曼是傑出的戰術家，負責戰略的擬定和戰術的研發。發動攻擊之前，指揮官命令手下，將沾滿天花病菌的毛毯賣給印第安人。這種下三濫的伎倆，遭到費曼激烈反對，不僅因為它會危害原住民的健康，更糟的是，在政治上它會招來一連串反彈，帶來無窮後遺症。

戰爭結束後，凱旋班師的官兵在華府受到英雄式的歡迎。然而，就在這時，報界開始揭露天花菌的醜聞，促使政府展開調查。指揮官和他在華府的那群密友合謀，將全部責任推卸到費曼肩上；身為代罪羔羊的費曼，從此斷送大好前途。指揮官轉入政界發展，儼然是一顆燦亮的政壇新星，但沒多久就被他那幫華府密友出賣，淪為政壇棄兒。

身心遭受重創的費曼，從此一蹶不振——他的政治前程整個報銷了。戰後那些年，他的個性變得愈來愈偏激，心中充滿怨恨憤懣。他極力爭取輿論同情，試圖向指揮官的說辭提出挑戰。有一陣子，好幾位新聞記者對這樁醜聞展開追查，但不久之後，民眾的興趣就消退殆盡，費曼又回頭去過他那充滿恥辱的生活。晚年的費曼終於明白，自己這一生算是完了，在政治上不可能再有作為。他愈想愈不甘心，於是攜帶一把槍闖進一場國宴，試圖行刺毀掉他一生的老長官，不料卻被警衛開槍擊斃。

費曼這個人，自絕於內心的安寧和愛，死後一直無法完全覺醒過來。飄蕩陰間多年，他的靈魂一再欺侮自己：在那場暗殺行動中他全身而退，毫髮無傷——他還好端端地活著呢。他活在自己構築的幻象中，心中充滿怨恨，時時籌畫另一場暗殺，一再被警衛擊斃，一再復活，沒完沒了。

瀏覽費曼的前生，我發現，若不是一位曾經跟他在軍營相處的記者積極介入，費曼極可能永遠沉溺在幻象中，不可自拔。這個人的影像如今出現在我眼前；從他臉上的神情，我一眼就認出他。

「這個人是喬伊，我在路上遇見的新聞記者。」我一面凝視著喬伊的影像，一面對威爾說。

威爾點點頭，沒說什麼。

喬伊死後，他的靈魂加入費曼的守護靈群；他下定決心，要把費曼從虛幻的迷夢中喚醒過來。在人間跟費曼相處的那段日子，喬伊本想運用新聞記者的職權，揭發美國軍方對印第安人的暴行，然而，儘管當時他已經探悉天花菌醜聞的內幕，在軍方威迫利誘之下，他卻封住了自己的嘴巴。離開人世後，他的靈魂檢討過往的一生，深深為自己的失職感到懺悔；此後他一直保持覺醒，發誓幫助費曼破除幻象。因為他覺得費曼淪落到今天這步田地，完全是由於他生前不能挺身而出、主持正義的緣故。

等待了好長一段時間，費曼終於有了回應，開始對自己的一生展開漫長而痛苦的檢討。當初降生到十九世紀的美國，他的願望是當個土木工程師；參與科技的研發，應用到和平用途上。然而，利令智昏，後來他卻投身戰略和武器的研發，夢想成為一位戰爭英雄，就像他的老長官——那位聯邦部隊指揮官。

在等待投生的那些年，費曼曾幫助陽間的一些人士，以正確的方法運用科技；這期間，他也在為自己即將來臨的下一世做出準備，建立崇高的理想。漸漸地，他領悟到，地球上的科學家不久將發現大量生產電能的方法，從此人類會獲得真正的解放，但是，這些裝置若運用不當，必定會給人間帶來悲慘的災禍。

降生前的那一刻，費曼就已經獲知，此生他將參與這項新科技的研發，而他也曉得，此生他必須再一次面對他那追求權勢、熱中名利的個性。不過，他並不感到驚慌，因為他知道有六個人會幫助他。在投胎人世前的憧憬中，費曼看到一座山谷，而他們七個人就聚集在瀑布前那座陰暗濃密的森林裡，一塊工作，運用某一種程序將「世界憧憬」引進人世間來。

費曼的影像在我們眼前逐漸消失，但是，這時我已經辨識出他憧憬中的那個「程序」。首先，這七個人將聚在一起，共同回憶過往的經驗，清理殘存的感情糾葛；接著，這個群體將運用「第八覺悟」傳授的技巧，有意識地擴充他們的能量，表達他們各自的出生憧憬；最後，能量的振動頻率會逐漸提高，將七個人各自所屬的靈魂群結合在一塊。此時，知識之門大開，讓我們完整地看到並記起人類必將邁向的未來——所謂的「世界憧憬」：人類將往何處去，而我們又該做些什麼準備，以迎接我們的命運，抵達我們的目的地。

剎那間，整個景象隱沒了，費曼的守護靈也跟著消失無蹤。現場只剩下我和威爾兩個人。

威爾眼睛一亮。「你看到剛才那一幕嗎？」他興匆匆問我。「原來，費曼最初的願望，是改善和分散他正在研發的那項科技。如果他能夠回想起投生人間時的憧憬，他一定會停止山谷中的電能實驗。」

「我們趕快找他去！」我說。

「不行！」威爾思索了好一會兒。「現在找他沒用。我們必須先找到『七人隊伍』中的其他人。我們必須聚合這七個人的能量，才能夠喚起『世界憧憬』的記憶。」

「費曼提到『清理殘存的感情糾葛』，這到底指什麼呢？」我問。

威爾走前一步，瞅著我說：「你記不記得，你心中曾經出現一些意象，勾起你對另一世、另一個地方的記憶？」

「記得呀。」

「這個即將組成、以對付山谷中那場電能實驗的七人隊伍，在前一世中曾經相聚在一塊。」威爾解釋。「因此，難免會有一些感情糾葛，必須在這一世中徹底加以清理。每個人都得面對這個問題。」

威爾轉開臉去望著別處，好一會兒才繼續說：「這又是『第十覺悟』帶給我們的另一個訊息。來到人間的不單是這個七人隊伍，其他團隊也紛紛抵達。但是，首先我們得好好清理過往的恩怨情仇。」

威爾這番話，使我想起參與群體活動的一些經驗。在同一個團體中，有些成員彼此一見如故，相逢恨晚，有些無緣無故卻總覺得對方面目可憎，怎麼都看不順眼。我心中尋思：人類文化是否已經成熟到讓我們察覺這種下意識反應的遙遠根源？

就在這當兒，另一陣尖銳的噪音驟然響起。我只覺得眼前金星直冒，一片昏花。威爾趕緊伸出手來攫住我的胳臂，把我拉到他身邊。我們的臉孔幾乎碰撞在一塊。

「山谷中進行的電能實驗愈來愈密集了！」威爾叫嚷起來。「你再倒下去，連我也不能幫你了！別忘了，你必須去尋找七人隊伍的其他人！」

又一陣噪音轟然響起，活生生把我們兩人撕開。一時間我只覺得天旋地轉，整個人又被吸進了那條七彩繽紛、漩渦似的隧道中。我知道，像以往那樣，這條隧道將把我送回陽間。可是，這回我並沒有一頭栽進「現世」，反而在「身後世」多停留了一會兒。我覺得有東西在揪扯我胃部後方的神經叢，不讓我返回陽間。我趕緊凝聚心神，屏息以待。周遭那漩渦般的風濤終於平息了；模模糊糊中，我察覺到有個人出現在我眼前。雖然看不清她的身影，我心中卻感到激動莫名。誰會讓我如此魂牽夢縈、日夜思念呢？

我終於看到，眼前三、四十呎外佇立著一個朦朧身影。她一步一步向我走過來；我終於看清楚她的面貌。果然是莎琳！她走到距離我只有十呎的地方時，我覺得我那緊繃多日的心弦，突然放鬆了下來。這時，我發現莎琳身邊環繞著一圈粉紅色的能場。當我們之間的距離縮小到只剩下約莫五呎時，我心中忽然湧起一股情欲，有如浪潮般一波一波湧向高潮。我的腦子變成一片空白，剎那間什麼都想不起來了。到底發生了什麼事？

我們倆的能場即將會合的當兒，又一陣淒厲的噪音響起。我又一頭栽進那條七彩繽紛的隧道中，往陽間墜落。

8
寬恕

我們必須共同地、誠實地檢討我們的恩怨，
讓心靈澄淨下來，回歸到「愛」——
情感的最高境界。

我的腦子漸漸清醒過來。突然，我感覺到右邊的腮幫又溼又冷，好像有什麼東西在舔我的臉頰似的。我嚇得渾身都僵住了，好一會兒才慢慢睜開眼睛。原來是一隻半大不小的野狼！牠瞪著我，伸出鼻子不停地吸嗅我的臉龐，尾巴翹得高高的。我猛然坐直身子。牠嚇了一跳，拔起腿來一頭衝進樹林裡去了。

暮靄蒼茫，我拖著疲憊的腳步，背著行囊走進林子裡，把帳篷搭好後，就一頭栽進睡袋中。我睜著眼睛，回想我跟莎琳那場奇異的邂逅。她怎麼會出現在「那邊」呢？是怎樣的因緣把我們牽引在一塊？

第二天清早，我一覺醒來，狼吞虎嚥吃了一碗燕麥粥，然後小心翼翼走到上山時經過的那條小溪，洗了一把臉，順便把水壺裝滿。我感到渾身痠軟無力，但我得馬上去尋找寇蒂斯，一刻都不能耽誤。

突然，東邊傳來一陣爆炸聲。我嚇得登時跳起身來，拔腿就往帳篷衝過去，邊跑心裡邊想：這個爆炸案肯定是寇蒂斯幹的！我忍不住打個哆嗦，匆匆收拾行囊，頭也不回就往爆炸的方向飛奔過去。

跑了約莫半哩，眼前豁然開朗，森林邊緣出現一片荒廢的牧草地。好幾根帶刺的鐵絲懸掛在樹木間，隨風飄蕩。我凝注視線，眺望空曠的田野、牧草地上的一排樹木和一百碼外濃密的灌木叢。

就在這當口，灌木叢中忽然竄出一個人，鬼趕似地直直朝向我奔跑過來。定睛一瞧，果然是寇蒂斯。我向他招招手。他一眼就認出我，稍稍放慢腳步，小心翼翼爬過鐵絲網，然後整個人癱倒在一株樹下，不停地喘息。

「發生了什麼事呀？」我問。「你到底炸掉了什麼東西呢？」

他只管搖頭。「沒炸掉什麼。他們把實驗轉移到地下進行。我沒帶足夠的炸藥，而我……我也不想傷害裡頭的人。我只炸掉外面的一個碟型天線，給他們一點顏色看而已。」

「你怎麼會有辦法溜進他們的實驗園區安放炸藥呢？」我問。

「昨晚天黑後，我偷偷溜進去安放炸藥。他們沒料到會有人跑上那兒去，防備很鬆懈，只有幾個警衛在外面巡邏。」寇蒂斯一面喘氣一面說。

這時遠處忽然傳來卡車在路上行駛的聲音。

寇蒂斯豎起耳朵傾聽了一會，才繼續說：「我們得趕緊離開這座山谷，找人幫忙！我們現在沒有選擇的餘地了。他們隨時都會來逮捕我們。」

「等等！」我說。「我想我們有機會阻止他們，只要我們能找到瑪雅和莎琳。」

寇蒂斯睜大眼睛呆呆瞅著我：「你說的是那個名叫莎琳．畢林斯的女孩嗎？」

「就是她呀。」

「我認識這個女孩！她跟台爾科技公司簽過合同，幫他們做一些研究。我跟她好幾年沒見了，但昨天晚上我看見她走進地下碉堡，身邊還跟著好幾個人，每一個都全副武裝。」

「這些人在押解莎琳？她已經失去自由了？」

「看不出來。」寇蒂斯有點心不在焉。他只顧豎起耳朵，傾聽著那幾輛朝向我們疾駛過來的卡車發出的聲音。「我們得馬上離開這兒！我帶你去一個地方躲起來，天黑後再說。我們馬上走，不能再耽擱了。」他又伸出脖子望望東邊駛來的卡車。「我逃離實驗園區的時候，故布疑陣，但騙不了他們多久。」

「有件事我必須告訴你。」我說。「我又找到威爾了。」

「哦？我們一邊走，你一邊告訴我吧。」寇蒂斯邁出腳步開始趕路。「我們可不能再耽擱下去了。」

我從山洞口望出去，凝視著峽谷對面的山丘。周遭靜悄悄不見人蹤。我豎起耳朵傾聽了一會，什麼都沒聽見。我們朝著東北方向走了約莫一哩路，才逃到這座山洞來。路上，我把昨天在靈境的經歷告訴寇蒂斯；我一再向他強調，我相信威廉斯的預言是正確的。只要我們找齊「七人隊伍」的所有成員，共同回憶「世界憧憬」，必能阻止山谷中的這場實驗。

我看得出來，寇蒂斯的內心正陷入掙扎。他先聽我訴說了一會兒，然後開始東拉西扯地談論他跟莎琳的交往。聽他講了半天，我才發現，他根本不曉得莎琳到底是怎麼捲入這場實驗的。寇蒂斯也告訴我，他認識大衛．孤鷹。在偶然的機會裡，他們兩人相遇，談起在軍中的共同經驗，愈談愈投機，這才開始論交。

我告訴寇蒂斯：我們倆都跟大衛有過交往，而且也都認識莎琳，這未嘗不是一樁蘊涵深意的機緣哦。

「哦？這算什麼機緣呢？」他漫不經心地回答。我不再提這件事，但我曉得，我們這幾個人不約而同來到這座山谷，絕對不會只是偶然的巧合。此後，我們就默默趕路不再吭聲；寇蒂斯一路走，一路尋找可以藏身的山洞。找到山洞後，他撿起一些乾枯的松枝，遮蓋我們遺留下的足跡，然後站在洞口瞭望了好一會，確定沒有人跟蹤後，才走進山洞。

我架起露營用的小火爐，從行囊掏出最後一袋冷凍乾燥食物，燒一鍋湯。

「湯燒好囉。」寇蒂斯站在我身後說。

我盛了兩碗湯，遞一碗給寇蒂斯，然後並肩坐在山洞口，一面喝湯一面觀賞山中的景色。

「你說的這個『七人隊伍』，是用什麼方法聚合足夠的能量跟那幫傢伙抗衡呢？」寇蒂斯忽然問道。

「我也不清楚。」我回答。「但我們會找到方法的。」

寇蒂斯猛搖頭。「我不相信你們辦得到。昨天晚上，我把他們的天線給炸了。這樣做只會激怒他們，使他們提高警戒，找來更多保鏢。這幫人是不會罷手的。天線嘛，隨時可以更換。也許我應該炸掉實驗室的大門——相信我，我辦得到的，只是我實在不忍心傷害到裡頭的莎琳和其他人。只要調整一下定時裝置，我就能夠炸掉那座大門，即使被他們逮到也值得。」

「不，我不贊成你的做法。」我說。「我們必須另外找個法子阻止他們。」

「什麼法子？」

「到時候，我們自然就會知道。」

我們又聽到遠處傳來汽車聲。就在這時，我看到腳下的山坡上有東西在移動。

「有人躲在那兒！」我壓低嗓門說。

我和寇蒂斯雙雙蹲伏下來，凝注視線望著山坡。那個人影又開始移動，在灌木叢中竄來竄去，時隱時現。

「是瑪雅！」我簡直不敢相信自己的眼睛。

我和寇蒂斯面面相覷，愣了半天。

「我去把她接上來。」我站起身來，準備走下山坡。

寇蒂斯伸手攫住我的胳臂。「蹲著走！汽車駛近，你就離開她，自己跑回來。千萬別讓那幫傢伙看見。」

我點點頭，躡手躡腳走下山坡。在距離瑪雅不遠的地方，停下腳步，豎起耳朵凝神聽了聽。那幾輛汽車漸漸向我們逼近。我壓低嗓門，悄悄呼喚瑪雅。她愣了愣，睜大眼睛仔細一瞧，終於認出我來。她攀上一座亂石坡，來到我身旁。

「想不到會在這兒遇到你！」瑪雅伸出兩隻手臂，緊緊摟住我的脖子。

我帶領她走上山坡，攙扶她走進洞口。她整個人看起來十分疲憊，胳臂上到處是傷痕，有些傷口還在流血。

「到底發生了什麼事？」她問道。「我聽到爆炸聲，然後就看見一輛輛卡車出動，滿山展開搜索。」

「妳來這裡，有人看見嗎？」寇蒂斯板起臉孔問道。他站起身來，走到洞口眺望。

「不會有人看見吧。」瑪雅說。「一路上，我都很小心地躲藏在樹叢裡。」

我介紹他們兩位認識。寇蒂斯點點頭，說道：「我到外頭看看。」他鑽出山洞口，走下山坡。

我打開背包，拿出急救箱。「妳找到那位在警察局做事的朋友了嗎？」我問瑪雅。

「還沒找到呢。我不敢回鎮上去。這幾天，路上到處都是聯邦森林管理局派出來的幹員，盤查過往的人車。我遇到一個熟人，就託她帶一張字條給我那位朋友。我所能做的，就只有這點了。」

我把殺菌劑塗抹在瑪雅膝蓋的傷口上。「奇怪，妳為什麼不跟那位熟人一塊回鎮上去呢？妳為什麼改變心意，又回到這裡來呢？」我問瑪雅。

瑪雅接過我手裡的殺菌劑，自己塗抹在傷口上。沉默了好一會，她才開口說：「我也不曉得為什麼會回來。只是，這幾天我一再回憶起前生的事，也許就是為了這個緣故，才想回到這兒來吧。」她抬起頭來瞅著我。「我想知道，這兒到底發生了什麼事情。」

我在她對面坐下來，摘要告訴她，上回分手後我經歷的每一件事情，特別是我和威爾接收到的重大訊息：「七人隊伍」將清理他們前世的恩怨，然後攜手共同尋找「世界憧憬」，阻止山谷中的那場實驗。

瑪雅聽呆了。好一會兒她才嘆了口氣，似乎接受了命運給她安排的角色。她看了看我的腳踝：「你腳上的傷好像已經好啦，不痛啦。」

「早就好了。一旦弄清楚問題的真正根源，傷口馬上就會癒合。」我說。

瑪雅深深看了我一眼，然後說：「我們現在只有三個人。你剛才說，威廉斯和費曼都看到七個人。」

「這我也不太清楚。」我回答。「看到妳，我就已經很高興了。我們這夥人裡頭，妳是唯一懂得信仰療法的人。」

瑪雅臉上忽然出現驚惶的神色。

寇蒂斯走進山洞，告訴我們，他沒看到什麼不尋常的現象，然後獨自坐在一旁吃他的午餐。我伸過手去，另外裝一盤食物給瑪雅。

寇蒂斯拿出水壺，遞到瑪雅手裡。「妳曉得嗎？大白天，妳在山裡走來走去實在很危險，搞不好會把那幫傢伙引到我們這裡來。」

瑪雅瞄了我一眼，怯怯地說：「我只想逃出這個鬼地方呀！我又怎麼曉得你們躲在這兒呢。我根本不會往這個方向走，若不是那群鳥兒——」

「妳得弄清楚哦，我們現在的處境實在很危險！」寇蒂斯打斷瑪雅的話。「我們還沒制止山谷中的電能實驗。」說著，他站起身來，大步走出山洞，獨自坐在洞口附近一塊大石頭後面生悶氣。

「這人幹嘛對我兇巴巴的呀？」瑪雅問我。

「瑪雅，妳剛才說這幾天妳常常回憶起以往的事情。到底是哪些事情啊？」

「我不曉得……好像是另一世的事情……我好像企圖阻止一場戰爭什麼的。我自己都覺得怪怪的。」

「妳覺得寇蒂斯這個人面熟嗎？」

瑪雅苦苦思索。「是有點面熟，但我不太確定。你為什麼問這個呢？」

「記不記得我曾告訴妳，我在靈境看見過我們七個人在十九世紀的前生？妳在那場印第安戰爭中被殺，跟妳一塊殉難的，還有另一個人。他是因為聽信妳的話才被殺的。這個人就是寇蒂斯。」

「到現在他還責怪我？」瑪雅幽幽嘆口氣：「難怪啊，他一看到我就那麼生氣！」

「瑪雅，妳現在記不記得，那個時候你們兩個人在幹什麼？」我問道。

她閉上眼睛，苦苦思索。

突然，她睜開眼睛望著我：「那個時候，是不是有一個印第安人跟我們在一塊？一位巫師？」

「沒錯。」我點點頭。「他也被殺了。」

「那個時候，我們三個人正在思索一件事情……」瑪雅睜著眼睛直直瞅著我。「不，我們是在追尋心靈中的一個意象。我們以為三個人齊心協力，就能夠阻止這場戰爭……我就只記得這些。」

「妳必須跟寇蒂斯好好談一談，幫助他消除心中的怒氣。」我勸導瑪雅。「在追憶前生的過程中，這是必經的階段。」

「開什麼玩笑！」瑪雅猛搖頭。「他火氣那麼大，我才不敢惹他。」

「那麼，我先跟他談談吧。」我站起身來。

瑪雅勉強點了個頭，轉開臉去。我爬出山洞，在寇蒂斯身旁坐下來。

「你怎麼啦？」我問寇蒂斯。

他回頭看了我一眼，有點尷尬地說：「不知怎地，我一看到你這個朋友就覺得很生氣。」

「是嗎？能不能說得明確一點呢？」

「我自己也搞不清楚到底是怎麼回事。反正，她一出現在我眼前，我就感到很不自在，總覺得她會給我們帶來麻煩，甚至出賣我們，害我們被抓。」

「甚至被殺？」

「對，甚至被殺！」他氣沖沖地說。嗓門之大，連他自己都嚇了一跳。他深深吸了一口氣，聳聳肩膀。

「記不記得我曾告訴你，我看見過我們的前生——十九世紀那場印第安戰爭？」我問寇蒂斯。

「記得一點。」他喃喃地說。

「那時我沒告訴你，在戰場上我看見你跟瑪雅在一塊。你們兩個都死在聯邦軍隊槍下。」

他抬起頭來望著山洞頂端。「你以為，這就是我一看見她就生氣的原因嗎？」

我笑了笑，沒回答。

就在這當口，山谷中忽然傳來一陣噪音，餘音裊裊，好一會兒回響不停。我們又聽到那股嗡嗡聲。

「媽的！他們又在搞那個實驗了。」寇蒂斯咒罵起來。我伸出手來，緊緊抓住寇蒂斯的胳臂。「你必須好好回想一下，在那場印第安戰爭中，你和瑪雅究竟想幹什麼，為什麼會失敗，而這次你又打算怎麼做，以避免重蹈覆轍。」

他一個勁搖頭。「我一向不相信有前生這回事！你要我回想前生，叫我從何說起呢？」

「跟瑪雅談談吧！也許你會想起一些事情。」

寇蒂斯只管呆呆瞅著我。

「試試看，好嗎？」我央求。

他終於點頭。

我們一塊爬回山洞裡。

瑪雅忸怩地笑了笑。

「對不起，我不該對妳那麼兇。」寇蒂斯提出道歉。「不知怎地，到現在我還在生以前的氣——那好像是很久很久以前的事了。」

「我不會介意的。」瑪雅說。「我只希望我們能夠想起，在那場戰爭中我們到底在幹什麼。」

寇蒂斯深深看了瑪雅一眼。「聽說，妳現在從事醫療工作。」他回頭望著我，問道：「是你告訴我的吧？」

「我沒告訴過你。」我說。「不過，瑪雅現在確實是從事醫療工作。」

「我是醫師。」瑪雅說。「我把人類的積極想像力和信念應用到醫療上。」

「信念？妳是說，妳是從宗教的角度看待人們所患的疾病，用宗教的方法治療？」寇蒂斯質問。

「從廣義上來講，確實如此。」瑪雅點點頭。「我說的信仰或信念，指的是從人類的期望和意志衍生出的一股強大的能量。在我工作的那間診所，我們正在研究，把信念當成一個實際的心靈過程——它能夠幫助我們塑造未來。」

「妳從事這種醫療工作，到底多久啦？」寇蒂斯問道。

「我從小的經歷，都為我日後從事醫療工作做準備。」瑪雅開始告訴寇蒂斯她一生的經歷，包括她和母親的關係——她那位成天疑神疑鬼，老是懷疑自己會得癌症的母親。這些事情，早些時瑪雅都已經跟我說過。瑪雅講述她生平的當兒，我和寇蒂斯一再提出問題。我們一面聆聽，一面向她發出能量。她臉上的憔悴和疲憊漸漸消失了，眼瞳也明亮了起來。她坐直身子，不再彎腰駝背。

寇蒂斯提出一個問題：「妳母親個性多愁善感，對未來抱持悲觀的態度。妳認為，這是影響她身心健康的主要因素？」

「是的。」瑪雅點點頭。「人類總喜歡把兩種事件引進生活中：一種是我們有信心的，另一種是我們懼怕的。我們總是在不知不覺中這樣做。身為醫師，我認為，如果能夠把這整個過程帶進意識中，病人的身心都會獲得莫大的裨益。」

寇蒂斯一面聽一面點頭。

「可是，要怎樣把這個過程帶進意識中呢？」他提出疑問。

瑪雅沒有回答。她站起身來，睜大眼睛直直瞪著前方，臉上忽然顯露出驚慌的神色。

「什麼地方不對勁啦？」我問道。

「我想……我……我看到了在那場戰爭中發生的事。」瑪雅結結巴巴地說。

「妳到底看到什麼？」寇蒂斯問道。

瑪雅回頭瞅著他。「我記起來了！那個時候我們兩個一塊躲在樹林裡。我看得清清楚楚：四周都是兵士，槍口冒著煙。」

瑪雅這番話，彷彿將寇蒂斯引進深沉的回憶中。他思索了一會，喃喃地說：「那個時候我也在樹林裡。可是，為什麼我會跑進樹林裡呢？」他睜大眼睛望著瑪雅。「是妳把我帶去那個地方的！我懵懵懂懂，啥都不知道；我只不過是國會派到戰場上的觀察員。妳告訴我，我們兩人可以阻止這場戰鬥！」

瑪雅轉開臉去，苦苦思索起來。「我以為我們能夠……找到一個方法……我記起來了！除了我們兩個，當時樹林裡還有別人。」瑪雅轉過身子瞪著我，臉上顯露出悲憤的神情。「當時你也在場，可是後來你卻把我們拋棄，一個人走了。為什麼你這麼絕情？」

瑪雅這番話勾起我對前生的回憶。於是，我告訴她和寇蒂斯，我在戰場上也看到其他人：好幾個印第安部落長老、我自己、莎琳。一位長老發言支持瑪雅提出的和平方案，但他擔心時機猶未成熟，因為他們族人還沒找到祖先留下的智慧和理想。另一位酋長則大肆咆哮，指責白人軍隊殘害印第安人，犯下種種暴行。

「我實在不能待下去。」我把前生在中古世紀聖方濟修道會的遭遇，一五一十告訴瑪雅和寇蒂斯。「我只想逃跑，保住自己一條命。對不起！」

瑪雅彷彿陷入沉思中。

我走上前，摸摸她的胳臂，對她說：「長老們都知道妳的和平方案不會發生效用。莎琳也證實，他們族人還沒找到祖先留下的智慧。」

「那麼，為什麼有一位酋長自願留下來陪伴我和寇蒂斯呢？」瑪雅問道。

「因為他不願看到你們兩個人孤伶伶去送死呀。」

「我根本就不想死！」寇蒂斯狠狠瞪了瑪雅一眼，氣沖沖地說。「妳誤導我。」

「對不起。」瑪雅說。「我現在記不起來，當時到底什麼地方出了差錯。」

「我知道什麼地方出了差錯。」寇蒂斯說。「妳以為，只要妳願意妳就可以阻止一場戰爭。」

瑪雅深深看了寇蒂斯一眼，回過頭來望著我說：「他說的對。我們一廂情願，想望聯邦軍隊放下武器，停止侵略印第安人，可是我們並不曉得應該怎麼說服這些軍人。我們的努力是白費了，因為我們並沒有掌握充分的知識。我們人類想望一件事情，往往出於恐懼，而不是出於信念。這種情形就像治療身體疾病的過程。病人只要能夠記起他們當初投生人世時許下的願望，身體就會恢復健康。地球上的人，如果都能夠記起人類共同的使命，那麼，從這一刻開始我們就能夠拯救這個世界。」

「很明顯的，」我說，「我們的『出生憧憬』，不單單表達我們個人投生人間的志願，也包含一個更大的理想和目標：**人類歷經千百年的掙扎奮鬥，今後將何去何從。我**

們只須擴充我們的能量，分享我們的出生志願，就能夠記起我們投胎前看到的世界理想。」

瑪雅還沒來得及回答，寇蒂斯就跳起身來，跑到山洞口。「我聽到一些聲音！」他嚷起來。「有人朝這兒走過來了。」

我和瑪雅蹲伏在寇蒂斯身旁，凝注視線朝洞外望去，好一會兒卻沒看見任何動靜。然後，我依稀聽到樹林中響起窸窸窣窣的聲音，彷彿有人在走動。

「我出去查看一下！」寇蒂斯鑽出山洞口。

我瞄了瑪雅一眼。「我跟他一塊去。」

「我也去！」瑪雅說。

我們跟隨寇蒂斯跑下山坡，站在一塊凸出的岩石上，俯瞰著兩山夾峙的峽谷。一男一女追逐在灌木叢中，穿越過我們腳下那一堆堆石頭，朝西方奔跑。

「那個女的情況很危急！」瑪雅說。

「妳怎麼曉得呢？」我問。

「我就是曉得！她看起來很面熟。」

那個女的匆匆轉過頭來。男的右手握著一把手槍，粗魯地推她一把。

瑪雅傾身向前，瞅著我和寇蒂斯兩個人。「你們沒看見嗎？我們得想個法子幫她呀。」

我睜大眼睛仔細一瞧。這個女的髮色淡黃，身上穿著毛線衫和腿上有口袋的軍用工作服。她轉過身子，向追捕她的男子說了幾句話，然後抬頭望望我們。就在這一剎那，我清楚地看到了她的臉龐。

「是莎琳！」我回頭看了看瑪雅和寇蒂斯，問道：「你們知道那個男的會把她押到哪裡去嗎？」

「誰知道？」寇蒂斯回答。「我可以去救她，但是我必須單獨行動。你們兩個留在這兒。」

寇蒂斯不理會我的抗議，獨自走下左邊的山坡，進入一座樹林，然後躡手躡腳匍匐到一塊凸出的岩石上，距離峽谷底部約莫只有十呎。

「莎琳和那個男的會從寇蒂斯腳底下走過去。」我告訴瑪雅。

我們焦急地等待著。

莎琳和那個男的一步一步走近崖石。就在他們經過時，寇蒂斯突然跳下山坡，撲到那個男子身上，一把將他揪翻，緊緊掐住他的喉嚨，不讓他動彈。莎琳嚇得往後跳出一步，準備拔腿就溜。

「莎琳，等等！」寇蒂斯大聲呼喚。

莎琳煞住腳步，滿臉狐疑地望了望寇蒂斯。

「我是寇蒂斯．魏柏呀。我們在台爾科技公司曾經同事過，記得嗎？我是來救妳的。」

莎琳顯然認出了寇蒂斯，朝他走近幾步。我和瑪雅小心翼翼走下山坡來。莎琳看見我，呆了呆，整個人登時僵住了，好一會兒才拔起腿來跑進我懷抱裡。寇蒂斯衝過來，把我們兩人推倒在地上。

「伏下！」他吆喝一聲。「別讓那幫人看見。」

我摸摸那個警衛的口袋，從裡頭掏出一捲膠帶來，幫助寇蒂斯把他雙手反綁，拖到山坡的樹林裡去。

「你把他怎麼啦？」莎琳問道。

寇蒂斯忙著檢查警衛的口袋。「我只不過把他敲昏了，死不了的。」

瑪雅彎下身子，伸手按了按警衛的脈搏。

莎琳回頭望著我。她伸出手來緊緊握住我的手。「你怎麼會到這裡來？」她問道。

我深深吸了一口氣，把事情的原委告訴她：我接到她辦公室打來的電話，得知她失蹤；找到她留下的那幅地圖後，就趕到山谷來尋找她。

莎琳臉上綻露出笑靨來。「我畫了那幅地圖，打算給你打個電話，沒想到離開得太匆忙，實在抽不出時間……」她深深看了我一眼，欲言又止，過了一會才說：「昨天，我在靈境那邊看到你哦。」

我把她拉到一旁，悄聲說：「我也看到妳，但沒法子跟妳互通訊息。」

好一會兒，我們只顧互相凝望著。我覺得身體漸漸變得輕盈起來，一股熱氣火辣辣從我丹田升起，瀰漫全身各處。驟然間，我整個人彷彿沉陷進莎琳那雙眼眸中。她的笑容愈來愈燦爛，神情顯得十分亢奮。

寇蒂斯跺了跺腳，打斷我和莎琳之間的凝思。我回頭一看，發現他和瑪雅正瞪著我們。

我又轉過頭去瞅著莎琳。「我想告訴妳這幾天發生的事情。」於是，我告訴她我如何遇見威爾、如何得知兩極化的恐懼對立即將在地球上出現、七人隊伍即將重返人間、「世界憧憬」即將照亮全世界。「莎琳，妳又是怎麼闖進『身後世』界的呢？」

莎琳臉色登時暗沉下來。「都是我的錯！直到昨天，我才曉得這樣亂闖是很危險的。把祕笈預言的九個覺悟告訴費曼的人，就是我。接到你的信後，我得知另一個團體也接觸過這九個覺悟，所以我就跟他們一塊研究。我的經驗跟你的很相似。後來，我跟一位朋友進入這座山谷，因為我們聽說，這兒的幾個神聖地點跟『第十覺悟』有某種關連。我那位朋友半途退出，所以我就一個人留下來繼續探索。就在這個時候，我遇見費曼；他雇用我，要我把九個覺悟全部傳授給他。從那時起，他成天如影隨形跟著我。基於安全理由，他不讓我打電話給我的辦公室，所以我就只好寫信通知辦公室的人，把我跟客戶的重要約會推延幾天。後來我才發覺，我寄出去的信全都被他攔截。結果公司裡的人都以為我失蹤了。」

我聽呆了。

莎琳歇了一口氣，繼續說：「我跟費曼一塊探測山谷裡的能源渦，尤其是科德墩和瀑布附近那幾處。費曼本人察覺不到能量的存在，但後來我發現，他使用電子儀器跟蹤我們；當我們感應到能量時，他就跟隨我們進入能量聚集的地區，用電子儀器找到能源渦所在的確實地點。」

我瞄了寇蒂斯一眼。他心照不宣地點點頭。

莎琳悲從中來，眼淚奪眶而出。「我被費曼騙了！他對我說，他正在研究一種成本非常低廉、將來可以造福全人類的能源。他派我到森林各個角落，幫助他進行這項實驗。後來我發覺情況不對勁，當面質問他，他才承認，他從事的研究包含很大的風險，搞不好會給全世界帶來災難。」

寇蒂斯轉過身子，面對莎琳。「費曼曾經在台爾科技公司當過總工程師。妳記得嗎？」

「不記得了。」莎琳說。「現在他是這兒研究計畫的總負責人。另一家公司最近加入，引進一批武裝警衛。費曼管這幫人叫『幹探』。最後我實在受不了，就向費曼請辭，準備離開山谷，他卻命令警衛拘捕我。我告訴費曼，他在國有林地從事非法實驗，早晚會被逮到，受法律制裁。他哈哈大笑，洋洋得意地告訴我，他在聯邦森林管理局的朋友會掩護他，絕不會出事的。」

「費曼打算把妳押送到哪裡去？」寇蒂斯問道。

莎琳搖搖頭。「不知道啊。」

「我猜，費曼打算殺人滅口。」寇蒂斯說。「他擔心妳把他那些話洩漏出去。」

大夥兒都沉默了下來，心中都感到十分焦慮。

「我不明白的是，費曼為什麼一定要在這座森林進行實驗。」莎琳說。「他找到能量聚集的地點，又能幹什麼呢？」

我和寇蒂斯互相瞄了一眼。寇蒂斯說：「他正在實驗，如何將他找到的能源『中央化』——如何將它輸送到一間工廠集中規畫處理。他把矛頭對準位於這座山谷的靈境入口，也就是對準連接『身後世』和『現世』兩個空間的通道。這樣做實在太危險了。」

我冷眼旁觀，發現莎琳一直笑咪咪地望著瑪雅，而瑪雅也不時瞅著莎琳，眼光中流露出溫馨的神采。

「有一回我走到瀑布旁，」莎琳說，「不知怎地就跨出了現實世界，進入另一個空間。剎那間，前世的記憶就像潮水般一波一波洶湧而來。」她回過頭來，瞅了我一眼。「之後，我又回到那邊好幾次，即使在昨天，我被費曼手下的人監管，我還是設法回去。」莎琳的眼睛又向我瞄來。「昨天我在那邊看到你……」

莎琳欲言又止，回頭望望大夥兒。「我們大家聚集在這裡，目的是阻止山谷中的電能實驗。只要我們能夠記起前世的一切，就有成功的希望。」

瑪雅坐在一旁靜靜瞅著莎琳。這時她才開口說：「在十九世紀那場戰爭中，妳了解我們的所作所為，支持我們提出的和平方案，儘管妳明明知道，時機還沒成熟，我們的和平方案不會發生效用。」

莎琳微微一笑，顯然她記起了這段往事。

「那場戰爭中發生的事，我們大都已經記起來了。」我說。「可是，我們始終想不起來，那次失敗後，我們在策略上究竟做了怎樣的調整，以避免這次重蹈覆轍。莎琳，妳記得嗎？」

莎琳搖搖頭。「我只記得一部分。我只知道，在展開行動之前，我們必須先清理彼此之間隱藏在內心深處的恩怨。」她深深看了我一眼。「這是『第十覺悟』的一部分……只是，祕笈提到的這個人類最後的覺悟，到現在還沒用文字記錄下來。我們必須透過直覺領悟它。」

我點點頭。「這我們都曉得。」

「『第十覺悟』的一部分是從『第八覺悟』衍生來的。」莎琳解釋。「只有那些完全依據『第八覺悟』運作的團體，才可能達致這種崇高的澄淨境界。」

「怎麼說呢？」寇蒂斯大惑不解。

「**『第八覺悟』講的是，如何幫助別人提振他們的身心，如何將關注的焦點集中在對方的美和智慧上，以便把自己的能量傳送給他們**。」莎琳進一步闡釋。「這個過程，能夠大大提升一個團體的能量和創造力。不幸得很，許多團體沒辦法以這種方式提振它的成員，儘管在其他場合，個別成員有能力辦到這點。以工作為導向的團體，譬如同在一個單位工作的員工，或共同參與一項特殊計畫的人，更加不容易提振彼此的能量，因為這群人前世曾經相聚在一塊，遺留下一些恩怨，今生冒出來作祟，干擾一個團體的正常運作。」

大夥兒靜靜聽著。

沉吟了一會，莎琳繼續說：「同在一個單位工作的員工，有時會無緣無故彼此看不順眼，覺得對方面目可憎。這就激起了種種負面的情緒：嫉妒、惱怒、羨慕、怨恨、惡毒的攻訐和歸咎。我現在領悟到，**一個團體的成員若不能坐下來，好好探討、反省、清理前世遺留下的感情糾葛，這個團體就無從發揮它的最大潛能。**」

瑪雅傾身向前，瞅著莎琳說：「這正是我們幾個人剛才在做的事。我們回憶前世那場戰爭，探討彼此之間的感情糾葛，清除內心遺留的怨恨。」

「在靈境的時候，妳有沒有看到妳的『出生憧憬』呢？」我問莎琳。

「看到了。」莎琳回答。「但我無法進一步探索，因為我身上的能量不夠。我只看到有許多團隊正在組成，而我奉有特殊使命，進入這座山谷，成為『七人隊伍』的一員。」

突然，山谷北邊響起汽車聲。大夥兒紛紛豎起耳朵，凝神傾聽。

「我們不能待在這裡！」寇蒂斯說。「目標太顯著了。我們還是回到山洞去吧。」

莎琳把剩下的食物全都吃光了。我接過她手裡的空盤子，找不到水清洗，只好將髒盤子往背包一塞。寇蒂斯鑽進山洞來，坐在瑪雅身旁，面對著我。瑪雅回頭望著他，臉上綻露出笑容。莎琳坐在我左邊。費曼手下那名警衛躺在洞外，手腳被綁，嘴裡塞著一塊布。

「不會有人闖進來吧？」莎琳問寇蒂斯。

寇蒂斯一副緊張兮兮的樣子。「應該不會有人闖進來，但我聽到北邊的車子愈來愈多。天黑之前，我們最好待在山洞裡。」

好一會兒，洞中四個人面面相覷，誰也沒吭聲。我們都試圖提升自己的能量。

我望著三個夥伴，告訴他們，在靈界我曾看見費曼的守護靈探索「世界憧憬」。講完這個過程後，我問莎琳：「關於清理感情糾葛的程序，妳還知道什麼嗎？」

「我只知道，**我們必須先互相關愛，然後才能開始清理彼此之間的恩怨**。」莎琳回答。

「說起來簡單，實行起來可就難囉！」寇蒂斯說。

我們又面面相覷。突然，我們同時發現，我們之間的能量這會兒正流向瑪雅。

瑪雅首先發言：「關鍵在於，坦然面對彼此之間的感情糾葛；不管有多尷尬，我們都必須共同地、誠實地檢討我們的恩怨。如此一來，我們就能把以往的感情整個地帶進現今的意識中，加以清理後，讓它回到過去，不再冒出來干擾我們現在的生活。熬過漫長的檢討過程——把心中的積怨全都掏出來攤在桌面上，正視它，討論它——然後我們的心靈就會澄淨下來，回歸到『愛』——情感的最高境界。」

「等等！」我打斷瑪雅的話。「我們對莎琳是不是也有殘存的感情恩怨呢？」我望著瑪雅。「我知道，妳心裡有一些感覺。」

「沒錯。」瑪雅回答。「可是，對莎琳我只有正面的感覺，甚至感恩。在前世那場戰爭中，她留下來陪伴我們，想幫助我們……」瑪雅停下來，好一會兒只管端詳莎琳的臉龐。「那個時候，妳試圖告訴我們有關祖先的一些事情，可是我們沒理會妳。」

我傾身向前，瞅著莎琳。「後來妳也被殺了？」

瑪雅替莎琳回答：「她沒死。她去聯邦軍營找指揮官，請求他接受我們的和平方案。」

「瑪雅說的一點也沒錯。」莎琳說。「可是，我趕到軍營時，部隊已經開拔走了。」

瑪雅詢問大夥兒：「還有誰對莎琳有特殊的感覺？」

「我對她沒什麼特別的感覺。」寇蒂斯說。

「莎琳，妳呢？」我問。「妳對我們三個人的感覺又如何呢？」

莎琳抬起眼眸，環視一周。「對寇蒂斯，我心裡沒什麼特別的感覺。至於瑪雅，我對她的感覺全都是正面的。」她的眼光最後停駐在我的臉龐上。「對你，我心裡頭倒是存留著一點怨恨。」

「為什麼呢？」我問。

「因為你這個人太現實，太過潔身自愛。除非時機完全成熟，你是不會介入任何事情的。」

「莎琳，我也有苦衷啊。」我說。「我前生曾經在中古世紀的歐洲修道院當僧侶。那個時候，我已經為祕笈預言的九個覺悟，犧牲掉自己的性命。在十九世紀那場戰爭中，我不想再介入，因為我覺得那樣做並不能改變什麼。」

我的抗辯使莎琳更加惱怒。她轉開臉去，不理我。

瑪雅伸出手來，拍拍我的胳臂。「你是在替自己辯護嘛！這種反應，會使對方懷疑你根本沒把她的話聽進耳朵。你們之間的感情恩怨，會繼續留存在她內心裡，徘徊不去；她會一再想辦法，試圖讓你了解問題的癥結，並說服你。有些時候，這種恩怨也會潛入意識底層，激發各種負面的感覺，把你們兩人之間的能量消耗殆盡。不管是哪一種情況，前世遺留的感情糾葛在這一世會繼續製造問題，妨礙你們的交往。奉勸你，好好反省一下，莎琳對你為什麼會心存怨恨。」

我瞅著莎琳。「哦，我真的反省過。如今回想起來，但願在那場戰爭中我幫過你們的忙。那個時候，我如果有勇氣的話，實在可以做一些事情。」

莎琳點點頭，臉上終於綻露出笑容。

「你呢？」瑪雅朝我望過來。「你對莎琳的感覺又是如何呢？」

「感到有點罪疚吧！」我說。「讓我良心不安的，倒不是前世那場戰爭，而是我們現在的處境。這幾個月來，我一直過著與世隔絕的日子。從祕魯回來後，如果我立刻跟妳聯絡，說不定我們可以早一點阻止山谷中的電能實驗。我們四個人，今天也不致淪落到這步田地。」

沒有人答腔。

「還有沒有其他感覺呢？」瑪雅問在座的人。

大夥兒你看我，我看他，沒有人吭聲。

於是，在瑪雅指導下，我們每個人都開始凝聚心神，提升我們內在的、跟宇宙萬物連結的能量。我凝視周遭景物，欣賞它的美。就在這當兒，一股暖流從丹田湧起，流淌到我身體各處。山洞中的牆壁和地板原本非常陰暗，這時都忽然變得明亮起來，閃閃發光。洞內四個人的臉龐也一下子變得容光煥發，神采奕奕。我興奮得渾身顫抖起來。

「我們馬上就會知道，這回我們究竟應該採取什麼行動，阻止山谷中的電能實驗。」

說著，瑪雅彷彿又陷入沉思中，好一會兒才繼續說：「我……我早就知道這種事情會發生。我的『出生憧憬』已經指明這點。我應該帶領大夥兒，提升和擴充我們之間的能量。在前一世，我們企圖阻止白人軍隊對美洲原住民發動戰爭，卻不曉得先建立我們的能量。」

瑪雅說這番話時，我發現她身後的牆邊有東西在飄移。最初我以為那是反光造成的現象，仔細一瞧，卻看見一團翠綠色的光芒，就像早些時候我在瑪雅的守護靈身上看到的。我凝注視線，盯著這一團方圓約莫一呎的綠光。它逐漸擴展，變成一幅宛如幻燈片的影像，裡頭充滿朦朧的、人狀的形體，不停地在牆中搖曳。我看了看夥伴們，除了我之外，顯然沒有別人看到這個意象。

我知道，這群幽靈就是瑪雅的守護靈；一旦有了這個領悟，我馬上就接收到他們傳遞過來的直覺訊息。再一次，我看到了瑪雅的「出生憧憬」。她當初的願望，就是出生在她那個特殊的家庭，讓她母親的疾病激發她對醫學的興趣，促使她開始研究心靈和身體的關係，最後導致我們四個人今天的相會。我清清楚楚聽到，她的守護靈傳出這樣的訊息：「任何群體若想充分發揮它的創造力，就必須先澄清和擴充它的能量。」

這時我聽到瑪雅說：「**一旦擺脫了前世遺留的感情糾葛，一個群體就能夠避開爾虞我詐的權力鬥爭，全面發揮它的創造力**。可是，這整個過程必須在意識清明的狀態下進行。我們必須在每一個成員的臉孔所顯露的表情中，尋找到他的真實自我。」

寇蒂斯聽得一頭霧水，只管呆呆瞪著瑪雅。

瑪雅連忙解釋：

「正如『第八覺悟』所揭示的，我們若仔細觀察一個人的臉龐，就能看透他戴的任何面具，看穿他的自我防衛，找到他真誠的神情——他的真實自我。通常，一般人都不知道，當我們跟一個人說話時，究竟應該把目光的焦點集中在他臉上的哪一個部位。眼睛嗎？可是，同時注視他的兩隻眼睛，並不容易呀。那麼，應該注視他的哪一隻眼睛呢？或者我們該注視他臉上最凸出的五官，諸如鼻子或嘴唇？事實上，我們應該把觀察的對象鎖定在整張臉龐——每個人的臉孔都有獨特的光影，都有獨特的五官配置，如同一個墨跡。從聚集在這個人臉上的一組五官，我們可以找到真誠的神情，看到他的靈魂發出的亮光。**我們用愛的眼光注視他的臉龐，將愛的能量傳送給他的真實自我，於是，這個人就會在我們眼前轉變，展露出更大的才華和潛能。**」

瑪雅歇口氣，繼續說：「有些教師能夠把這種能量傳送給學生，所以我們稱呼他們『好老師』。能夠以這種方式互動的團體收穫更大，因為每個成員若能互相傳送能量，群體的智慧就會提升，激發更大的能量，回饋每一個成員，如此周而復始，達到相加相乘的效應。」

我仔細觀察瑪雅臉上的表情，試圖找出她的真正自我。她臉上的倦容全都消失了，五官流露出堅毅的自信和飛揚的神采。這種神情，我以前從未在她臉上看見過。我看了看洞中其他人，發現他們也將目光凝聚在瑪雅臉龐上。我又回頭注視瑪雅，發現她整個身子浸沐在她的守護靈發出的綠光中。她不但接納那群幽靈傳遞來的訊息，也跟他們整個融成一體。

瑪雅停止發言，深深吸了一口氣。這時我感覺到能量從她身上流走，轉移到寇蒂斯身上。

「我早就知道，群體能夠提升它的運作方式，產生更大的效能，尤其在工作場所。」寇蒂斯說。「可是，直到現在我才真正體驗到這種互動。當初投生人間，我的願望是革新人類的企業，改變一般人對商業行為的看法，而終極目標則是以正確合理的方式，利用新開發的能源，實現『第九覺悟』預言的生產全面自動化。」

他沉吟了一會兒，繼續說：「在一般人心目中，商人是一群貪得無厭、無法無天的壞蛋。以往的商人，有很多確實昧著良心搞錢。不過，我也發現，企業界正在邁入新的精神自覺；一種嶄新的商業倫理，正在逐漸形成中。」

就在這當兒，我注意到寇蒂斯身後有光影移動。我觀察了幾秒鐘，發現那一團光芒中聚集著寇蒂斯的一群守護靈。我凝注視線，盯著這群幽然浮現的靈魂，接收到他們傳遞來的訊息：寇蒂斯出生時，第二次世界大戰剛結束，新的工業革命正如火如荼展開。核能的開發，是這次工業革命的最大成就，代表物質主義世界觀的全面勝利，卻也給人類帶來無窮的威脅。寇蒂斯帶著一個宏願來到人間。在他理想中，人類現在應該開始認真檢討這些年的科技進展，將它推向正確的方向和目標。

「直到現在，我們才懂得以自覺的、負責的態度，發展我們的企業和新科技。時機已經成熟了！」寇蒂斯望著在座的夥伴們，繼續說：「各位也許曉得，在經濟學中，最重要的統計數據之一，就是所謂的『生產指數』。它記錄社會每一個成員所生產的貨物和勞務量。科技的發展，加上天然資源和能源的廣泛利用，使我們社會的生產力不斷提升。這些年來，我們社會的成員大都能找到更有效、更便捷的途徑，發揮他們的創造力。」

寇蒂斯侃侃而談的當兒，一個念頭驀然浮現在我心中。我原本不想將它公開，但大夥兒這時都朝我望過來。我只好說：「經濟成長所造成的環境汙染，是不是應該促使企業界自制呢？我們不能再這樣胡搞下去了，否則的話，人類生存的環境會全面崩潰，不可收拾。海洋裡頭的魚，有很多現在已經被汙染到連人類都不敢吃牠。癌症罹患率呈倍數增加。連美國醫學會（AMA）也提出警告：兒童和孕婦不可食用市場販售的蔬菜，因為這些蔬菜含有殘餘農藥。再這樣胡搞下去，將來我們遺留給子孫的，會是怎樣的一個世界呢？」

說完這番話，我忽然回想起喬伊不久前提到的環境崩潰。我終於感受到喬伊所說的「大恐懼」。就在這一瞬間，我身上的能量陡然下降。

突然，我感覺到一股豐沛的能量朝我洶湧過來。抬頭一望，我看見夥伴們都睜著眼睛，凝視我的臉龐。在大夥兒的支援下，我迅速提振身上的能量，恢復內心的安寧。

「你說的沒錯。」寇蒂斯說。「不過，我們現在也開始關注和解決這個問題。這些年來，我們以一種短視的、近乎盲目的態度發展科技；我們忘了，我們是生活在一個有機的、充滿各種能源的星球上。今天的企業界，應該在汙染控制方面發揮最大的創造力和效能。我們現在遭遇的問題是，過度依賴政府監管汙染源。長久以來，製造汙染一直就是違法的行為，但是，再多的法規也無法有效阻止工廠非法傾倒化學廢料，或在半夜偷偷排放毒煙。除非民眾覺醒，大家拿著攝影機到各家工廠錄影蒐證，將汙染製造者逮個正著，人贓俱獲，否則的話，人類生存環境的汙染是不可能全面遏止的。在某種程度上，企業老闆和員工也應該自我約束。」

瑪雅傾身向前，瞅著寇蒂斯說：「從目前經濟發展的趨勢，我還看出另一個問題。自動化愈來愈普及的結果，愈來愈多工人被機器替代，失去工作。他們怎麼生存呢？以往我們社會有一個強大健旺的中產階級，如今它卻日漸萎縮，早晚會消失殆盡。」

寇蒂斯眼睛一亮，臉上綻出笑容來。他身後那群影影幢幢的守護靈不斷飄舞旋轉。寇蒂斯說：「只要能學會掌握機緣，依循直覺的指引，這些工人一定可以生存。我們必須明白，生產自動化是不可逆轉的趨勢。我們的社會已經進入資訊時代。人人都必須努力進修，充實知識，成為某個領域的專家，適才適所，為其他人提供諮詢或服務。經濟自動化的程度愈高，世界的改變就愈快速，而我們也愈需要適當的人在適當的時機出現，為我們提供資訊。你不一定需要正式的、高深的教育，才能成為諮詢的對象；**透過自修，你一樣可以成為某個領域的專家。**」

寇蒂斯沉吟了一會，繼續說：「可是，為了讓這個趨勢順利開展到經濟的各個層面，企業界人士必須覺醒，以認真的態度，重新檢討企業經營的目標。在直覺的指引下，我們不妨從人類進化的角度，重新看待企業。我們的觀念必須改變。我們不得再問：我應該生產什麼商品或提供什麼服務，以便賺到最多的錢？我們現在應該問：我能生產什麼東西，讓人類的身心獲得解放，讓世界變得更美好，同時保持環境的平衡？我們必須擬定一套新的商業倫理，制衡聲勢浩大的自由企業。我們應該隨時保持覺醒。我們應該一再詢問自己：『我們生產的東西，是不是符合人類當初發明科技的首要目的——讓謀生變得更容易，進而將生活的目標從追求溫飽轉移到探尋精神境界？』人人都必須明瞭，在朝向愈來愈低的生活費邁進的過程中，我們每個人都可以發揮作用。總有一天，維持生命必要的東西，會便宜到幾乎免費的地步。我們若能依循新的商業倫理，不再完全遵照純粹的市場機制，將商品的價格降低若干百分點，我們就能發展出真正開明的資本主義。如此一來，『第九覺悟』揭櫫的『什一稅制』（tithing）就可能在我們經濟中實現了。」

莎琳回頭望著寇蒂斯，臉上煥發著明亮的光彩。「我明白你的意思。你是說，如果所有企業將產品價格降低百分之十，我們每個人的生活費，以及企業所需原料的費用，也會跟著降低。」

「對啊。」寇蒂斯微微一笑。「有些商品的價格可能會暫時上升，因為我們得把廢料處理和環境保護的費用計算在內。不過，總的說來，商品價格應該會一步一步降低。」

「在市場力量主導下，這個趨勢現在是不是已經開始顯現了呢？」我問。

「當然。」寇蒂斯回答。「但如果我們能夠以自覺的態度，有意識地推動這個趨勢，它的進展會快速得多。『第九覺悟』預言，人類將發現一種價格非常低廉的新能源，使這個趨勢的進展更加順利。看來，費曼已經找到這個新能源了。但是，這個新能源必須以最低價格供應全體民眾，這樣它才能達成解放人類身心的任務。」

寇蒂斯眉飛色舞，愈說愈興奮。他回過頭來瞅著我，說道：「這個經濟觀念，就是我當初投生人間時帶給人類同胞的獻禮。現在我又清清楚楚看到我的『出生憧憬』了。我已明白，我這一生的經歷都是一種準備，讓我在恰當的時機，將這個訊息傳達給世人。」

「你真的以為，會有足夠的企業老闆自願降低產品價格，以便讓你說的那個趨勢順利推展？」瑪雅提出質疑。「別忘了，這筆錢是從他自己荷包裡掏出來的。這似乎違反人類的天性。」

寇蒂斯並未回答。他轉過頭來，跟大夥兒一齊望著我，彷彿期待我回答似的。我沉默了半晌，感覺到能量從寇蒂斯身上轉移到我這兒。

「寇蒂斯說的沒錯。」我終於發言。「這個趨勢確實不可逆轉，儘管短期內我們得放棄一些私利。若想了解這個趨勢，我們就必須掌握祕笈預言的第九和第十兩個覺悟。如果我們相信，人生只不過是在毫無意義的、不友善的世界中展開的一場生存競爭，那麼，我們大可將全部精力投注於追求生活享受，累積私人財富，遺留給子孫，讓他們也有機會過安逸的日子。可是，一旦我們掌握祕笈預言的前九個覺悟，**領悟到人生實際是一場漫長的精神進化過程，每個人都肩負著精神上的責任，那麼，我們的觀念就會徹底轉變過來。**」

我停頓了一下，繼續說：「一旦我們開始理解祕笈預言的最後一個覺悟，也就是『第十覺悟』，那麼，我們就能夠從『身後世』的角度觀察我們出生的過程，然後我們就會領悟到，**我們前來人間的最大目的，是促進『天』、『人』兩界的溝通交流**。值得一提的是，人生的機運是一種非常神祕、非常奧妙的現象。如果我們能夠依循寇蒂斯所說的那個趨勢，展開我們的經濟生活，在機緣安排下，我們總會遇到一群志同道合的人。我們作夥打拚，還愁沒飯吃嗎？」

思索半晌，我又補充說：「我們義無反顧，因為我們自己的直覺和人生的機緣，都會把我們帶到寇蒂斯指出的那個方向。隨著機緣的增長，我們對『出生憧憬』的記憶會愈來愈明晰，最後我們會領悟到，我們降生人間，目的是要對這個世界有所貢獻。最重要的是，我們領悟到，如果我們不遵循這個直覺，不但神奇的機緣、靈感和活力會消散，在死後的檢討中，我們的靈魂還得面對我們失敗的一生，無所規避——」

我驟然停頓下來，因為我發現莎琳和瑪雅睜著眼睛，瞪著我身後的空間。不假思索的，我回頭望去，只見自己那群守護靈影影幢幢飄蕩在石壁中，逐漸離我而去，隱沒在遠方。

「你們都在看什麼呀？」寇蒂斯問道。

「他的守護靈。」莎琳回答。「我在瀑布旁曾經遇見這群幽靈。」

「我在瑪雅和莎琳身後也看到一群守護靈。」我說。

瑪雅回過頭去，望望她身後的空間。那兒的一群幽靈閃爍搖晃了一會，輪廓漸漸變得鮮明起來。

「我什麼都沒看到啊！」寇蒂斯說。「他們到底在哪裡呀？」

瑪雅只管睜著眼睛望著四周。顯然，她看到了我們每個人身後的幽靈群。「他們是來幫助我們的，對不對？」她對大夥兒說。「他們把我們正在尋找的憧憬帶給我們，幫助我們啟悟。」

她剛把話說完，我們身後的幽靈群紛紛退卻，飄蕩出我們的視覺焦距之外，變成朦朧模糊的一團。

「怎麼搞的？」瑪雅問道。

「妳把他們嚇跑了，因為妳對他們有一個期望。」我說。「一旦他們發現，你想在他們身上獲得能量，取代內心中得自上天的能，他們就會離開。我們的守護靈並不希望我們太過依賴他們。這種情況，我自己也遇到過。」

莎琳朝我點點頭，表示同意我的看法。「我也曾遇到這種情況。我們的守護靈就像我們的家人。我們跟他們同聲相應、同氣相求，但是，我們必須保持自己內心中跟上天的能交通的管道，這樣我們才能跟他們溝通，接收他們傳遞來的訊息。這個訊息，實際上，就是我們自己的前世記憶。」

「這麼說來，我們的守護靈幫我們保存這些記憶囉？」瑪雅問道。

「可以這麼說。」莎琳回答瑪雅，然後直直瞅著我，想說什麼，卻欲言又止。一時間她彷彿陷入沉思中，過了好一會才開口：「我開始了解我在靈境看到的事情。在『身後世』界，我們每個人都有各自所屬的靈魂群，而這些靈魂群每一個都有獨特的觀點或知識，提供世間的人。」說著，莎琳打眼角裡瞄了我一眼。「拿你來說吧！你來自一個可以稱為『詮釋者』的靈魂群。你曉得嗎？這一群靈魂幫助我們從哲學的角度，探討生命的意義。屬於這個靈魂群的人，一生孜孜不倦，總是在探尋最有效、最完整的方式來描述他們所看到的精神現實。」她瞅著我說：「你面對一堆複雜的資訊，苦苦掙扎；由於你的心思比較遲鈍，你必須不斷地探索，才能找到一個適當的方法，將你的意念清晰地表達出來。」

我乜起眼睛瞪著莎琳。她一看見我這副表情，忍不住噗嗤一笑。

「那是你獨有的天賦哦！」她安慰我說。

她回頭望著瑪雅，繼續說：「至於妳呢，瑪雅，妳的靈魂群可稱為人間的『保健者』。他們悉心維護人類的身心健康，使我們的細胞運作順暢，充滿能量；他們探索我們的情感障礙，加以祛除，以免讓它轉變成疾病。寇蒂斯的靈魂群，則致力於改變科技的用途和我們對商業的看法。在人類歷史中，這群靈魂一直努力，試圖將我們對金錢和資本主義的觀念『精神化』，為人類的經濟活動建立一個崇高的理想和概念。」

莎琳停下來歇口氣。

這時，我看到她身後有一簇光芒在閃爍搖曳。

「那妳自己呢，莎琳？」我問。「妳的靈魂群又是幹什麼的呢？」

「我們是新聞記者和研究人員。」莎琳回答。「我們的任務是幫助世人彼此互相尊重、互相學習。說穿了，新聞界的真正職責只有一個，那就是：深入地探索社會大眾的生活和信仰，挖掘他們的真正本質，找出他們的真正自我，就像現在我們四個人坐在這兒，互相觀察彼此臉上的表情那樣。」

我又想起我跟喬伊之間的那段談話，尤其是他對美國新聞界尖酸刻薄的批評。「今天的新聞記者，達到妳所說的那個理想的，可並不多哦。」我告訴莎琳。

「我承認，我們還沒做到這點。但是，我們新聞界正朝向這個理想邁進。這是我們無可迴避的使命。總有一天，我們新聞從業人員會擺脫舊有的世界觀，不再汲汲營營徵逐名利。」話鋒一轉，莎琳談起她的身世：「現在回想起來，當初我投生到我那個家庭，可說是上天安排的好因緣。我的家人個個生性好奇，事事都喜歡打破砂鍋問到底。從小耳濡目染，我也開始對人生感到好奇，急切蒐集各種資訊。所以，長大後，我當了好長一段時間的記者，後來才進入研究機構工作。當初投生人間時，我的願望是幫助新聞界制定一套新的新聞倫理，然後跟七人隊伍的所有成員會合……」莎琳又陷入沉思中。她低下頭來呆呆望著地板，忽然眼睛一亮，說道：「我知道，我們應該怎樣把『世界憧憬』引進人間來。**我們記起我們各自的『出生憧憬』，將它們融合，形成一個整體記憶**，如此一來，我們就能結合我們所屬靈魂群的力量，讓它幫助我們回憶起更多前生往事，**最後我們就會看到『世界憧憬』——人類終極的理想和命定的未來——豁然出現在我們眼前。**」

大夥兒呆呆地瞪著莎琳，不知道她在說什麼。

「我們不妨從一個更寬廣的角度來看這個問題。」莎琳解釋。「地球上的每一個人，都有他所屬的靈魂群，而這些靈魂群代表人間各種不同的行業：醫療人員、律師、會計師、電腦操作員、農夫等等。我們若能找到最適合我們的職業，就能夠跟我們那個靈魂群的其他成員一起工作。然後，我們一個個覺醒過來，開始追溯我們的出生憧憬，回憶我們當初投生人間時許下的願望。如此一來，我們所屬的行業，在精神上就會跟我們在靈界的同行更加契合。這種情況一旦發生，地球上的每個行業就會脫胎換骨，朝向它的真正精神目標邁進，找到它在人間社會應該扮演的角色。」

夥伴們只管愣愣聽著，沒有人吭聲。

「就拿我們新聞記者來說吧！」莎琳進一步解釋。「在人類整個歷史中，我們這種人對於社會其他人的所作所為最感好奇，總想一探究竟。不過，直到幾個世紀前，我們對自己從事的工作才有明確的認知，開始形成一個獨立的行業。從那個時候起，我們就忙著擴充媒體的功能，將我們的新聞報導傳送到愈來愈多民眾家中。可是，就像這個社會的其他人，我們欠缺安全感。我們覺得，為了吸引民眾注意以獲取我們所需要的能量，我們不得不『製造』愈來愈聳人聽聞的新聞故事。我們以為，只有暴力和負面新聞才有『賣點』。然而，那並不是我們應該扮演的角色。我們真正的、精神的任務是：**加深我們對社會其他人的認知和了解，賦予我們的報導精神意義**。我們應該觀察分屬不同靈魂群的各行各業，了解他們的工作和立場，將訪查結果傳送給社會每一個民眾，讓大家都有機會互相學習。」

我們聽得出神了。

莎琳歇口氣，繼續說：「其他行業也莫不如此；我們都在覺醒中，開始領悟我們這一行真正的使命和目標。一旦全世界各行各業都覺醒了，我們就可以向前跨出一大步。我們可以結交不屬於我們靈魂群的其他行業人士，促進彼此間的精神交流，就像我們四個人現在所做的一樣。我們分享彼此的出生憧憬，共同提振我們的能量；這一來，我們不但能改變人類的社會，也可以影響『身後世』呢。早晚有一天，我們各自所屬的靈魂群，會跟在人間生活的我們產生更密切的共振，促使兩個空間互相交流，建立溝通的管道。那時，我們就能夠看到每一個在『身後世』界的幽靈，更輕易接收到他們傳遞來的訊息和記憶。事實上，這種交流現在已經展開，而且愈來愈頻繁。」

莎琳侃侃而論的當兒，我發現我們每個人身後的靈魂群不斷膨脹、擴充，最後跟其他靈魂群融為一體，形成一個圓圈環繞著我們四個人。靈魂群的會合，陡然把我推向層次更高的知覺。

莎琳似乎也感受到這點。她深深吸了一口氣，加強語氣說：「在『身後世』界，靈魂群受到人間的影響，也在加強彼此之間的共振。陰間的幽靈都在密切注視陽間發生的事。靠他們自身的力量，無法促成各個靈魂群之間的團結。許多靈魂群四分五裂，彼此之間扞格不入，因為他們活在一個想像的觀念世界中。這個世界倏忽顯現，倏忽消失，缺乏一個堅固的現實基礎，不像我們人間擁有物質世界和原子結構，為人類提供一個穩定的活動空間、一座布景完備的舞台。我們人類可以影響這座舞台上的表演，但是，在人間，觀念的形成比較緩慢，而我們早晚必須達成一個共識：我們的世界究竟應該往何處去？就是這份共識——人類對未來的共同憧憬——促使陰間的靈魂群放棄彼此的歧見，開始結合。由於這個緣故，陽間發生的事就成了陰間矚目的焦點。事實上，靈魂的真正融合，是在人間進行的！」

大夥兒聽得似懂非懂，誰也沒吭聲。

莎琳繼續說：「這個融合，推動人類漫長的歷史旅程。『身後世』界的靈魂群了解人類的世界憧憬。他們知道，物質世界應該怎樣演進，現世和身後世兩個空間應該怎樣結合；他們也曉得，負起這個任務的，是相繼投生物質世界，希望能幫助人類對未來達成共識的那些靈魂。**現世和身後世兩個空間的進化，就在物質世界這座大舞台上演出，而隨著我們每個人記起各自的出生憧憬，這齣戲就會達到它的高潮！**」

說到這兒，莎琳揮一揮手臂，指著我們每一個人。「這就是我們四個人今天聚集在這裡共同回憶的理想，而這一刻，世界各地還有許許多多團體，在做同樣的回憶。我們都看到了人類共同憧憬的一部分。我們若能分享我們所看到的世界憧憬，結合我們各自的靈魂群，人類的整個未來就會展現在我們眼前，進入我們意識之中。」

突然，山洞底下的土地微微震盪起來，打斷了莎琳的話。沙塵從山洞頂端灑落下來，有如雨點一般。就在這個時候，我們又聽到那陣嗡嗡聲，但這回刺耳的噪音已經消失了——我們聽見的，幾乎是一種優美悅耳的和聲。

「天哪！」寇蒂斯驚叫一聲。「他們快要把發電機的校準問題解決了。我們得立刻趕到地下碉堡，阻止他們繼續進行電能實驗。」他霍地站起身來，準備跑出山洞。

「別急啊！」我說。「我們趕到那兒，又能幹什麼呢？我們不是已經說好，大夥兒都待在這座山洞，等天黑再決定行止嗎？這會兒天還亮著呢。我們還是留在這裡吧！我們剛才把我們四個人的能量提升到相當高的程度，但是，我們還沒完成整個程序。我們已經清理我們之間的前世恩怨，擴展我們的能量，分享我們各自的出生憧憬，可是我們還沒看到『世界憧憬』呢。這座山洞很安全。我建議大夥兒留在這裡，繼續剛才的探索。」就在這個時候，我心中浮現出一個意象：我們四個人又結伴回到山谷裡，在茫茫黑夜中趕路。

「現在哪有工夫探索什麼世界憧憬！」寇蒂斯說。「他們馬上就要完成電能實驗了。趁著現在還來得及，趕快動手制止他們吧。」

我睜著眼睛狠狠瞪著寇蒂斯。「你剛才不是說，他們打算殺莎琳滅口嗎？我們若是被逮到，他們一樣會殺我們滅口的。」

瑪雅把兩隻手摀住臉龐，不吭聲。

寇蒂斯撇開臉去，試圖擺脫心中那股莫名的恐懼。

「我要走了！」寇蒂斯說。

莎琳傾身向前，瞅著大夥兒說：「要走我們一塊走。我覺得我們應該集體行動。」

驟然間，我又看見前世的莎琳——一身印第安婦女裝扮，出現在十九世紀美洲的原始森林裡。這幅影像在我心靈中一閃即逝。

瑪雅站起身來。「莎琳說的對。無論如何我們都應該待在一起。我們先去看看他們到底在幹什麼，再決定採取什麼行動吧。」

我從山洞口望出去，凝視著外面的山谷，猶豫了好一會兒。「這個警衛——我們怎麼處理他？」

「把他拖進山洞，讓他留在這兒。」寇蒂斯說。「可能的話，明天早上我們派一個人把他接回去。」

我和莎琳互望一眼。我點點頭，答應跟大夥兒一塊走。

9 追憶人類的未來

我們將知道，我們來到人間的目的，
是提升地球的能量振動層次，
以實現將「身後世」文化移植到現實人間的終極目標。

我們跪伏在山丘頂端，凝注視線，俯瞰對面那座大山的山腳。暮色中，我並沒看到任何不尋常的活動——四野靜悄悄，看不見警衛的蹤影。我們趕了四十分鐘路程來到這裡，一路上不斷聽到嗡嗡聲，但這會兒卻什麼聲音都沒有。

「你確定，這就是他們搞電能實驗的地點？」我問寇蒂斯。

「就是這個地方！」寇蒂斯說。「距離山腳大約五十呎的山坡上，有四個圓圓的大石頭。你看到沒？地下碉堡的大門就在石頭下面，隱藏在矮樹叢裡。大門右邊就是發射機的碟型天線。看到了吧？看來他們已經把天線修好了。」

「我看到天線了。」瑪雅說。

「警衛都到哪裡去了呢？」我問寇蒂斯。「說不定他們已經放棄這裡的實驗室。」

我們在山丘上跪伏了幾乎一個鐘頭，觀察地下碉堡大門的動靜。夜色籠罩整個山谷之前，誰也不敢抬高嗓門說話或站起來走動。突然，我們聽見身後響起腳步聲。好幾支手電筒一齊亮起來，對準我們；接著，我們看見四名全副武裝的警衛衝上前，喝令我們舉手。他們花了整整十分鐘搜索我們的行囊，又搜查我們的身體，最後才押解我們走下山丘，前往對面山坡上的那座地下碉堡。

費曼推開碉堡大門，氣咻咻衝了出來。

「我們這幾天四處尋找的，就是這幾個人嗎？」他大肆咆哮。「你們在什麼地方找到他們？」

其中一個警衛向費曼報告逮捕我們的經過。費曼一面聽一面搖頭。在手電筒照射下，他睜著眼睛狠狠瞪著我們。聽完警衛的報告，他往前踏出兩步，喝問我們：「你們跑來這裡幹什麼？」

「這場電能實驗，你必須馬上停止！」寇蒂斯叫嚷起來。

費曼凝注視線仔細打量寇蒂斯。「你到底是誰？」他問道。

警衛舉起手電筒，對準寇蒂斯的臉龐。

「原來是你！寇蒂斯．魏柏。」費曼終於認出來。「媽的！是你把我們的天線炸掉，對不對？」

「你好好聽我一次吧。」寇蒂斯說。「你自己也知道，你那台發電機以目前這種速率運轉，是十分危險的。搞不好，你會把這整座山谷炸掉，夷為平地。」

「你這老小子烏鴉嘴，淨說不吉利的話。台爾科技公司的老闆實在受不了，才叫你捲鋪蓋走路。」費曼狠狠說。「我搞這個實驗已經搞了很多年。你想叫我放棄？連門都沒有！告訴你，我的實驗一定會成功——跟我當初構想的一模一樣。」

「可是，你為什麼一定要冒險呢？你應該專心研發小型的、家用的發電機。為什麼一定要大幅提高發電量呢？」

「不關你的事！閉上你的烏鴉嘴。」

寇蒂斯走到費曼身旁，瞅著他說：「你想把發電的整個程序『中央集權化』，這樣你就可以操縱它，對不對？這種搞法會帶來災禍哦。」

費曼冷冷一笑。「建立一個新的能源體系，必須一步一步慢慢來。我們可以在一夜之間，把能源從家庭和企業的主要開支項目，轉變成跟水一樣便宜嗎？這一來，全世界的老百姓手頭上就會突然多出一筆閒錢，結果肯定會引發惡性通貨膨脹，造成大規模的連鎖反應，把我們的社會推進經濟大蕭條。」

「你在睜眼說瞎話。」寇蒂斯駁斥費曼。「能源價格的降低，會大幅提高生產效率，提供更多價廉物美的商品。怎麼會發生惡性通貨膨脹呢？你這樣做，完全是為了個人利益。你想把能源生產『中央化』，因為你想一手操縱能源的供應和價格，儘管你明知道，這種搞法非常危險。」

費曼氣得睜大眼睛瞪住寇蒂斯。「你太天真了！你以為，現在操縱能源價格的利益團體，會讓能源全面的、突然的轉變成便宜的商品嗎？別做夢啦！為了維護社會穩定，我們必須將新開發的能源『中央化』，妥善加以規畫和包裝。我會名垂青史，因為我負責推行這個計畫。這就是我投生人間所負的使命！」

「你搞錯了！」我衝口而出。「你投生人間負有另一個使命，那就是幫助我們，制止山谷中的電能實驗。」

費曼倏地轉過身子面對我。「閉嘴！聽到沒？我叫你們統統給我閉嘴！」他的目光落在莎琳身上。「我派去監視妳的警衛，現在到哪裡去啦？」

莎琳撇開臉去，不理睬費曼。

「我沒時間跟你們鬼扯！」費曼又咆哮起來。「我建議你們，為你們自己的安全多操些心吧，別多管閒事。」他睜大眼睛，從頭到腳把我們打量一遍，然後搖搖頭，走到警衛身旁，吩咐他：「把這幫人集中在一起看管，等實驗結束後才放他們。再過一個小時，實驗就可以大功告成了。這些傢伙若想逃跑，你就開槍射殺他們。」

在費曼指示下，四名武裝警衛圍成一圈，把我們包圍起來，距離我們約莫三十呎。

我們面對面坐在茫茫黑夜中。凝聚在我們四個人之間的能量，這時已經消散殆盡。

「坐下！」其中一個說。

我們離開山洞後，靈魂群就消失得無影無蹤。

「妳覺得，我們應該怎麼辦？」我問莎琳。

「跟上回一樣，」莎琳壓低嗓門說，「我們必須重建我們的能量。」

夜色愈來愈濃，天地間幾乎漆黑一片，只有警衛的手電筒燈光，不時掃過我們這群人身上。夥伴們的臉孔變成朦朦朧朧的一團，儘管我們圍成一圈，坐得很近，彼此之間的距離不過八呎而已。

「我們得想個法子逃跑。」寇蒂斯悄聲說。「待在這兒，只有死路一條。」

突然，我想起我在費曼的「出生憧憬」中看過的一個意象。那時，他正在想像跟我們四個人一塊聚集在樹林裡，周遭一片漆黑。在那個場景中，我還看到一個顯著的地標，但急切間卻想不起那是什麼。

「我們先別逃。」我說。「我們暫時待在這兒，設法重建我們的能量。」

就在這當口，空氣中忽然回響起一種高亢的聲音，聽起來有點像嗡嗡聲，但比先前我們聽到的嗡嗡聲和諧悅耳得多。就像上回那樣，我們腳下的土地一陣搖盪，微微震動起來。

「我們得馬上提振我們的能量！」瑪雅悄聲說。

「待在這種鬼地方，怎麼能夠提振能量呢。」寇蒂斯只管抱怨。

「想個法子啊！」我說。

「就像上次一樣，把目光的焦點集中在夥伴們的臉龐上。」瑪雅指示。

我趕緊凝聚心神，把周遭陰森森的景物排除出意識，讓自己的心靈回歸到愛。我不再理睬周遭的陰影和閃爍不停的手電筒燈光；我凝注視線，專注地瞅著夥伴們的臉龐，探尋他們臉上神情所流露出的真誠自我。就在這一刻，我發現周遭的光影起了微妙的轉變。漸漸地，我看到了夥伴們的每一張臉孔，清清楚楚看到了他們臉上的神情——清楚得就像透過紅外線幻燈機觀看似的。

「我們應該想像什麼呢？」寇蒂斯氣急敗壞地問道。

「回歸到我們的『出生憧憬』呀！」瑪雅說。「我們一定要記住，我們投生人間的目的。」

地面猛然一陣搖晃。山谷中的電能實驗發出的嗡嗡聲，又變得聒噪刺耳起來。我們四個人聚攏成一團，並肩坐在地上，腦海裡同時浮現出一個念頭：我們必須展開反擊。我們四個人的能量一旦匯集起來，必定能夠掃除山谷中這場兇險的實驗。在心中顯現的一幅景象中，我看見費曼被逼得步步後退，他的實驗室火光四起，警衛們嚇得一哄而散。

山谷中又傳來驚天動地的一陣巨響，打斷我的凝思。實驗仍在進行。五十呎外，一株高大的松樹應聲斷折，嘩啦嘩啦栽倒在地面上。塵土飛揚，山崩地裂，一道五呎寬的罅隙驟然出現在地面，把我們和右邊那個警衛分隔開。他嚇得往後竄開去；手電筒在黑夜中狂亂地閃射。

「糟了！」瑪雅尖叫一聲。

左邊一株樹猛一陣搖晃，轟然墜落到地面上來。我們腳下的土地滑動了四、五呎；踉踉蹌蹌，我們全都被掀倒在地。

瑪雅一臉驚惶，蹦地跳起身來。「我待不下去了，非走不可！」她拔起腿來沒命地往北逃進茫茫黑夜中。那兒的一個警衛趴在地上，看見瑪雅逃跑，連忙爬起身來，舉起手電筒一陣照射，接著就舉起手裡的槍。

「不可以開槍！等一等！」我尖叫起來。

瑪雅一邊跑一邊回頭，看見警衛正把槍瞄準她，準備開火。驟然間，整個場景彷彿凍結住了：槍聲響起，瑪雅臉龐上顯露出驚惶失措的神色，呆呆地等待死亡的來臨。然而，說也奇怪，子彈並沒有貫穿她的身體，卻化成一縷輕煙，在她眼前裊裊升起，消散無蹤。瑪雅愣了半晌，拔起腿來一頭闖進黑暗的森林中。

莎琳趁著這個空檔，跳起身來，從我右邊逃開去，拚命往東北方奔跑，鑽進那一片飛揚的塵土中。警衛並未發現她的行動。

我正準備拔腿開溜，向瑪雅開火的那個警衛卻轉過身來，把手裡的槍對準我。寇蒂斯趕忙伸出手來，攫住我的兩條腿，把我拖倒在地面上。

砰然一聲，我們身後的地下碉堡大門被甩開了，費曼慌慌張張衝出來，手忙腳亂地調整碟型天線的鍵盤。噪音開始消滅，大地漸漸恢復平靜。

「看在老天的分上，立刻停止電能實驗吧！」寇蒂斯扯起嗓門向費曼呼喊。

費曼臉上沾滿塵土，神情卻顯得泰然自若。「任何問題我們都能解決！」他沾沾自喜地說。

警衛爬起身，拂掉衣服上沾著的塵土，朝向我們走過來。費曼發現瑪雅和莎琳逃跑，但還沒來得及下令追捕，另一股震耳欲聾的巨響又驟然傳出，一時間山搖地動，把我們幾個人全都摔倒在地。附近一株大樹嘩啦嘩啦墜落下來，枝葉紛飛，警衛嚇得拔腿就跑，逃進地下碉堡去了。

「走啊！還等什麼呢？」寇蒂斯叫嚷。

我卻呆呆趴在地上，一動也不動。

寇蒂斯抓住我，把我從地上硬生生拖起來。「拜託，快走啊！」他把嘴巴湊到我耳朵上，大聲吼叫。

我終於挪動雙腿，跟隨寇蒂斯往東北方跑去。剛才瑪雅就是朝這個方向奔逃的。

我們腳下的土地又搖晃了好幾次，然後才漸漸平靜下來，噪音也消失了。我跟寇蒂斯穿梭在黑夜的森林裡，一連趕了好幾哩路。林中小徑暗沉沉，只有些許月光從枝葉間灑下來。我們鑽進一叢小松樹中，停下來歇口氣。

「費曼會派人追捕我們嗎？」我問寇蒂斯。

「會的！他們絕不會讓我們回到城裡去。根據我的觀察，回城裡的一路上都有他們的人把守。」寇蒂斯說。

就在這當兒，瀑布的意象清晰地在我心靈中浮現。它依舊是那麼的純淨、那麼的原始，絲毫不受人間的爭鬥侵擾。我忽然領悟，那一股嘩啦嘩啦不斷飛墜的水流，正是我在費曼出生憧憬中看到的地標，而我卻一直想不起來。

「我們必須往西北方走，趕到瀑布那邊去。」我告訴寇蒂斯。

寇蒂斯朝向北方點點頭。然後我們不再吭聲，靜靜朝著那個方向趕路，穿過一條小溪，小心翼翼走向峽谷。寇蒂斯不時停下腳步，撿起一些枝葉覆蓋在我們的足跡上。路上，坐下歇息時，我們聽到車聲轆轆，東南方彷彿有好幾輛汽車開過來。

我們又趕了一哩路，終於看到前方矗立著兩座峭壁，月光下閃閃發亮。我跟隨寇蒂斯涉水穿過一條小溪，朝向峽谷入口走去。突然，他跳起腳來，往後退出好幾步。定睛一瞧，我看見左邊一株樹後走出一個人來。那個人尖叫一聲，整個身子蜷縮成一團，站在溪邊搖搖晃晃，一個勁兒打著哆嗦。

「瑪雅！」我扯起嗓門大叫一聲。

寇蒂斯定下心神來，衝上前去，伸手攫住瑪雅，把她拉回岸上。一堆堆碎石頭紛紛滑落溪中。

瑪雅緊緊抱住寇蒂斯，然後向我伸出一隻手來。「我不知道剛才我為什麼要逃跑，我想我是嚇壞了！」她說。「那時我心裡只有一個念頭：趕快跑到瀑布那邊去。我一面跑一面祈求老天爺，讓你們也逃出來吧。」

瑪雅走到一株大樹下，把身子靠在樹身，深深吸了一口氣，問道：「剛才到底怎麼一回事？我明明看到警衛向我開槍，子彈卻打不中我，為什麼呢？我看見眼前出現一道白光，把子彈給擋住了。」

我和寇蒂斯互相瞄了一眼。

「我也覺得不可思議呀。」我說。

「說也奇怪，這道白光好像在撫慰我。」瑪雅說。「那種感覺是我一輩子從未有過的。」

大夥兒面面相覷，好一會兒誰也沒吭聲。就在一片寂靜中，我忽然聽見前方不遠處響起清晰的腳步聲。

「噓！有人來了。」我告訴兩位夥伴。

我們蹲伏在地上，靜靜等待著。過了約莫十分鐘，莎琳從前方樹林中走出來，一看見我們就激動得當場跪倒。

「謝謝老天爺，我總算找到你們了！」她說。「你們是怎麼逃出來的呢？」

「一株大樹倒下來，我們拔腿就跑。」我說。

莎琳凝注視線深深看了我一眼。「我猜，你會逃到瀑布那邊去，所以我就一路朝著那個方向走。可是，黑天半夜的，我也沒把握能夠找到這座瀑布。」

瑪雅打個手勢，叫我們跟她走。大夥兒走出樹林，來到峽谷入口處附近溪畔一塊空地。這兒，皎潔的月光照亮兩岸的草木和岩石。

「我們再試一次吧。」瑪雅招招手，吩咐我們面對面席地坐下來，圍成一圈。

「坐下來幹嘛？」寇蒂斯說。「我們可不能在這裡待太久哦！他們隨時都會來抓我們。」

我望著瑪雅，心裡想，我們應該趕到瀑布那邊去，可是看到她那副亢奮的神情，我實在不忍心打斷她的興致。於是我問道：「妳覺得，剛才我們沒能及時阻止費曼的實驗，問題到底出在哪裡？」

「我也不曉得。也許，我們的人還沒到齊吧。你不是說過，我們這個隊伍一共有七個人嗎？」瑪雅沉吟了一會，又說：「也可能是因為我們心中存在著太多恐懼，不敢放手一搏。」

莎琳傾身向前，瞅著大夥兒說：「我覺得，我們應該恢復我們在山洞中建立的能量。我們必須在那個層次上，讓我們的心連結在一起。」

大夥兒花了好幾分鐘，試圖重建心心相連的渠道。最後瑪雅說：「我們應該互相提供能量，讓夥伴們臉上的神情顯露出高一層次的自我。」

我深深吸了幾口氣，凝注視線，專注地瞅望著夥伴們的臉龐。漸漸地，從那一張張臉龐閃現出的光輝中，我看到了夥伴們真誠的心靈神采。我們周遭，草木和岩石變得更加明亮，彷彿月光驟然加強似的。一股暖流湧上我的心頭，蔓延到全身各處。回頭一望，我看見我那群守護靈聚集在我身後，月下閃閃發光。

一看到我的靈魂群，我的知覺就變得更加敏銳。我發現，夥伴們身後也聚集著各自的守護靈，雖然這會兒他們還沒有融合在一起。

瑪雅的眼光停駐在我的臉龐上。她以無比的真誠望著我。從她臉上流露出的奇妙神情，我彷彿看到了她的出生憧憬。她把真實的自我坦露在臉龐上，讓大夥兒觀察。她了解她的使命。她知道，她的成長過程為這個使命的實現做出了充分的準備。

「這會兒，你們會感覺到身體的每一顆原子，都在更高的層次上振動。」瑪雅對大夥兒說。

我瞄了莎琳一眼，發現她臉龐上也閃現著同樣清澄的神采。身為資訊傳播者，她的職責是蒐羅社會各個群體的心聲，將它傳揚開去。

「你們感覺到了嗎？」莎琳詢問大夥兒。「現在我們已經排除掉內心的舊怨和恐懼，用最真誠的眼光，看待彼此最真實的自我。」

「我感覺到了！」寇蒂斯臉上洋溢著信心和活力。

接下來的幾分鐘，大夥兒不再吭聲。我闔上眼皮，凝神屏息，持續提振身上的能量。

「你們看！」莎琳突然叫起來。她伸出手臂，指了指我們每個人身後聚集的守護靈。這四群幽靈開始會合，融成一圈，環繞著我們四個人，就像在山洞時那樣。我看了看莎琳，又轉過頭去望望瑪雅和寇蒂斯。這時，每個人臉龐上都流露出真實的自我，顯現出他們在人類文明漫長的演進中所負的使命。

「這就是了！」我叫起來。「我們馬上就要跨進下一個階段，看到人類歷史比較完整的面貌了。」

在一幅巨大的投影中，我們看到人類歷史的意象——從邈古的太初一直延伸到遙遠的未來——次第展現在我們眼前。我趕忙凝注視線，仔細一瞧，發現這幅意象跟我先前陪同我的守護靈一塊觀看的非常相似，除了一點：現在我們看到的歷史，起源得更早，往上一路追溯到宇宙初生之時。

轟然一聲，宇宙第一個物質出現了。在我們注視下，它逐漸演變成許多星球，生生滅滅，噴發出各種各樣的元素，使我們的地球得以組成。在地球早期環境中，這些元素逐漸結合成愈來愈複雜的物質，最後一躍成為有機的生命，繼續向前推進，朝向層次更高的組織和知覺演化——這一切，彷彿是在一幅整體藍圖規畫下進行的。於是，多細胞有機體逐漸演變成魚類，魚類進化為兩棲動物，兩棲動物進化為爬蟲和鳥類，最後演變成哺乳動物。

在我們注視下，「身後世」界的景象清晰地展現在我們眼前。我突然領悟，生存在那兒的每一道靈魂都經歷過這個漫長、緩慢的進化過程。我們每個人，在前生前世中，都曾經是活在水中的魚兒、冒險爬到陸地上的兩棲動物、在惡劣的環境中掙扎求生的爬蟲、鳥類和哺乳動物。我們艱苦奮鬥，一步一步演進，最後才變成人類——這一段漫長的演化有一個明確的目標，可不是盲目的。

我們知道，經歷過一個世代又一個世代，我們會投生進物質世界中；不管要熬多久，**我們都必須保持覺醒，團結一致，繼續進化，最後將「身後世」界的精神文化移植到「現世」界，完成我們的使命**。這段旅程確實艱辛，一路上險阻重重。覺醒之初，我們會感受到孤獨和分離帶來的恐懼。但是，我們絕不能回到昏睡的狀態中。我們必須克服恐懼，而我們依賴的是一個模糊的直覺——我們並不孤獨；我們是擁有精神生命的人類，我們在這個星球上活著是有一個精神目標。

在進化的本能驅策下，我們逐漸形成更龐大、更複雜的社會群體，分化為更多樣的行業，逐步革除互相征伐的陋習，建立一個可以讓新觀念自由流通、分享、結合的民主制度。我們崇拜的神靈，從原始的自然神祇演進為存在於我們體外的「天父」，最後轉變成存在於我們體內的「聖靈」。在這個過程中，我們漸漸在內心找到安全感，不再依賴外界的力量。

在直覺啟悟下，神聖的經典將被寫成，為人類和這個神靈的關係提供一個象徵的詮釋。在東西方哲人開導下，我們終將發現，「聖靈」永遠存活在我們心中，只等我們懺悔、敞開胸懷、掃除所有障礙，全心全意接納祂。

隨著歷史的演進，人類的一個本能願望——結合同一地區生活的人，建立一個國族，分享相同的文化——就會逐步擴展。於是，地球上開始出現由單一民族組成的國家，各有各的政治制度和文化觀點。隨之而來的，是貿易和商業的急速擴張。接著，科學方法被引進人類文化中，由此產生出的各種科學新發現，將西方社會推向經濟起飛時期，引發一場「工業革命」，使俗世文明獲得空前的發展。

一旦人類在全球各地建立起經濟關係網絡，我們就會進一步覺醒，回憶起我們真正的、完整的精神本質。祕笈揭示的九個覺悟會逐漸滲入人類的意識，而我們也會開始調整經濟體制，使它跟我們的地球更能相容。最後，我們將超越人類的最後一次兩極化對立，在地球上建立一個嶄新的精神世界觀。

追憶到這兒，我回頭望了望身旁的三位夥伴。他們臉上的神情顯示，跟我一樣，他們也看到了地球的這段歷史。在短短的一瞬間，我們領悟到，人類的意識如何從混沌初開進化到今天這個階段。

突然，我們眼前那幅歷史影像出現了轉變。它現在把焦點對準人類的兩極化鬥爭。

我們看到，世界各地的民眾紛紛向對立雙方靠攏，形成兩個壁壘分明的陣營：一個追求原本模糊但愈來愈鮮明的改革目標；另一個則抱殘守缺，奮力抗拒改善，生怕喪失舊有的價值觀。

我們看到，在「身後世」界，這場衝突被認為是「現世」界在精神化的過程中所面臨的最大挑戰——對立愈尖銳，挑戰則愈大。在激烈的鬥爭中，雙方相互攻訐，指責對方是邪惡的化身。更糟的是，雙方都會開始相信末日派學者對《聖經》預言所做的詮釋，有些人甚至因此不再過問世事，坐等世界末日降臨。

為了消弭兩極化對立、找出人類的共同憧憬和目標，我們必須透視這些預言的表層，體察它們的真正涵意。就像整部《聖經》一樣，《舊約．但以理書》和《新約．啟示錄》所記載的預言是一種神靈直覺，從「身後世」傳遞到「現世」，因此，我們必須了解，這些預言都披著先知的心靈所編織的象徵，如同一場夢境。**我們應該探索的是它們的象徵意義**。根據這些預言，地球上的人類歷史總有一天會終結，但是，這個「終結」對信徒和非信徒來說，卻是截然不同的兩種現象和感受。

在非信徒看來，人類歷史終結之前，地球必定會出現重大的天災人禍、環境災難和經濟崩潰。民眾的恐懼和社會的混亂達到頂點時，一個強人就會趁勢崛起。這個「假基督」（Antichrist）自告奮勇，願意承擔恢復社會秩序的責任，條件是：民眾必須放棄自由，在身上烙印「野獸的標記」，加入全面自動化的國家經濟體系。時機成熟時，這位強人會向民眾宣告自己是神，然後開始對反抗他的任何國家發動軍事攻擊。他的第一個目標是回教國家，接下來是猶太人和基督徒，最後把整個世界捲入一場慘烈的大決戰。

相反的，根據信徒們的詮釋，《聖經》中的先知所預言的人類歷史終結，比非信徒所想像的要美好得多。忠於聖靈的信徒們將被賦予精神形體，飛升到「新耶路撒冷」（New Jerusalem，譯註：《聖經》所言神與聖徒所居之地，見《新約．啟示錄》第二十二章第二節），但往後可以隨時回到人世，自由進出人間和天國。善惡大決戰進行到某個階段，上帝就會介入，恢復地球上的和平，給人類帶來一千年的太平盛世，沒有疾病，沒有死亡，萬物都變得溫馴善良，飛禽走獸都不再吃肉。「狼與羊將同棲一窟……獅與牛將共食一槽。」

瑪雅和寇蒂斯向我望過來。我們的視線接觸了。這時，莎琳也抬起頭來望了望我們三個。剎那間，大夥兒似乎都領悟到了《聖經》預言的真諦。

末日預言家接收到的是神靈的直覺。它向我們宣告，在我們這個時代，對於人類的未來，我們將面對兩種截然不同的前景。我們可以選擇沉溺在恐懼中，眼睜睜看著我們的世界落入「老大哥」（Big Brother）式的強人手裡，任由他一步步帶領我們走向自動化、社會衰微和終極毀滅……或者，我們可以選擇另一條路，把我們自己當作真正的信徒，設法克服這種虛無主義，敞開心懷，接納愛的能量高層次的振動。如此一來，**我們就可以躲開《新約．啟示錄》預言的災禍，直接進入一個嶄新的空間，請求聖靈透過我們，建立《聖經》先知所憧憬的烏托邦。**

現在，我們終於明白，「身後世」界的魂靈為什麼會認為，我們對《聖經》預言的詮釋，攸關我們能否解決人類的兩極化對立。如果我們覺得，這些預言意味著世界必將毀滅，無可挽回，因為那是上帝的意旨，那麼，我們就必須利用這個信念消弭人間的對立。

顯然，我們必須選擇愛之道，作為一個真正的信徒。先前我就已經發現，人間的對立並不如一般人想像的尖銳激烈。**「身後世」界的魂靈都知道，對立雙方各代表一部分真理，而兩者實在可以結合，融會貫通，形成一個新的精神世界觀**。此外，我還發覺，這種融合將從祕笈預言的覺悟——尤其是第十覺悟——自然衍生出來。正在世界各地組成的特別團隊，也會各自盡力，促成兩極觀點的融合。

驟然間，我們眼前顯現的那幅歷史影像開始急速向前轉動，將焦點對準人類的未來。這時，我又感到自己的意識急遽擴展。我知道，在探尋真理的過程中，我們四個人現在正邁入下一個階段：記起我們投生人間時所許下的願望，成為一個真正的信徒，幫助人類建立《聖經》預言的烏托邦。我們終於記起「世界憧憬」！

在眼前的影像中，我們看到世界各地紛紛組成「第十覺悟團體」，累積無比豐沛的能量，將它投射到對立雙方身上，促使這兩個壁壘分明的陣營軟化他們的立場，消解他們的恐懼。受這波能量影響最深的，將是掌控科技的人士。他們會記起他們的出生憧憬，明白他們投生人間的真正目的，然後，他們就會放棄操縱經濟、攫取權力的企圖。

在這波能量衝擊下，各行各業紛紛覺醒，開始追憶，開始合作，開始參與精神復興運動。世界各地，新受感召的人紛紛湧現，開始追憶各自的出生憧憬，在機緣的指引下，進入社會中最適合他們的位置。

場景轉移到日益殘破的內城區貧民窟和鄉間貧苦農家。在這兒，我們看到，社會正形成一個新的共識，準備對貧苦民眾伸出援手。貧窮問題的解決，不再仰賴政府的各種救濟方案，也不再完全依靠教育和職業。新的因應之道將以精神為導向。美國貧民並不缺教育機會；他們欠缺的，是擺脫恐懼的能力和革除不良嗜好的意願。這些人之所以沉溺於不良嗜好，不過是想暫時掙脫貧窮，忘卻煩惱。

在影像中，我看見民間團體和人士自動自發，爭相向貧苦的家庭和無依的小孩伸出援手。首先投入這個扶貧運動的，是經常跟貧苦人家接觸的人士——商人、教師、管區警察和牧師。在他們帶頭下，其他行業的人開始跟貧苦人家建立情誼，噓寒問暖，親切得有如朋友一般。這個接觸，在一批生力軍加入後逐漸擴大。這些充當「大哥哥」、「大姊姊」和家庭老師的義工記起他們的出生憧憬，願意盡一己之力，扶助一個家庭或一個小孩；在內心直覺的指引下，他們紛紛投身扶貧的工作。這些人士到處散播祕笈揭示的十個覺悟。

他們給貧苦民眾帶來一個重大的訊息：**環境再糟，不良嗜好再根深柢固，只要我們願意，每個人都能夠覺醒，記起我們當初投生人間時許下的願望和承擔的使命**。

祕笈的訊息日漸傳播開去，使世界各地的暴力犯罪案例開始減少。我們看得很清楚：暴力的根源往往是挫折和恐懼感，受這種情緒影響的人，每每會找個受害者作為發洩的對象，因此，如果我們讓這些人跟祕笈訊息的傳播者多多互動，這種心態就會逐漸破除。

我們看到，針對犯罪問題，一個新的共識正在形成中。它汲取傳統學者和「人類潛能運動」兩派的觀點。短期內，我們的社會將需要興建更多新監獄和拘留設施，因為我們現在承認，傳統學者的觀點至少有一部分是對的：太早將罪犯送回社區，對他的罪行寬大處理，以給他「另一次機會」，這樣做只會使他的行為變本加厲。但是，對犯罪行為嚴加懲處的同時，我們必須將祕笈揭示的那些覺悟融入監獄的日常運作。我們必須用人性化的方式，管理這些受刑人；為了改變犯罪文化，我們必須引入真正能夠發揮效用的復建計畫：誘導受刑人回憶他們的出生憧憬，讓他們了解，他們當初來到人間的真正願望。

同時，隨著愈來愈多人覺醒，我們看到成千上萬的人挺身而出，介入社會中各種各樣衝突，因為人們現在已經明瞭，退縮只會帶來惡果。每當丈夫或妻子情緒失控，向配偶施暴；每當年輕的幫派分子為了滿足毒癮，或為了獲得幫中「兄弟」贊許而去殺人；每當一個公務員或公司職員貪圖物質享受，不惜侵吞公款或欺詐客戶——在這些時候都應該有人挺身而出，及時阻止罪行發生，然而，最適合扮演這個角色的人卻往往「臨陣退縮」，沒有採取行動。

事實上，臨陣退縮的不只這個人；他身邊那一群朋友或熟人，也同樣在做壁上觀，若無其事。在以往的時代，我們對這種鴕鳥作風也許可以自圓其說，但現在可不行了。如今，「第十覺悟」正逐漸展現在世人眼前。我們現在知道，在我們生活中出現的那些人，很可能在前生前世跟我們共同生活過，甚至是我們前生的親人，而在這一世他需要我們幫助。所以，我們一定要鼓起勇氣，挺身而出，向他伸出援手。我們都不希望自己良心不安，更不希望將來死亡時，我們的靈魂被迫進行痛苦的自我檢討，被迫面對我們的怯懦所造成的悲慘後果。

眼前的影像一幕一幕快速掠過。我們看到，愈來愈多覺醒的人挺身而出，介入其他社會問題。世界各地的河川和海洋，次第顯現在我們眼前。再一次，我看到舊觀念和新理想的融合：政府官僚體制的顢頇無能固然應該批判，但我們更應該提高民眾的知覺，促使民間參與保護環境的行動。

現在大家都看得很清楚，一如貧窮和暴力問題，汙染環境的罪行也不乏袖手旁觀的人。從不故意汙染環境的人，卻跟蓄意破壞生態的人一起工作，或者至少知道他們的行為，卻睜一眼閉一眼。

過去，這些人從不吭聲，也許是為了保住飯碗，也許是擔心說出去也沒人聽。可是現在，他們都覺醒了，終於決定挺身而出。

我們看見他們登高一呼，號召民眾揪出製造汙染的人——三更半夜，偷偷把工業廢料倒進海洋的廠商；把超載的石油排放到公海的油輪；暗中使用違法的殺蟲劑栽種蔬菜，在市場公然販售的農夫；平日不清理廠房，只在檢查人員光臨時才虛應故事一番的工廠；研究危險的新化學物質，卻謊稱無害環境的研究機構。不管他們製造出來的是哪一種汙染，現在都會有覺醒的民眾監視他們。在草根組織支援和獎勵下，這些民眾攜帶錄影機，梭巡在汙染源附近，隨時揭發他們的罪行。

同樣的，我們看到，在環保事務上，政府本身的弊端也被一一揭發出來，尤其是跟公有土地政策有關的各種醜聞。民眾會發現，多年來，政府有關部門假公濟私，將地球上最珍貴的一些土地的採礦權和伐木權，以低於市價出售，作為一種政治交易，圖利某些商人。屬於公眾所有的壯闊森林，被商人豪取巧奪，砍伐一空，而他們居然還口口聲聲說，那是保護森林、善用資源的必要手段。在光禿禿的土地上，他們栽種成排的松樹，以為那樣就可以彌補這座闊葉林千百年來所孕育、累積的各種生物和豐沛能量。

興起中的精神覺醒運動，必將迫使官商終止這種極為可恥的行為。我們看到一個新同盟正在組成中。它的成員包括：老派的獵人、懷舊的歷史迷、把原始森林看成聖地的人。這個同盟將敲起警鐘，向世人發出警訊，促請大夥兒合力挽救歐洲和北美碩果僅存的幾座原始森林，然後採取規模更大的行動，保護熱帶地區珍貴的雨林。世人終將凝聚共識：地球上目前存留的每一處天然美景，都必須妥為保護，供後代子孫觀賞。人工栽培的植物纖維將取代樹木，作為建材或造紙原料；剩餘的公有土地則受到保護，專供民眾觀賞天然美景、紓解身心疲勞之用。同時，**隨著世人的直覺、意識和記憶日益擴展，已開發國家的民眾終將以一種新的虔敬態度，看待世界各地的土著，向他們學習，吸取他們的世界觀。對自然界的一種新的、充滿神祕色彩的詮釋，終將形成。**

我們眼前的歷史影像，繼續向人類的未來推進。我們看到，這一波精神覺醒浪潮擴散到人類文化的各個層面。就像莎琳先前所預測的，我們社會的每一個行業，開始有意識地調整慣常的作業方式，試圖建立一個理想的、精神的目標，為世人提供真正的服務。

主導未來醫學的，將是一群專門探索疾病的「精神／心理根源」的醫師。在他們領導下，醫療的主要目的將從機械式的症狀治療轉變為疾病的預防。我們也看到，未來的律師將不再以製造糾紛、隱藏真相、營求私利為目標，轉而扮演排解糾紛、創造「雙贏」（win-win）的角色。就像寇蒂斯先前所預測的，企業界人士也開始調整經營方針，邁向「開明的資本主義」——不再以營利為唯一目的，轉而以滿足民眾精神需求、低價供應這類產品為主要經營目標。這種新企業倫理，將造成物價普遍下降，促使生活必需品的生產邁向全面自動化。如此一來，人類身心就能獲得徹底解放，使人人得以參與「第九覺悟」所預言的精神「什一」（tithe）經濟體系（譯註：詳見《聖境預言書》第九章〈興起中的文化〉）。

在我們注視下，場景加速向前推移。我們看到，將來的人類年輕時就會記起他們的出生憧憬——當初他們投生人間所負的精神使命。年輕人的覺醒，使新的精神世界觀得以加速形成。在未來的社會，人人長大後都會記起，他們是從另一個世界降生到這個世界的靈魂。在成長的過程中，出生前的記憶難免會喪失，因此，恢復這個記憶就成為兒童教育的重要目標。

小時候，老師就會引導我們體驗人生中的種種奇妙機緣。他會鼓勵我們，透過直覺找出我們的真正興趣和志願；勸導我們，時時探索形成這個志願的真正原因——更高層次的、精神上的原因。長大後，當我們記起全部十個覺悟時，我們就會加入某些群體，為某個計畫共同工作，以實現我們投生人間時許下的願望。最後，我們會找回這一生的真正目標。那時我們就會知道，我們來到人間的目的，是提升地球的能量振動層次，發現和保護地球的天然美景及其蘊涵的能量，確保每個人都能享受這些美景和能量，如此一來，我們就能夠持續增加我們的能量，以實現將「身後世」文化移植到現實人間的終極目標。

這樣的一個世界觀，必將改變我們對其他民族的看法。我們不再單純地把人類看成某一個種族，或某一國的國民。相反的，在我們心目中，其他民族都是我們的靈魂兄弟和姊妹；就像我們一樣，他們也正經歷覺醒的過程，準備跟我們共同承擔起將地球「精神化」的任務。我們會發現，靈魂之所以投生到地球上各個不同的地區，實是上天巧妙的安排。每一個國家，實際上是保存特殊精神知識的庫房，而這些知識是這個國家全體公民共同創造和分享的。總有一天，其他民族會學習這個國家保存的知識，加以整合和吸收。

人類的未來繼續展現在我們眼前。我們看到，許多人所預言的世界政治統合，終於實現——不是透過武力建立世界霸權，迫使其他民族屈從，而是經由民間的草根運動，一步一步達成。世界各民族終會達成一個共識：我們必須承認，在精神上我們有許多共通的地方，但是，我們也應該珍惜我們的地方自治權和文化差異。就像一個團體中會員之間的互動，在由各國組成的世界家庭裡，每個成員所代表的文化，都應該獲得全世界尊重。我們看到，地球上劇烈的政治鬥爭，逐漸轉變成言詞之爭。隨著愈來愈多人記起他們的出生憧憬，人類開始明瞭，他們的任務是討論、比較各種不同的宗教觀點，而儘管每個人都有權奉行各自的宗教，但同時也應該體認：**早晚有一天，世界各個宗教會互相整合，融會成一個兼容並蓄的世界精神體系**。

我們清清楚楚看到，這樣的對話和討論終會導致「耶路撒冷大聖殿」的重建，由世界各大宗教共同享有——猶太教、基督教、回教、東方宗教，甚至無宗教之名卻有宗教之實的俗世理想主義（secular idealism）。後者的代表，是中國大陸和歐洲的一些經濟體；他們的目標，是建立一個汎神主義經濟烏托邦。在耶路撒冷新聖殿，終極的精神觀念將被提出來商討、辯論。在這場以言詞和能量為武器的戰爭中，最先登場的是回教和猶太教的代表，接著是基督教，最後是主張內心修持的東方宗教。

我們看到，人類的知覺邁入一個新的、更高的境界。到了這個階段，人類的整個文化就會往前跨出一大步，從分享經濟資訊進展到交換精神知識。這種情況一旦發生，某些團體和個人的能量，就會提升到接近「身後世」的程度，這使得他們能夠自由進出「身後世」和「現世」兩界，正如「第九覺悟」和《聖經》先知所預言的。在世人眼中，他們簡直就像突然消失掉似的。不過，目睹「飛升上天空」奇觀的民眾，很快就會領悟這究竟是怎麼回事。他們知道，暫時他們還得留在人間，但早晚他們也會飛升。

現在，該是俗世理想主義者登上耶路撒冷聖殿台階，宣揚他們理念的時候了。帶頭的是俗世主義盛行的歐洲。那時，歐洲出現一個強人。他趾高氣揚地來到聖城，向世人宣告世俗事務的精神重要性。這個觀點，遭受回教和基督教「身後世」精神主義的強勁挑戰。稍後，在講求內心修為的東方宗教調停下，這場能量之爭終於化解。到了這個時候，企圖透過電腦晶片、機器人和高壓手段建立極權社會的野心家，終於受到全球精神覺醒運動的感召，幡然改悟。經過這最後一次整合，聖靈終於進駐世界上每一個人的心懷。我們看得清清楚楚：透過耶路撒冷這場論辯和能量整合，人類歷史終於以「象徵」和「言詞」的方式，實現了《聖經》的預言，從而避免某些拘泥《聖經》字面意義的教派所倡言的世界末日大災禍。

突然，我們的目光轉移到「身後世」界。在那兒，我們清晰地看到，自古至今人類的一切努力，不僅是為了創造「新人間」，也是為了創造「新天堂」。我們發現，人類對「世界憧憬」的追憶不但改變了現世，也改變了身後世。地球上的人類紛紛覺醒、飛升上天的當兒，「身後世」界的魂靈也成群湧進人間，將能量轉移到日益擴展的「現世」界。

這兒，我們終於看到人類歷史發展過程的真相。就人類記憶所及，從一開始，能量和知識就一直有系統地從「身後世」界輸送到「現世」界。最初「身後世」界的靈魂群獨自承擔起保持理想、憧憬未來的職責，幫助人類追憶他們的出生願望和使命。這整個過程中，靈魂群不斷賦予人類能量。

然後，隨著人類的意識日漸擴展，人口日益增加，能量和責任逐漸轉移到「現世」界。今天，我們面臨人類歷史發展的轉捩點：**當足夠的能量已經轉移到人間，而人類也開始追憶「世界憧憬」時，堅守理想、創造未來的權力和職責，就應該從「身後世」界的魂靈轉到「現世」界的人類——也就是轉移到我們手中。**

躬逢其盛的我們，必須承擔起責任。這就是為什麼我們四個人會聚集在這座山谷中。我們必須設法消弭兩極化的對立，幫助在山谷中進行電能實驗的人覺醒。這幫人如今還沉溺在恐懼中。為了個人利益，他們試圖操縱世界的經濟，掌控人類的未來，而他們還居然振振有辭，聲稱自己的行為完全正當。

就在這當兒，我們四個人同時抬起頭來，互相瞄了一眼。剛才我們看到的歷史影像，一幅一幅仍舊環繞著我們，而我們的靈魂群也依然守護在我們身後，融合成一體，在黑夜中閃閃發光。突然，我發現一隻巨大的禿鷹從空中飛竄下來，降落在距離我們頭頂十呎的一根樹枝上，睜著眼睛瞪著我們。樹下，約莫五呎外，一隻兔子蹦蹦跳跳，跑到距離我的右肘不到三呎的地方停下來。過了一會兒，一隻美洲野貓也奔竄過來，在兔子身旁坐下。到底發生了什麼事？

忽然，我感覺到胃部後方的太陽神經叢一陣刺痛，彷彿受到什麼東西撞擊似的。我呆了呆，猛然醒悟：他們又在進行電能實驗了！

「你們看那邊！」寇蒂斯叫嚷起來。

月色朦朧，五十碼外的地面依稀出現一道裂隙，逐漸向我們這兒延伸過來。兩旁的灌木叢和小樹紛紛搖晃。

我望望夥伴們。

「我們現在應該採取行動了！」瑪雅大叫一聲。「我們現在已經掌握足夠的『世界憧憬』，可以制服他們。」

我們還沒來得及採取行動，腳下的土地就猛烈地搖盪起來。地上那條裂隙加速向我們延伸。這當口，好幾輛車開到矮樹叢裡停下來；車頭燈把周遭的樹木和灰塵照得影影幢幢，宛如鬼魅一般。我盡力保持身上的能量，凝視著眼前那一幅幅歷史圖像，心中一點也不懼怕。

「『世界憧憬』會阻止他們！」瑪雅又叫起來。「別讓『世界憧憬』消失！抓住它！」

我趕緊伸出雙臂，擁抱住眼前那幅預示人類未來的影像。這會兒，我又感到夥伴們匯集各自的能量，組成一面巨大的牆，試圖阻擋費曼進襲。在我們想像中，費曼手下的人馬遭受我們的能量反擊，必定會倉皇撤退，四下奔逃。

我轉過頭去，望了望地面上那條依舊向我們延伸過來的裂隙，以為它馬上就會停止，沒想到它卻反而加速。一株樹轟然倒下，跟著另一株樹也傾倒下來，直往我們頭頂上墜落。我趕忙往後竄開，整個人翻滾在飛揚的塵土中。

「我們還是抗拒不了他們！」我聽到寇蒂斯大聲吼叫。

我們又得再逃命一次。「我們往這邊走吧！」我大叫一聲。眼前漆黑一片，伸手幾乎不見五指。我一面跑，一面回頭望望夥伴們朦朧的身影。他們跟我分道揚鑣，向東方逃竄。

我爬上峽谷左邊的石壁，沒命地奔逃，直跑出一百碼外才停下來歇息。我跪伏在亂石堆中，伸出脖子，望了望籠罩在夜色中的峽谷。四下靜悄悄，但我聽見費曼的手下聚集在峽谷入口處談話。我躡手躡腳，繼續往上攀爬，一面朝向西北方逃竄，一面搜尋夥伴們的蹤影。最後，我找到一條路爬下山坡，又回到峽谷裡來。四下依舊靜悄悄，不見人影。

我正要往北繼續奔逃，有人突然從後面伸出手來抓住我。

「是誰？」我大叫一聲。

「噓──」那人壓低嗓門悄聲說：「別出聲！我是大衛．孤鷹。」

10

憧憬美麗新世界

保持覺醒，永遠不放棄樂觀進取的精神。
我們的期盼都將變成一個祈禱，化為一股力量，
給世界帶來我們想望的結局。

我回頭望去，只見大衛．孤鷹披著一頭長髮，仰起他那張刀疤臉孔佇立在月光中。「其他人到哪裡去啦？」他悄聲問道。

「我們分散了！」我回答。「剛才發生的事，你看到了沒有？」

大衛走前一步，把臉湊過來。「看到了！我一直站在山丘上觀看。你猜他們會去哪裡呢？」

我思索一會。「他們應該會去瀑布那兒。」

大衛比了個手勢，要我跟隨他。於是我們兩個結伴朝瀑布那個方向走過去。趕了幾分鐘的路，他回過頭來瞅了我一眼。「剛才，你們四個人坐在峽谷入口處，匯集你們的能

量，把它傳送進山谷裡。你們是怎麼辦到的呢？」

我把這幾天的經歷摘要告訴大衛：遇見威爾，跟隨他進入靈界；看到威廉斯，接著又遇到喬伊和瑪雅；跟寇蒂斯會面，設法引進「世界憧憬」以對抗費曼。

「剛才你們坐在峽谷入口處，寇蒂斯也跟你們在一塊嗎？」大衛問道。

「唔，瑪雅和莎琳也在。根據威廉斯的預言，我們這支隊伍應該有七個人……」

大衛瞄了我一眼，乾笑兩聲。我在鎮上初見他時，他在言談間流露出的滿腔怒火和怨氣，如今似乎已經完全消失了。「這麼說來，你也去尋找咱們的祖先囉？」

我加快腳步，跟他並肩走著。「你也進入過靈界嗎？」我問大衛。

「唔，我看到我的靈魂群，也看到我的『出生憧憬』。就像你一樣，我記起了前世發生的事情；我終於明白，我們此生的任務是將『世界憧憬』引進人間，幫助人類覺醒。不知怎地，剛才我看見你們四個人坐在月光下，感覺上我也跟你們坐在一塊，是你們這個團隊的一分子。那時，我也看到『世界憧憬』的影像環繞著我呢。」說到這兒，大衛停下腳步，站在一株大樹的陰影中。濃密的枝葉遮蔽住月光。大衛那張臉孔一時間顯得格外陰鬱。

我轉過身子面對他。「大衛，剛才我們四個人坐在峽谷入口處，聚合我們的能量，引進『世界憧憬』，為什麼還不能制止費曼呢？」

大衛往前邁出幾步，走進月光中。就在那一剎那，我認出他就是前世那位脾氣火爆的印第安酋長。我記得他曾經當面叱責過瑪雅。

他看了看我，臉上那副陰鬱的神情漸漸消失了。忽然，他哈哈大笑起來。「掌握『世界憧憬』的竅門，不僅僅在親身體驗它、感受它，雖然能夠做到這點也很不容易。真正的訣竅在於：如何將這個憧憬——我們對世界未來的理想和展望——投射到整個社會、如何為其他人類堅守這個理想。這才是關鍵所在，也是『第十覺悟』的真諦。剛才，你們四個並未使用正確的方法，發揮『世界憧憬』應有的力量，幫助費曼和他手下那夥人覺醒。」大衛深深看了我一眼，然後說：「走吧！我們得趕路了。」

趕了約莫半哩路，我們看見一隻鳥兒啼叫著朝我們右邊飛掠過來。大衛驟然停下腳步。

「那是什麼鳥啊？」我問。

大衛豎起耳朵，仔細聽了聽黑夜中那一聲聲淒厲的鳥叫。「那是梟鷹。牠發出尖叫聲，目的是向我們的夥伴報訊，我們兩人已經趕到這兒了。」

我呆呆地望著大衛，忽然想起，自從進入山谷後，我就發現一路上遇到的飛禽走獸，行為舉止都有點反常，怪怪的。

「我們那幾位夥伴，有誰懂得解讀動物傳遞來的訊息呢？」大衛問道。

「不清楚哦。也許寇蒂斯懂吧。」

「他不會懂的。他這個人的腦筋太科學。」

我忽然想起瑪雅說過，她到山洞來找我們，就是遵循鳥叫聲的指引。「瑪雅一定聽得懂鳥兒的訊息！」

大衛半信半疑地瞅著我。「瑪雅就是那位使用想像力從事醫療工作的醫師？你提到過她。」

「就是她呀。」

「好吧！我們就依照她的法子，開始祈禱。」

我轉過身子，愣愣地望著大衛。「你說什麼？」

梟鷹又扯起嗓門嗥叫起來。

「讓我們……想像……瑪雅記得動物的天賦才能。」

「什麼是動物的天賦才能呀？」

大衛臉上忽然露出惱怒的神色。他閉上眼睛，好一會兒沒吭聲，讓自己的心情慢慢平復下來。「你難道還不明白，當一隻動物出現在我們的生活中時，牠帶來的是層次最高的一種機緣？」

我告訴大衛，剛進入山谷時，我就遇到一隻兔子、一群烏鴉和一隻禿鷹，然後一路上又遇見一隻美洲小野貓、一隻兀鷹和一隻小野狼。「剛才我們四個人坐在峽谷入口處，觀看『世界憧憬』的影像時，還有幾隻動物出現，陪我們一塊觀看呢。」

大衛若有所悟地點點頭。

「我知道，這些動物的出現具有重大的意義。」我說。「但我弄不清楚究竟是什麼意義，所以啦，我就只好乖乖地跟著牠們走囉。你確定，這些動物都給我帶來了一個重要的訊息？」

「當然確定！」

「那麼，我應該怎樣解釋動物帶來的訊息呢？」

「那很容易。」大衛解釋：「在人生的不同階段，你會吸引不同種類的動物。出現在我們生活中的每一種動物，都會提醒我們，我們此刻面對的是怎樣的一種處境，應該如何因應。」

「這幾天，我在山谷中經歷過許多奇奇怪怪的事情，但是還是很難相信，動物會給人類帶來訊息。」我說。「生物學家都說，動物就像機器人一樣，依靠呆笨的本能運作。」

「那是因為，動物反映人類的意識水準和期望層次。如果我們的能量振動層次很低，動物跟我們相處，就無從展現牠們的天賦才具，只能發揮尋常的生態功能而已。懷疑動物天賦的生物學家，把動物的行為貶低為愚昧的本能；實際上，他們不過是把自身的侷限強加在動物身上罷了。但是，**隨著人類的能量振動層次日漸提升，出現在我們生活中的動物，行為也就愈來愈神奇，愈來愈像一種機緣，對人類愈來愈具有啟示作用。**」

我聽呆了，沒吭聲。

大衛瞅著我看，繼續說：「你進入這座山谷時，路上遇見的那隻野兔，在身心兩方面都替你指點迷津，告訴你應該走的方向。我在鎮上跟你交談時，你顯得非常沮喪，心中充滿恐懼，對祕笈揭示的那幾個覺悟，彷彿完全喪失了信心。仔細觀察野兔的行為，你就會發現牠為我們提供一個榜樣，告訴我們應該如何面對恐懼、超越恐懼，將恐懼轉化成一種豐沛的創造力。野兔身邊永遠潛伏著猛獸，伺機捕食牠，但牠卻能夠將恐懼化為一股生命力，讓自己的日子過得逍遙自在，讓子孫不斷地繁衍昌盛。出現在我們生活中的野兔，給我們帶來一個訊息：**牠提醒我們採取積極進取的態度，面對我們的恐懼**。你進入山谷時遇到一隻野兔，讓你有機會師法牠的行為，好好審視自己內心的恐懼，超越它，然後勇敢地走下去。這樁機緣出現在旅途的開端，影響往後的整個行程。你有沒有發現，你這趟旅程雖然險阻重重，收穫卻很豐富？」

我點點頭。

大衛意味深長地補充一句：「有時候，那種收穫還挺羅曼蒂克的呢！你有沒有遇到特別想念的人呀？」

我聳聳肩膀，心中卻想起我跟莎琳之間產生的奇妙新能量。「唔，也許吧！我遇見的那群烏鴉，還有那隻引導我尋找威爾的禿鷹，帶來的又是什麼訊息呢？」

「烏鴉是精神法則的守護者。跟烏鴉相處一陣子，牠們就會做出一些奇妙的動作，加深我們對精神本體的認知和理解。烏鴉給你帶來的訊息是：**敞開心靈，吸納這座山谷向你顯現的精神法則**。牠們的出現，是為你的下一段旅程鋪路。」

「禿鷹捎來的又是哪一種訊息呢？」

「禿鷹個性十分機警，眼光非常敏銳，對隨時會出現的資訊或消息保持高度的警覺。牠們的出現提醒我們，在那一刻，**我們自己對周遭的事物也要提高警覺**。通常，牠們的出現是一個信號，顯示即將有一個『使者』或『信差』來到。」大衛歪起脖子瞅著我。

「你的意思是說，禿鷹在我眼前出現，是向我預告威爾即將來到？」我問。

「沒錯。」

大衛繼續解釋，為什麼其他動物會出現在我的旅途上。他說，野貓提醒我們，莫忘記人類與生俱來的直覺和自我治療的能力。那隻美洲小野貓，在我遇到瑪雅之前的那一刻出現，顯示我的腳傷即將獲得治療。兀鷹翱翔在高空，邀請我們進入精神世界的高層領域，冒險遨遊探索一番。大衛說，我看見那隻兀鷹現身在山脊上時，心裡就應該有準備：我的守護靈即將顯現在我眼前，幫助我探索此生的命運。最後，他告訴我，小野狼的任務是激發我的能量，喚醒我那沉睡已久的勇氣，鼓勵我發揮口才，將「七人隊伍」的成員聚集在一起，共同奮鬥。

「這麼說來，動物代表的是人類本性的某些特質囉？」我問。

「沒錯。」大衛回答。「這些本性上的特質，是我們在早期的進化過程中身為動物時發展出來的，現在卻都已經遺忘了。」

我想起，跟夥伴們聚集在峽谷入口處時，我們在眼前浮現的意象中觀看到人類進化史。「你現在談論的是生命向前演進的過程，一個物種接一個物種，對不對？」我問大衛。

「我們都曾經是動物。在漫長的進化過程中，我們的意識穿流過每一種動物。牠代表生命進化的某個終點，讓我們躍到進化的下一個階段。**每個物種看待世界的方式，我們人類都體驗過；這些動物的世界觀，都是組成完整精神意識不可或缺的一部分**。當一隻動物出現在我們生活中時，我們就必須警醒，將牠的意識吸納進我們的知覺。你曉不曉得？有些動物的天賦，是我們人類現在還遠遠趕不上的呢。所以，保存地球上的每一個物種，就變得格外重要。我們希望牠們都能生存下去，不單是因為我們需要牠們來保持生態平衡，更重要的原因是，牠們代表人類天性中某些已經被我們遺忘的特質。」

說到這兒，大衛停歇下來，凝注視線眺望峽谷中的茫茫夜色。過了好一會兒，他才繼續說：「也因此，人類的思想才會那麼複雜、那麼多樣，由全世界各個不同的文化所代表。沒有人知道，人類進化的真理目前掌握在哪一個文化手中。地球上的每一個文化都有稍微不同的世界觀，都有它特殊的認知方式；**我們必須採擷各個文化的精華，熔成一爐，鍾鍊出一個比較理想的、完整的人類世界觀。**」

大衛臉上忽然顯露出哀傷的神色。「讓人難過的是，我們美國人浪費了四百年時間，到現在才開始融合歐洲和美洲本土文化。想想過去發生的事情吧！西方人的心靈脫離了大自然的奧祕。神奇的森林，被他們當成木材生產地；活蹦亂跳的野生動物，被他們當成寵物飼養玩弄。社區的城市化，把絕大多數的人類阻隔在大自然之外，以至於到了今天，我們想到大自然走一趟時，就驅車上高爾夫球場揮它幾桿。你有沒有發現，我們之中，真正體驗過大自然奧祕的人，實在少得可憐？」

我只管靜靜聽著，沒吭聲。

大衛歇口氣，繼續說：「我們這塊大陸，原本充滿幽深的原始森林、豐饒的大平原和壯闊的大沙漠，如今只剩下幾座國家公園了。我們的人口愈來愈多，荒野卻日漸縮小。有些國家公園，遊客必須在一年前提出入園申請。儘管如此，政客們還一天到晚打公有土地的主意，恨不得把它全部賣給商人。大多數人所認識的動物，竟是紙牌上印的那些圖形。他們根本沒有機會進入真正的荒野，跟真正的野生動物打交道。」

突然，梟鷹在我們身旁淒厲地嗥叫起來，把我嚇了一大跳。

大衛凝注視線睨了我一眼，不耐煩地說：「我們現在開始祈禱，好嗎？」

「聽著！」我說。「我不懂你的意思。你到底是祈禱呢，還是想依照瑪雅的方法，運用想像力擴充我們的能量和知覺？」

大衛連忙改變口氣，誠懇地說：「對不起，我一看到你就很容易動氣，大概是前世跟你相處遺留下來的宿怨吧！」他深深吸了一口氣。「祕笈預言的第十個覺悟——培養我們對直覺的信心、記起投生人間時許下的願望、掌握『世界憧憬』、對人類的未來抱持崇高的理想——這一切都離不開祈禱。所以我們必須理解祈禱的真諦。全世界的宗教傳統都有某種形式的祈禱。為什麼呢？如果上帝是獨一無二、無所不知、無所不能的神，我們在遭遇危難的時候，為什麼必須主動請求祂幫助或逼迫祂採取行動呢？為什麼祂不乾脆制定一套戒律，藉以裁判我們的行為，直接對我們施予獎懲呢？為什麼一定要我們向祂祈禱，請求祂介入我們的事務呢？答案是：當我們以正確的方法祈禱時，我們並不是向上帝請求什麼，而是讓上帝感召我們，促使我們代替祂採取行動，在人間行使祂的意志。我們是神靈在人間的使者。**真正的祈禱只是一種方法**，**一種訴諸想像力的手段**。透過這樣的祈禱，上帝期望我們察覺祂的意志，將它施行在人間。如此一來，祂的王國就會出現在地球上，祂的意志就會落實在人間，一如在天堂。」

大衛沉吟了一會，繼續說：「從這個角度來看，每一個思維、每一樁期望——我們對未來的每一個想像——都是祈禱，都會幫助我們達成願望。但是，任何思維和欲望都比不上受神靈感召的憧憬強勁有力。所以，我們必須引進『世界憧憬』，緊緊掌握它，這樣我們的祈禱才有目標，我們對未來的想像才有正確的方向。」

「這點我明白。」我說。「但是，我們究竟要怎樣幫助瑪雅察覺梟鷹帶來的訊息呢？」

「瑪雅跟你談論過她的醫療方法。她有沒有告訴你，她是怎麼做的？」

「她說，我們必須想像，病人記起他們這一生還沒有達成的願望。根據她的說法，只要病人下定決心，在身體恢復健康後努力追求他們的願望，他們的疾病就有治癒的可能。病人一旦記起他們的願望，醫師就可以介入，幫助他們保持這個比較明確的人生計畫。」

「我們現在就依照瑪雅的方法做吧！」大衛說。「但願，她早就預感到會聽見梟鷹的叫聲。」

大衛閉上眼睛。有樣學樣，我也闔起眼皮，在心中想像瑪雅記起她的願望——接到梟鷹傳來的訊息。幾分鐘後我張開眼睛，看見大衛正睜著眼睛瞪著我。在我們頭頂上盤旋的梟鷹，這時又尖叫一聲。

「我們上路吧！」大衛說。

二十分鐘後，我們站在瀑布旁一座山丘頂端。梟鷹一路追隨我們，不時發出一聲嗥叫。這會兒，牠棲停在我們右邊五十呎外的一株樹上。月下，水光粼粼，裊裊煙霧飄漫在池塘上。我們等候了十幾分鐘，誰也沒吭聲。

「瞧！他們在那邊！」大衛伸出手臂指了一指。

我凝注視線，仔細一瞧，看見池塘右岸一堆石頭上站著幾個人。其中一個抬起頭來，看到我們。我一眼就認出她是莎琳。我招招手，她也認出我來。我和大衛連忙跑下山坡，朝他們站著的地方走過去。

寇蒂斯一看到大衛，就衝上前，緊緊握住他的手臂說：「我們必須馬上採取行動，制止那幫人！」好一會兒，兩人互相凝視，激動得說不出話來。然後，寇蒂斯向大衛介紹瑪雅和莎琳。

我看了看瑪雅，問道：「你們怎麼找到路來到這兒？」

「一開始我們弄不清方向，在黑夜中迷路了。」瑪雅說。「後來聽到梟鷹的叫聲，我心中一亮，就找到路了。」

「梟鷹的出現，表示我們有機會看穿別人設下的騙局。」大衛解釋。「想避免受到傷害，我們就必須學習梟鷹，飛越黑暗，追求光明。」

瑪雅只顧打量著大衛。「你這個人看起來挺面熟的。你到底是誰呀？」

大衛滿臉狐疑地望著瑪雅。「我是大衛．孤鷹。剛才不是介紹過了嗎？」

瑪雅握住大衛的手。「我的意思是說，對我們這幾個人而言，你究竟是誰？」

「在前世，我也參加過那場白人對印第安人發動的戰爭。那時，我是印第安酋長，痛恨白人侵佔我們的土地，所以我不支持妳提出的和平方案，甚至不願聽妳解釋。」大衛終於說出他的來歷。

「現在，我們的策略改變了。」我說。

大衛臉上忽然露出惱怒的神色。他狠狠瞪了我一眼，但馬上就克制住怒火，又柔和起來，就像上次那樣。「在前世那場戰爭中，我最瞧不起的人就是你！」他對我說。「你這個傢伙不願表明立場，一心只想置身事外。戰爭一開打，你就拔腿溜掉了。」

「那是因為我害怕呀。」

「我知道。」

大夥兒圍繞著大衛，跟他談論那場戰爭對美洲原住民造成的傷害。每個人都把心中的感受向他傾訴。大衛告訴我們，他進入靈界時，發現他的守護靈是由一群調解者組成，而他這次投生人間所負的使命，是消除他跟白人之間的宿怨，恢復世界各地原住民文化地位和尊嚴。

莎琳瞄了我一眼，然後轉過臉去對大衛說：「你是我們這支『七人隊伍』的第五個成員，對不對？」

大衛還沒來得及回答，我們就感覺到腳下的土地猛然一陣搖晃。平靜的潭水突然泛起陣陣漣漪，打碎了池面上的月光。伴隨地震而來的，又是瀰漫整座森林的發電機嗡嗡聲，黑夜中聽起來格外陰森可怖。我從眼角望出去，看見距離我們頭頂五十呎的山丘上閃爍著好幾支手電筒。

「他們來了！」寇蒂斯壓低嗓門，悄聲說。

我回過頭去，看見費曼站在我們頭頂一塊凸出的崖石上，正在操作一台手提式電腦，調整一支小型碟型天線。

「他準備校正發電機的裝置，將電能對準我們。」寇蒂斯說。「我們得趁早逃命！」

瑪雅伸出手來，握住寇蒂斯的胳臂。「別急！這回我們也許能夠制止費曼。」

大衛走到寇蒂斯身旁，低聲說：「這回我們一定會成功。」

寇蒂斯睜大眼睛，好一會兒只管瞪著大衛，最後還是點了點頭。於是大夥兒開始提振彼此之間的能量。就像上兩回的嘗試，我開始看到夥伴們臉龐流露出真誠的神情，顯現出真實的自我，接著就看到我們各自所屬的靈魂群幽然浮現，匯聚成一圈，環繞著我們五個人。大衛的守護靈第一次加入行列。「世界憧憬」的記憶，又逐漸返回我們的意識中。大夥兒凝聚心志，共同將能量、知識和啟悟傳送到現實世界。

在眼前顯現的影像中，我們又看到發生在我們這個時代，使得全世界人心惶惶的兩極化對立。突然，影像一變，一幅壯麗遼闊的畫面——人類美好的未來——燦爛地展現在我們眼前。我們知道，只要人間不斷出現我們這樣的團隊，學習如何介入、如何掌握世界憧憬，肆虐人間的兩極化對立就會消弭於無形。

驟然間，地面又猛烈搖晃起來。

「堅守世界憧憬！」瑪雅大叫。「別讓眼前那個意象——人類的美好未來——消失掉！」

我聽到右邊的地面裂開一道縫隙，連忙凝聚心神，緊緊盯著眼前的影像。在心靈中，我看到「世界憧憬」化為一股豐沛強勁的能量，從我們這夥人身上發出，四面八方洶湧開來，驅散費曼那幫人，一舉擊潰他的「恐懼憧憬」所代表的能量。我身子左邊的一株大樹突然連根拔起，轟然一聲，墜落在地面。

「我們阻擋不住費曼！大夥兒逃吧！」寇蒂斯吆喝一聲，從地面跳起身來。

「慢著！」大衛喝止寇蒂斯。他從沉思中驚醒過來，伸出手臂一把攫住寇蒂斯的身子，將他拖回地面上。「你們難道還沒發現，到底什麼地方出了差錯？我們把費曼和他的手下看成敵人，我們想用自己的能量擊退他們。這樣做，只會激發他們的戰鬥意志，加強他們的能量。我們不該使用世界憧憬攻擊他們；相反的，我們應該把費曼和他的手下吸納進我們想像的人類美好未來。事實上，他們並不是敵人，而是我們的靈魂兄弟——我們全都是在成長中逐漸覺醒的靈魂。我們必須把費曼和他的手下當作同胞，將世界憧憬傳送給他們。」

我忽然想起曾經在靈界看過費曼的「出生憧憬」。剎那間，我終於領悟那天的經歷所蘊涵的意義：遊覽地獄城，遇到成群沉溺在恍惚失神的狀態中、試圖讓自己忘掉恐懼的幽靈，接著看到一群守護靈出現，試圖喚醒這些靈魂。然後，費曼的出生憧憬——他投生人間時許下的願望——就出現在我的眼前。

「費曼跟我們是一夥人！」我大叫起來。「我知道他的出生願望！他這次來到人間，目的是破除他的權力欲望，防止電能發電機和其他新科技對世界造成災禍。在出生憧憬中，他預見將來會跟我們在黑夜中會面。費曼是我們這個『七人隊伍』的第六個成員！」

瑪雅傾身向前，對大夥兒說：「這跟我使用的醫療手法很相似哦。我們必須想像，費曼記起他當初的出生願望。」瑪雅回過頭來瞅了我一眼。「這樣做，能夠幫他破除恐懼所造成的心障，把他從恍惚失神的狀態中徹底喚醒過來。」

大夥兒開始凝聚能量，將它傳送到費曼和他手下身上，試圖把他們引進世界憧憬中來。周遭的黑夜突然明亮起來。我們清清楚楚看到，費曼和他兩個手下佇立山丘頂端。我們身邊的靈魂群，身形愈來愈清晰，模樣愈來愈像人類，而我們身上也開始發出光芒，就像他們一樣。成群幽靈浮現在我們身子左邊，加入我們那群守護靈的行列。

「那是費曼的守護靈！」莎琳說。「另外還有兩群靈魂是費曼兩個手下的。」

隨著我們之間的能量逐漸提升，「世界憧憬」的壯麗圖像一幅一幅又開始環繞著我們。

「把能量凝聚到費曼和他兩個手下身上，就像先前，我們把能量凝聚到彼此身上一樣。」瑪雅扯起嗓門大叫。「讓我們想像，他們記起他們的出生願望。」

我轉過身子，面對山丘上的三個人。費曼依舊手忙腳亂地操作他的電腦；他手下兩個警衛則站在一旁觀看。世界憧憬圖像也圍繞住了他們，其中最鮮明的一幅是：在人類進化過程中的這個關鍵時刻，世人都會覺醒過來，記起他們此生所負的使命。在我們注視下，森林中開始湧現一座浩瀚遼闊、不斷飛旋繚繞的琥珀色能場，朝向費曼和他的手下瀰漫過去，穿透他們的身軀。就在這當口，我看見保護我、寇蒂斯和瑪雅的那一簇白光飛向山丘上的三個人，盤旋在他們頭頂，不斷擴大，然後向四面八方散開，最後消失在山谷深處。幾分鐘後，地震終於平息，發電機聒噪刺耳的嗡嗡聲也跟著停歇。林中吹來一陣清風，將最後一堆塵土驅散到南方。

觀看費曼操作電腦的一個警衛忽然轉過身子，悄悄溜進樹林裡。費曼頭也不回，只顧敲打電腦的鍵盤；弄了一會兒，他終於放棄，望了望山下，狠狠瞪了我們一眼，然後撿起地上的電腦，寶貝似地把它挾在左手的臂彎裡。颼地，他拔出手槍，一步一步朝向我們走過來。另一個警衛舉起自動手槍，跟在費曼身後。

「別讓眼前的影像消失！」瑪雅提醒大夥兒。

費曼走到距離我們二十呎的地方，把電腦放在地上，又滴滴答答敲打起鍵盤來。手槍已經裝上子彈，擱在他身邊。被地震震鬆的幾塊大石頭，轟然一聲滾落進池塘中。

「你今生來到這世界，並不是為了電能實驗哦！」莎琳瞅著費曼，委婉地說。其他夥伴都睜著眼睛，凝視著費曼的臉孔。

警衛舉起步槍對準我們，然後走到費曼身邊，對他說：「我們還待在這裡幹什麼呢？走吧！」

費曼揮揮手，叫他閃到一旁去，然後又低下頭來氣急敗壞地敲打電腦鍵盤。

「沒有一件東西管用！」費曼朝著我們大聲吼叫：「你們到底在搞什麼鬼啊？」他回頭望了望警衛，連聲尖叫：「開槍啊！把他們全都給斃了！」

警衛冷冷望了我們一眼，搖搖頭，自顧自走開去，轉眼消失在亂石堆中。

「你今生來到這個世界的目的，是防止電能實驗給地球帶來災禍。」我對費曼說。

費曼把手裡那支槍扔到身旁地面上，睜大眼睛瞪著我。忽然，他的臉龐閃現出異樣的光彩，就像上回我在靈界看見他面對出生憧憬時那樣。我看得出來，此刻他正在回憶出生前的某些事情。過了一會，他臉上忽然露出恐懼的神色，但那份恐懼很快就轉化成憤怒。他獰笑起來，伸出兩隻手捧住肚腩，轉過身子，對著身旁那堆石頭開始嘔吐。半晌，他伸手擦了擦嘴巴，又舉起手裡那支槍。「我不知道你們在搞什麼鬼，但我不會讓你們得逞！」費曼往前走了幾步，身上的能量卻突然流失了。那支槍掉落在他身旁的地面上。「你們贏了這個回合，又怎麼樣？美國還有很多座森林呢。你們總不能派人把守每一座森林吧？總有一天，我會把電能發電機實驗做成功。你們聽清楚了沒？你們休想破壞我的計畫！」

他跌跌撞撞往後退了好幾步，然後轉過身子，奔跑進黑夜的森林中。

趕到地下碉堡上方的山丘時，大夥兒都鬆了一口氣。費曼逃離後，我們一路摸黑，步行回到電能實驗進行的地點，不料，抵達現場時，卻發現幾十輛卡車停在碉堡前，亮著車頭燈。大部分車輛的車身上漆著「聯邦森林管理局」的標誌，但也有幾輛是聯邦調查局和本地警察局的車子。

我蹲伏在山丘頂端，往前爬行數呎，凝注視線仔細一瞧，看看有沒有人被盤問或拘留在警車裡頭，但每輛車子看起來都是空蕩蕩的。碉堡大門敞開著，成群警官鑽進鑽出，彷彿在調查一樁刑案。

「那幫人全都逃走啦。」寇蒂斯跪在地上，傾身向前，從一株大樹後面伸出脖子望下山去。「我們終於制止他們了。」

瑪雅轉過身子，在地面上坐下來。「唔，至少這一回合我們贏了。他們不會再把發電機搬進這座山谷，進行電能實驗。」

「費曼只輸了這一回合而已。」大衛瞅著大夥兒說。「他可以到別的地方去搞他這個實驗，神不知鬼不覺。」他站起身來。「我得趕下山去，向森林管理局和聯邦調查局的幹員舉發費曼那幫人的陰謀。」

「你瘋了嗎？」寇蒂斯衝上前來，攔住大衛。「說不定，政府也參與這個實驗。」

「政府裡頭的人那麼多，不可能每個官員都參與。」

寇蒂斯又往前走上兩步。「我們想別的法子！我可不能讓你現在就走下山去，自投羅網。」

「森林管理局和聯邦調查局裡頭，一定會有人願意聽聽我們舉發的陰謀。」大衛說。

「這點我有信心哦。」

寇蒂斯閉上嘴巴，不吭聲了。

莎琳倚在數呎外的一塊大石頭上，接口說：「大衛說的對！政府裡頭一定會有人挺身而出，插手這件事。」

寇蒂斯一面搖頭一面思索。「也許大衛說的對，但是，總得有個了解科技的人陪他一塊去報案……」

「這個人就是你囉！」大衛說。

寇蒂斯勉強擠出笑容來。「好吧，我就陪你走一趟！幸好我們手中握有一張王牌。」

「什麼王牌？」大衛問道。

「被我們綁起來、丟在山洞裡的那個警衛呀。」

大衛伸出手來，搭在寇蒂斯肩膀上。「走吧！路上你再把警衛的事告訴我，然後我們再想想看該怎麼辦。」

大夥兒殷殷道別後，大衛和寇蒂斯從右邊走下山坡，朝向山腳下那座地下碉堡走過去。

瑪雅壓低嗓門，呼喚他們：「等等！我也跟你們一塊去。我是醫師，這一帶的老百姓都認識我。你們也許需要第三個證人。」

他們三人一齊望著我和莎琳，彷彿在詢問，我們是不是也想跟他們一塊走。

「我不跟你們一塊走。」莎琳說。「我在別的地方還有要緊的事。」

我也決定不去。我交代他們，別向警方提到我和莎琳兩個人。他們答應了，然後結伴走下山丘，朝向山腳下那一簇燈光走過去。

山丘上只剩下我和莎琳兩個人。四目交投時，我忽然想起在靈界遇見她時內心湧起的那份深情。莎琳朝向我走上一步，正要開口說話，我們右邊五十碼外忽然亮起一支手電筒。

我們躡手躡腳，趕忙鑽進樹叢裡。手電筒的燈光突然改變方向，直直朝著我們移動過來。我們蹲伏在地上，一動也不動。燈光愈來愈近。我們聽到有一個人自言自語。我一聽就認出這個人——他就是我進入山谷時在路上遇見的新聞記者喬伊。

我和莎琳互瞄一眼。「我認識這個人。」我壓低嗓門悄聲說。「我想，我們應該跟他談談。」

莎琳點點頭。

喬伊走到距離我們二十呎的地方時，我呼喚一聲。

他停下腳步，舉起手電筒朝向我們照了照，一眼就認出我來，連忙走上前，在我們身邊蹲下。

「你跑到這兒來幹什麼？」我問。

「那邊的人全都逃走啦。」喬伊伸出手臂指了指山腳下那座碉堡。「那兒有一間地下實驗室，裡頭的設備現在全都搬空了。我本來想走到瀑布那邊去，但路上黑漆漆的，所以我就跑回來啦。」

「我還以為你打算離開這座山谷。」我說。「你說過，你不想蹚這渾水。」

「我是不想插手，可是，就在我準備離開的時候，我……我做了一個奇怪的夢，讓我感到心神不安。我就決定留下來，看看我能幫上什麼忙。森林管理局的人還以為我瘋了，幸好我遇到本地的一位副警長。有人向他報案。我就跟他一塊來到這裡，結果發現那座地下實驗室。」

我和莎琳互相望了一眼，然後，我就把我們跟費曼對抗的經過摘要告訴喬伊。

「費曼搞的那個實驗，真的造成那麼大的災害嗎？」喬伊問道。「有人受傷嗎？」

「沒人受傷。」我說。「這回我們運氣不錯。」

「你那幾位夥伴什麼時候走下山，到那座地下碉堡去？」喬伊問道。

「幾分鐘前。」

喬伊望望莎琳又看看我。「你們兩位不去嗎？」

我搖搖頭。「我覺得，我們兩個最好躲在一旁，暗中觀察那些官員怎樣處理這件事。」

莎琳點了點頭，表示同意我的看法。

「好主意！」喬伊又伸出脖子，眺望山腳下的碉堡。「我想我還是回到山下去，向那些官員表明我的記者身分，免得他們陷害你那三個夥伴。我怎麼跟你們聯絡呢？」

「我們會打電話給你。」莎琳說。

喬伊掏出一張名片遞給我，向莎琳點點頭，然後邁出腳步朝碉堡走過去。

莎琳瞅了我一眼。「這個人就是咱們『七人隊伍』中最後一個成員，對不對？」

「應該是。」

我們兩人都沉默了下來，好一會兒只管靜靜想著各自的心事。莎琳終於開口：「走！我們回到鎮上去吧。」

在山路上走了約莫一個鐘頭，我們突然聽到一陣鳥叫聲。嘰嘰喳喳，好幾十隻鳥兒在我們右邊的林子裡聒噪起來。天已破曉。森林中飄裊起一縷縷沁涼的晨霧。

「你在看什麼呀？」莎琳問道。

「看看那邊！」我伸出手臂，指了指北邊樹叢中矗立著的一株參天古木。在朦朧的曙光中，只見那株直徑八呎的白楊樹四周，燦爛地閃爍著一簇白光，彷彿太陽悄悄從地平線下探出頭來，照射到那一小塊土地上。

就在這個時候，我忽然覺得心頭一熱，整個人暖烘烘的感到無比溫馨。

「怎麼啦？」莎琳問道。

「威爾就在附近！」我說。「我們去找他吧。」

我們走到距離那株白楊樹只有十呎的地方時，看見威爾從樹後探出頭來，臉上的笑容十分燦爛。他好像變了個樣子，但是，究竟什麼地方改變了呢？我揉揉眼睛仔細一瞧，發現他的軀體依舊散發著光芒，但身形的輪廓卻比以往顯得清晰鮮明得多。

威爾伸出手臂，擁抱我和莎琳。

「剛才發生的事，你都看到了嗎？」我問威爾。

「看到了。我跟靈魂群站在那兒，看得清清楚楚。」

「你的身形看起來比以往清晰。怎麼會這樣呢？」我又問道。

「讓我變成這個樣子的，是你和你那群夥伴，尤其是莎琳哦。」威爾說。

「怎麼會是我呢？」莎琳問道。

「你們五個人提升彼此之間的能量，有意識地追憶起『世界憧憬』時，把整座山谷的能量振動提升到比較高的層次，接近『身後世』界的振動水平。這一來，在你眼中，我的身形就比以往顯得清晰許多；我看你也是如此呀。如今，連出現在這座山谷的靈魂群，有時用肉眼也看得到哦。」

我深深看了威爾一眼。「我們在這座山谷看到的每一個現象、經歷過的每一件事情，都是『第十覺悟』的一部分，對不對？」

威爾點點頭。「類似的經驗，今天世界各地有很多人體會過。我們經歷過祕笈預言的前九個覺悟後，又陷進原來的生活中，每天面對周遭層出不窮的紛擾和事端，無可奈何地過日子。可是，對於我們的精神處境、對於我們的真正身分，我們的領悟和理解卻也日漸加深。**我們知道自己正在覺醒中，眼前即將出現一幅規模宏偉、氣象萬千的世界新藍圖**。祕笈預言的第十個覺悟，也就是最後一個覺悟，宗旨就是幫助我們保持覺醒，永遠不放棄樂觀進取的精神。我們漸漸學會辨識和信任我們的直覺；我們現在知道，由直覺產生的心靈意象，呈現出來的是我們意識深處稍縱即逝的記憶——當初投生人間時，我們的願望究竟是什麼？來到人世後，我們到底打算怎樣過日子？我們希望能夠依循正確的方式過日子，這樣一來，我們最後就能記起我們此生的願望和使命，然後將我們的感悟傳達給世人。」威爾歇口氣，繼續說：「如今，我們是從一個比較高的『身後世』的角度觀看我們的生活。**我們現在知道，個人的一生經歷，應該放置在人類漫長的覺醒過程中來看待**。有了這個記憶，我們的生活才有根基，我們的一生才不會脫離人類生存的整體格局；有了這個記憶，我們就能夠體認人類將現實世界『精神化』的長久努力，了解我們眼前所負的任務。」

威爾停歇下來，朝向我和莎琳走近一步。「現在，我們期盼，像你們這樣的團隊會在世界各地湧現，將『第十覺悟』傳授給愈來愈多的世人。我說過，保持我們的出生理想、確保人類的未來，是上天交付給我們這一輩的使命。」

我和莎琳點點頭。

威爾繼續說：「由瀰漫人心的『大恐懼』所造成的兩極化對立，目前仍方興未艾；如果我們想消弭這種鬥爭，將人類的文化繼續往前推進，我們每個人都必須投入。我們必須隨時檢討自己的思想和行為，盡量避免把別人看成仇敵。我們可以自衛，也可以抑制某些人的行為，但如果我們以非人道的手段對付他們，只會加深社會的仇恨和恐懼。我們全都是成長中的靈魂，投生人間時，我們全都曾經許下崇高的願望，而我們全都記得我們當初的憧憬。**我們的責任，是把這個理念傳達給每一個在人生旅途上跟我們邂逅的人。這才是真正的『人際倫理』；這才是我們提振自身能量最有效的方式，也是目前蔓延全球的新知覺運動的精髓**。生活在今天的我們，若不願意看到人類文化分崩離析，就必須保持覺醒，堅守我們對人類未來的美好憧憬。不論如何，我們的期盼都將變成一個祈禱，化為一股力量，給世界帶來我們想望的結局。每個人都必須在兩種未來之間，做出深思熟慮的選擇。」

威爾彷彿陷入沉思中。遠處，南方山脊上，我又看見一縷縷白色的光芒。

「發生過那麼多事情，我卻還沒問你，那些飄動的白光到底是什麼呢？」我問威爾。

威爾微微一笑，伸出兩隻手輕輕搭在我和莎琳的肩膀上。「他們是天使啊。天使回應我們的信念和憧憬，給人間帶來奇蹟。連『身後世』界的魂靈也不曉得他們的來歷。」

就在這當口，我心中浮現起一幅景象：坐落在幽谷中的一個村莊，住著莎琳和一群孩子。

「我想，下一步我們應該探索天使的來歷。」威爾凝注視線眺望北方，彷彿看到了一個意象。「唔，我們該去探尋天使了！你們兩位想一塊去嗎？」

我只管呆呆瞅著莎琳。她臉上的神情顯示，她也看到了剛才出現在我心靈中的景象。

「我不想去。」莎琳說。

「我現在也還不想去。」我隨後說。

威爾不再吭聲。他伸出手來，把我們兩個摟進懷裡，然後轉身離去。我還真捨不得讓他就這樣走掉，但我沒說什麼。心中有個聲音告訴我：這趟旅程並沒有結束，還早得很呢。我曉得，不久之後我們又會看到他。

國家圖書館出版品預行編目（CIP）資料

靈界大覺悟：掌握心靈直覺的機緣探險／詹姆士·
雷德非（James Redfield）著；李永平譯 . -- 三版
. -- 臺北市：遠流 , 2019.03
面；　公分
譯自：The tenth insight
ISBN 978-957-32-8476-5（平裝）

874.57　　108002043

聖境之書 2

靈界大覺悟

掌握心靈直覺的機緣探險

作者／詹姆士·雷德非（James Redfield）
譯者／李永平

主編／林孜懃
特約校對／呂佳真
編輯協力／陳嬿守
封面設計／謝佳穎
行銷企劃／鍾曼靈
出版一部總編輯暨總監／王明雪

發行人／王榮文
出版發行／遠流出版事業股份有限公司
臺北市 100 南昌路 2 段 81 號 6 樓
電話／（02）23926899　傳真／（02）23926658　郵撥／0189456-1
著作權顧問／蕭雄淋律師
1997 年 03 月 01 日　初版一刷
2011 年 11 月 01 日　二版一刷
2019 年 03 月 01 日　三版一刷

定價／新臺幣 360 元（缺頁或破損的書，請寄回更換）

ISBN 978-957-32-8476-5

遠流博識網 http://www.ylib.com　E-mail: ylib@ylib.com
遠流粉絲團 https://www.facebook.com/ylibfans

The Tenth Insight